La hora de las mujeres sin reloj

MAMEN SÁNCHEZ

LA HORA DE LAS MUJERES SIN RELOJ

ESPASA

ESPASA NARRATIVA

Diseño de cubierta: © Cover Kitchen

Preimpresión: MT Color & Diseño, S. L.

Depósito legal: B. 7.659-2018
ISBN: 978-84-670-5111-7

Espasa, en su deseo de mejorar sus publicaciones, agradecerá cualquier sugerencia que los lectores hagan al departamento editorial por correo electrónico: sugerencias@espasa.es

www.espasa.com
www.planetadelibros.com

Impreso en España/Printed in Spain
Impresión: Unigraf, S. L.

Espasa Libros S. L. U.
Avda. Diagonal, 662-664
08034 Barcelona

El papel utilizado para la impresión de este libro es cien por cien libre de cloro y está calificado como **papel ecológico**

Para Nelle Harper Lee y su hermana Alice.
Para Carmen Martín Gaite y su hermana Ana María.
Para Ana María Matute, Carmen Laforet y todas las escritoras valientes que se atrevieron a retratar su tiempo.

CAPÍTULO 1

Alicia era dulce como las uvas pasas. Estela estaba recubierta de la piel amarga de las nueces verdes. Ambas habían nacido en aquella casa, con un intervalo de doce meses justos entre la una y la otra. Bendita madre la suya, que no tuvo tiempo ni para respirar entre embarazo y embarazo. Contaba que nada más parir a Estela, en cuanto la niña dio su primer alarido a la vida, apareció Alicia en pañales, gateando como un animalillo asustado, y después de un redoble de tambor (imaginario), se agarró al borde de la cama y se puso en pie. Dio tres pasos de equilibrista, balanceándose con los puñitos cerrados, hacia la cabecera, y en sus ojos había un no sé qué de curiosidad, una interrogación que se le quedó alojada entre ceja y ceja desde aquel día, y que salía a la superficie cada vez que miraba a su hermana.

La Alicia del presente podía imaginarse aquella escena con perfecta nitidez, ya que el decorado seguía siendo idéntico, ochenta y dos años después. La sierra de fondo y el pueblo que no había pasado de los quince mil habitantes de siempre. El mismo caserón decimonónico rodeado por un muro de piedra cubierto de hiedra; con rotonda y mirador, torreón, cochera, fuente de azulejos, frontón destartalado y jardín exuberante de lilas y rosales. Y el árbol de tronco vacío en el que Tony juraba que vivía un duende, porque algunas veces había encontrado pruebas fehacientes de su existencia. «Fehacientes», decía, y se le escapaba el aire entre los dientes al pronunciar la ce.

Tony Cienfuegos vivía dos casas más abajo. En aquella época era un niño rubio, bajito y dramático. Esa y muchas otras palabras difíciles las había aprendido durante los largos encierros a los que le sometía su madre con la única compañía de los libros que adornaban su cuarto. Habían pertenecido a su padrastro, Reinaldo Cienfuegos, que los había dejado atrás en su huida, abandonándolos allí igual que a él y a su madre. Ellos se habían quedado con el apellido. Esa había sido su venganza.

La cama en la que ahora dormía Estela era la misma en la que nacieron las dos. La puerta se abría con el mismo quejido de bisagras viejas y el suelo crujía en los mismos lugares que entonces. Los pasos de Alicia volvían a ser vacilantes y el equilibrio, precario. Conteniendo la respiración, como en un número circense, sostenía la bandeja del desayuno: café con leche, galletas, pan tostado y mermelada.

Igual que aquella primera mañana, se acercó al cabecero para observar a la niña, ya convertida en una mujer mayor, con su pelo corto, blanco, revuelto, sus ojillos de comadreja y sus orejas enormes. Nunca había sido guapa; era incomprensible la fascinación que despertaba.

Como de costumbre, descansaba plácidamente. Todos sus fantasmas emigrados al castillo de irás y no volverás. Qué profundidad de sueño, qué envidia más grande. Si no fuera por Alicia y su biorritmo madrugador, Estela era muy capaz de pasarse la mañana metida en la cama.

—Buenos días, dormilona —canturreó mientras dejaba la bandeja en la mesa camilla y abría las contraventanas de madera al sol de mayo.

Estela respondió con un gruñido perezoso. Un rayo de luz atravesó el cristal y fue a estrellarse contra las gafas de ver. Estaban tiradas de cualquier manera, en el suelo, junto al libro abierto que probablemente se le había caído de las manos la noche anterior, al quedarse dormida.

Alicia se agachó, lo reconoció enseguida: *La casa de ladrillos rojos*, de Tony Cienfuegos.

—Tenemos nueva vecina —dijo—. Parece simpática.

Disimuladamente, con el pie, empujó el libro bajo la cama. Ya lo recogería luego y lo colocaría en su sitio, en la biblioteca, junto al resto de volúmenes envejecidos que su hermana amontonaba de cualquier manera; que trepaban por las paredes y brotaban bajo los muebles, como plantas tomateras en una huerta abandonada.

—Se llama Maya. Debe de andar por los treinta. Ha alquilado la casa de las monjas.

Alicia había empezado a untar mantequilla en el pan. Esa era la costumbre. Se sentaba a la mesa, servía el café, preparaba las tostadas, parloteaba. Y mientras, a Estela le iba poco a poco regresando el calor al cuerpo.

—¿La de las monjas? —Su voz sonó algo pastosa, efectos secundarios del *gin-tonic* de la noche anterior.

Se habían acostado tarde porque las socias del club de las cartas eran tan noctámbulas como madrugadoras. Insomnes, vaya. A partir de los setenta ninguna pegaba ojo. Se reunían una o dos veces por semana, siempre en la casa de las hermanas —así las habían bautizado—, para jugar al mus o al póker, beber y fumar como tahúres, contar historias escandalosas y escuchar boleros.

Habían dejado el salón hecho una pena. Los ceniceros desbordados y los vasos sucios. A primera hora de la mañana, Alicia había hecho limpieza. Cuando Estela se dignara a bajar, encontraría la casa recogida y, aunque probablemente no valorara su esfuerzo, y ni siquiera se percatara de que «por arte de magia» cada cosa había vuelto a su sitio, a ella le bastaba con la satisfacción del deber cumplido, porque sabía que el orden era fundamental para apaciguar el temperamento de su hermana y esa misión, la de procurarle la calma que necesitaba, era su principal razón de ser.

Había sido entonces, nada más dar por terminada su tarea, al salir a por la bolsa del pan que el repartidor dejaba colgada de la puerta de la finca, cuando se había topado con la chica. Llevaba puesto uno de esos pantalones de licra que se usan para correr y una camiseta deslumbrante de un color indefinido, entre el verde y el amarillo. La había saludado desde lejos, con un leve movimiento de la cabeza, y ella se había detenido, muy educada, se había sacado de la oreja derecha un aparato como de sordos, que había dejado colgando de un cable blanco, y se había acercado a darle los buenos días con una sonrisa muy ancha y muy sincera.

—Eso me ha contado. Que ha alquilado la casa de las monjas. Así, sin más. —Alicia suspiró—. No quiero ni pensar en qué estado se la habrá encontrado. Pobre chica. Como ahora todo lo hacen por internet, pues luego vienen los disgustos.

Estela se incorporó a medias; colocó dos mullidos cojines contra el cabecero de caoba y después se desplomó con un suspiro de placer. Había amanecido con sol. En su habitación flotaba un suave olor a lilas, procedente del ramo que la tarde anterior su hermana había arreglado con mimo, escogiendo las flores más abiertas, las más perfumadas de entre las miles que crecían salvajes en la parte sombreada del jardín, junto al frontón. La había observado desde el mirador, mientras leía la última novela que su editora, qué atenta, le había enviado dentro de un paquete envuelto en papel de estaño, con su letra inconfundible y la palabra «libros» escrita en mayúsculas bajo la dirección postal de su casa.

Las de ahora eran básicamente novelas sencillas, sin demasiada ambición literaria, obra, casi siempre, de algún rostro conocido de la televisión. Periodistas, tertulianos, hijos o nietos de alguna vieja gloria de la música o del deporte, que esperaban captar la atención del gran público más por la popularidad de su apellido que por su amor a la escritura. Algunas veces —excepcionalmente—, se topaba con alguna novedad simpática que le devolvía el gusto por la lectura frívola. Pero, por regla general, abandonaba las historias a medias; en cuanto la protagonista se colocaba frente al espejo y hacía recuento de su vida. (Esa escena se repetía invariablemente en toda novela moderna que se preciara).

La que tenía entre manos aquella mañana trataba del romance imposible entre un chico de barrio y una niña bien que, en contra del consejo de sus padres, decidía escaparse de casa para ir a vivir aventuras con él. El autor, hijo de uno de los más famosos artistas plásticos del siglo XX, mantenía que se trataba de una idea original que nada tenía que ver con la verdadera historia de amor de sus padres, fruto de la cual había nacido él, en una pequeña isla del Mediterráneo. Pero lo cierto era que en la página ochenta los protagonistas, perseguidos por varios hombres contratados por el padre de ella para darles caza, acababan de subirse a un carguero rumbo a las Baleares y se habían escondido en un contenedor que transportaba almohadones. La escena que describía era muy sugerente, con todas esas plumas revoloteando a su alrededor mientras hacían el amor por primera vez. «No es talento lo que les falta a los autores de ahora, sino imaginación», se repetía. *Las plumas voladoras* era uno de los cuadros más famosos del cotizado pintor.

Estela había levantado la vista del libro al escuchar los pasos de Alicia por el jardín y la había visto bajar silbando, culona como había sido siempre, con el cesto y las tijeras de podar, el recogido gris que solía hacerse en el pelo y la sonrisa soñadora, camino del macizo de las lilas. Parecía una abeja acumulando polen para fabricar miel. Así de dulce era su hermana mayor. Así de hacendosa.

—Le he contado que en esa casa vino al mundo papá —estaba diciendo ahora, entre sorbo y sorbo de café con leche—. Cuando los abuelos eran propietarios de medio pueblo y el apellido Valiente era uno de los más ilustres del lugar.

—¡Cómo te gusta presumir!

—Entonces me ha preguntado si somos familia de Estela Valiente —continuó, haciendo como si no la hubiera oído—. Dice que eres toda una celebridad, que tu libro era de lectura obligatoria en su colegio. Luego se ha quedado pensativa y me ha preguntado si aún sigues viva.

Alicia se echó a reír con picardía. Algunas veces le gustaba hacerle cosquillas en el ego a su hermana.

—Creo que puedes decirle que sí, sin temor a equivocarte.

—Ya. Le he respondido que anoche, cuando te acostaste, seguías vivita y coleando, pero que no podía asegurarle nada hasta que subiera a despertarte hoy.

Estela fingió una sonrisa cómplice, pero sintió un pellizco en el corazón. Una cosa era apartarse voluntariamente de los reflectores y otra muy distinta que tus lectores pensaran que estabas muerta.

Cincuenta años atrás le hubiera dado lo mismo. Es más, hubiera deseado que todo el mundo creyera que había fallecido, preferiblemente víctima de algún acontecimiento trágico. Así se lo confesó a Alicia entonces, cuando vino a refugiarse en sus brazos, bañada en lágrimas, en medio de una crisis de identidad, con un cuadro grave de ansiedad y calvas en el pelo.

Los primeros años tras la publicación y el fulgurante éxito de *De puertas adentro*, y sobre todo después del premio, fueron terribles; el pueblo se convirtió en lugar de peregrinación para sus admiradores, las cartas se amontonaban en el buzón y el teléfono no paraba de sonar. Continuamente recibía invitaciones para participar en seminarios y para dar conferencias. Varias universidades europeas y americanas quisieron nombrarla doctora *honoris causa* y hasta llegaron a enviarle las preseas por correo. Bastaba con que las aceptara, ni siquiera era necesario que fuera a recogerlas, le rogaban. Los periodistas hacían guardia en la puerta, la casa estaba sitiada y un murmullo constante de voces altisonantes convertía cada día en un infierno.

Después, poco a poco, el acoso fue perdiendo intensidad. Pasaron los años, envejecieron los críticos, se jubilaron, y la suya pasó a ser una figura mítica, legendaria. Se publicaron dos biografías no autorizadas, que sólo contaban patrañas. Nadie las tomó en consideración. Su apartada existencia continuó alimentando el misterio y las únicas pistas ciertas sobre su persona siguieron siendo las anecdóticas vivencias de su infancia que retrataba en la novela.

«¿Qué se siente siendo la única mujer española ganadora del Nobel de literatura? —le preguntaban. Y ella no sabía qué contestar—. ¿Está trabajando ya en un nuevo libro?».

Claro que sí. Pero no le bastaba con igualarse; sentía la necesidad de desafiarse, crecer, asombrar, y pronto comenzaron los problemas. Llamaba a su editora con la misma angustia e intensidad enfermiza con la que otros asedian al terapeuta. Ella la visitaba a menudo, trataba de animarla, tranquilizarla, explicarle que no se escribe un clásico de la literatura universal así, como si tal cosa. Que ella ya había dotado de uno al mundo y que con eso era suficiente. El reconocimiento era unánime, el agradecimiento también. Nadie esperaba que su siguiente creación superara a la primera. ¿Por qué no probaba con otro género: tal vez el ensayo o la novela de no ficción, como había hecho, con tanto éxito, su amigo Cienfuegos? Pero ella le respondía resignada, con una frase acuñada por su hermana Alicia: «Cuando un escalador alcanza la cumbre, sólo le queda un camino si quiere seguir avanzando».

Y el libro soñado no llegó. Al final reconoció que sin un padre no se puede concebir una criatura y lloró la pérdida de su «otra mitad», aquel tormento de Tony Cienfuegos con quien había engendrado su primer y único vástago.

Cuarenta años atrás había abandonado definitivamente la idea de volver a publicar. Desde entonces se dedicaba a leer compulsivamente, glotonamente, instigada por una especie de trastorno alimentario; una bulimia nerviosa que le provocaba empachos y vómitos; dependencias y obsesiones.

A tientas, buscó la cajetilla de tabaco entre las sábanas. La encontró un poco aplastada por el peso de su propio cuerpo, a medio camino entre la almohada y el rebozo de la colcha. Sacó un cigarrillo maltrecho, lo encendió con una cerilla que, al prender con un chasquido delator, llamó la atención de Alicia.

—¡Qué vicio el tuyo, hija! —le recriminó—. Todavía no te has tomado el café y ya estás fumando. —Frunció los labios, sacudió un par de veces la cabeza—. Anda, pásamelo.

Estela alargó la mano, expulsó el humo por la nariz y se retorció de gusto. Alicia le arrebató el cigarro, se lo llevó a los labios, inspiró con fuerza. Qué rico.

—¿Te acuerdas de Tony, de su boquilla larga a lo Audrey Hepburn?

—Nunca vi cosa más femenina que Tony fumando —se rio Alicia—. Con esos dedos diminutos y esa boquita de piñón. Y esa manera suya de chupar, tan obscena. ¡Qué escándalo!

—Por eso lo hacía, a ver qué te crees. Para alborotar el gallinero —recordó Estela con una sonrisa—. Le encantaba llamar la atención.

Cerró los ojos, envió el pensamiento a aquel rincón del jardín en el que todavía vivía Tony y lo recordó a los quince años, barbilampiño, aniñado, guapo a rabiar, pero tan afectado que más parecía una jovencita disfrazada de dandi que un adolescente a punto de dar el estirón.

—Un ángel —se le escapó.

—¡Un demonio! —replicó Alicia, escaldada—. Él te metió este vicio del tabaco en el cuerpo. Y todos los demás vicios.

Pero Estela ya no escuchaba a su hermana. Saboreaba el cigarrillo con glotonería, lo disfrutaba. Calada a calada notaba cómo su cuerpo se relajaba, cómo se caldeaba por dentro. Y le agradecía a Tony haber sido el artífice de ese y muchos otros placeres inconfesables.

Era su voz la que la empujaba a transgredir todas las normas. Las del decoro, las de la corrección. Para contrarrestar la petulancia de Tony al hablar había aprendido ella todas las groserías del diccionario; para hacer frente a su fragilidad física, se había peleado con todos los gamberros del pueblo y para compensar aquel empeño suyo de ir siempre hecho un pincel, se había cortado el pelo a trasquilones y se había aficionado a vestir pantalones raídos y camisas de leñador. Era su contrapunto.

Por él escupía y maldecía, trepaba a los árboles, rompía platos. Por él había crecido de espaldas a las convenciones y no había encajado en ninguna parte. Ni amigas, ni novios, ni aficiones.

Su paso por la universidad había sido tan fugaz como una ráfaga de aire frío. Seguramente ninguno de sus compañeros de clase le había dedicado un solo pensamiento hasta que ganó el premio y su nombre se volvió patrimonio de la humanidad. Entonces sí, todos dijeron que la conocían bien. Que esto y lo otro. Que un fenómeno, un prodigio.

Ya no era extravagante sino original. Y las historias sobre sus rarezas circularon por las redacciones de los periódicos; las inundaron: «Pasaba horas en la biblioteca, pero la acabaron expulsando por quemar un libro y fumárselo. ¿Qué libro? *La guía de la buena esposa,* creo». «Al baile de graduación vino disfrazada de aviador». «Escribía en el periódico universitario. Todas recordamos aquel artículo sobre el amor libre. Sostenía que no hay mayor libertad que la de amarse a una misma, usted ya me entiende...».

Todo por Tony. Por el placer de contárselo y escandalizarlo, y escuchar el sonido de su risa.

Años después, en Madrid, solían acudir a un local al que Tony llamaba «el campo de batalla», porque entre sus filas hallaba siempre enemigos a su altura. Rompecorazones forzudos y con barba, que abusaban de él y lo abandonaban maltrecho, en la misma mesa donde lo encontraron. Tony pedía daiquiri; Estela, ginebra.

Él fue quien le contagió el virus de la escritura, a los siete años, inventando para ella historias perversas sobre los vecinos y redactándolas juntos, a la luz de las velas, en la soledad del torreón. Ya se veía venir entonces cómo acabarían ambos: ya fumaban y bebían, y todavía no habían hecho la primera comunión.

—Se te ha puesto otra vez cara de acelga. —Alicia la sacó de sus cavilaciones con un manotazo cariñoso. Sabía que si la dejaba seguir invocando al fantasma de Tony, se pondría mustia—. Anda, espabila. Te invito a tomar el vermú en el Miranda.

Se levantó, se sacudió las migas de la ropa y abrió la puerta-ventana. Salió a la terraza. Respiró profundamente.

—¡Estela! —gritó divertida—. ¡Ven a ver esto, corre! ¡La vecina está haciendo *topless* en el jardín de la casa de las monjas!

CAPÍTULO 2

La historia, sobre la vida cotidiana de una niña de provincias en la España posterior a la Guerra Civil, no dejó a nadie indiferente. Fue la semilla del renacido movimiento feminista y sus ideólogas lo blandían como el fundamento de su revolución social. *De puertas adentro* fue prohibido en los colegios y en las universidades, quemado en las plazas públicas y retirado de las bibliotecas. Su autora, Estela Valiente, fue juzgada y condenada por escándalo público y encarcelada en una prisión para mujeres junto a su editora, Camino Aribau, acusada esta de publicar y vender en Francia una obra no autorizada por la censura española e introducirla clandestinamente en el territorio nacional.

El encierro de las traficantes de libros duró poco más de un año. La epidemia causada por *De puertas adentro* se había extendido como una peste intelectual por el país vecino y la suerte de Estela y Camino fue discutida por numerosos juristas de renombre que denunciaron su situación.

Las autoridades españolas, para evitar consecuencias diplomáticas más graves, liberaron a las presas de noche y sin ruido; les recomendaron que volvieran pacíficamente a sus casas, que no alentaran las revueltas que habían ocasionado y llevaran, a partir de entonces, una existencia discreta, apartada de la vida pública. Se les advirtió que cualquier declaración en la prensa, cualquier promoción del libro prohibido, sería considerada como una nueva afrenta y motivo suficiente para devolverlas a la cárcel.

Desde ese momento, la novela adquirió una vida independiente. Se emancipó. Se fue de casa. Casi en contra de los deseos de sus creadoras, creció hasta convertirse en uno de los libros más leídos por las mujeres de los sesenta. Cuando, al comienzo de los años setenta, se hizo incontenible el secreto a voces, y hasta los censores se sonrojaban al ser cuestionados sobre su esperado indulto, la editorial Aribau (dedicada desde 1963 a la publicación de tratados de medicina y arquitectura, nada que ver con la narrativa de ficción) logró permiso para publicar una espantosa edición de bolsillo, a un precio desorbitado.

En el setenta y tres, diez años justos después del alumbramiento de su único libro, el portavoz del más famoso jurado sueco del mundo anunció que la escritora española Estela Valiente era la flamante ganadora del Premio Nobel de literatura de ese año: «Por su contribución universal a la lucha por la igualdad entre hombres y mujeres».

Como era de esperar, la autora proscrita no acudió a la entrega del premio en Estocolmo. Alegó motivos personales y eso dio lugar a las más variopintas interpretaciones. ¿Le habían prohibido las autoridades españolas su entrada en Suecia por temor a la repercusión que podrían tener sus palabras? O, por el contrario, ¿habría sido ella misma la que se había negado a asistir para no legitimar con su presencia una situación social con la que no estaba de acuerdo?

Esta incógnita, la verdadera razón de su desplante a los Premios Nobel, llenaría, a lo largo de los años, páginas y páginas de suposiciones no confirmadas. Ella jamás respondió a la pregunta. Siguió aduciendo cuestiones personales, más concretamente su proverbial timidez y su fobia a la exposición mediática.

Después de casi cincuenta años de silencio y reclusión, la respuesta «cosas mías» empezaba a vislumbrarse como la más auténtica de las explicaciones.

Pero todos estos acontecimientos —la cárcel, el éxito, la construcción del mito y el Nobel— sucedieron muchos años antes del nacimiento de Maya Millas. A ella le tocó vivir una realidad totalmente distinta de la que inspiró a Estela.

Cuando leyó *De puertas adentro*, en 2005, las prohibiciones de 1963 sonaban a guasa. Por supuesto, las mujeres tenían derecho a trabajar fuera de casa, cobrar un salario, viajar libremente por el mundo o administrar su propio dinero. ¡Faltaría más!

Sin embargo, aquella lectura y el posterior debate en clase, su encendida defensa del género femenino y las actitudes machistas de algunos de sus compañeros de pupitre, le abrieron los ojos ante una realidad asombrosa. Se reconoció defensora acérrima de la misma causa que cuarenta y dos años antes había dado lugar a la leyenda de Estela Valiente y llegó a identificarse tanto con ella que su vida, su obra y hasta su mutismo se convirtieron para Maya en una auténtica obsesión.

En la redacción de *L'Idéaliste*, el suplemento dominical del diario *Crónica*, donde trabajaba, Maya Millas gozaba de cierto prestigio a pesar de su juventud. Había congeniado de maravilla con la directora, Clara Cobián, aplaudida autora de la novela *Agua del limonero*, y como lo suyo había sido amistad a primera vista, había logrado un contrato fijo y un sueldo razonable antes de cumplir los veinticinco. Sus propuestas solían tener buena acogida entre sus compañeros y sus artículos cautivaban a sus lectores.

A pesar de estos éxitos, no había alcanzado todavía el estatus de periodista ilustre. Su nombre no era conocido fuera de su círculo más íntimo y mucho menos su cara. Disfrutaba de un anonimato involuntario que le permitía, por ejemplo, asistir al teatro en calidad de crítica literaria, sin ser previamente mediatizada por los autores o los productores. A su entusiasmo y recomendación se debía, en parte, el gran éxito de taquilla de *Medea vindicada,* de Emilio Williams. A su reportaje sobre la hipertricosis congénita y sus efectos en la psicología femenina, retratada con gran acierto en la novela *La hija de Kafka,* se debía el descubrimiento de dicha obra y probablemente la posterior concesión del Premio Nacional de Literatura a su autora, Mónica Sánchez.

—Te estás convirtiendo en un oráculo, guapa —le soltó Clara Cobián en cuanto se la encontró por la oficina, el lunes a primera hora—. ¿Nos vemos en mi despacho?

A veces tomaban café las dos solas, encerradas en el santuario de Clara, y salían de allí fascinadas con una nueva idea original que ocuparía la portada de la siguiente edición.

Aquella mañana, evidentemente, Maya tenía algo que decir. Se había pasado el fin de semana elucubrando y le había enviado a su jefa unos mensajes encendidos, sobre la imperiosa necesidad de elaborar un número especial dedicado al cincuenta aniversario de *De puertas adentro*, su novela favorita. Tenía un plan, decía, necesitaba su permiso y complicidad.

—Pues tú dirás. —Clara se había dejado caer en la silla giratoria. Aún no había tenido tiempo de encender el ordenador.

—Se trata de Estela Valiente —explicó Maya— y del misterio que la rodea. ¿Qué fue de la autora del libro más traducido de España, después de *El Quijote*? ¿Dónde vive? ¿A qué se debe su silencio? ¿Por qué no volvió a escribir después del Nobel?

—Maya, Maya —la frenó su jefa—. Ya se han publicado más de cien libros sobre Estela Valiente. En particular, hay dos biografías bastante famosas, y no sé si has visto la película *Arde la casa de ladrillos rojos*, que trata del ocaso de Tony Cienfuegos... Seguramente no te acuerdas, porque eras una niña pequeña, pero aquel año Meryl Streep, que hacía de Estela, no ganó el Óscar de milagro.

—Claro que me acuerdo; esa es una de mis películas favoritas —replicó Maya, un poco ofendida.

—Entonces sabes muy bien que sobre Estela Valiente ya está todo dicho. A efectos de actualidad esa señora está muerta, homenajeada y enterrada.

Aquellas palabras de su jefa hicieron estallar a Maya. Se puso en pie, apartó de una coz la silla en la que se había sentado y golpeó la mesa con el puño.

—¡Cómo puedes decir eso! ¡Estela Valiente es el mayor misterio literario de España! —bufó.

Clara Cobián se echó para atrás. Conocía el temperamento de su redactora, pero nunca la había visto tan furiosa. Ante semejante berrinche no tuvo más remedio que claudicar.

—Anda, tómate un descafeinado conmigo y cuéntame tu idea despacio.

En el despacho de Clara había una máquina moderna de café en cápsulas. Así no perdía el tiempo bajando al bar. Preparó dos tazas, repartió el líquido entre ambas, añadió leche y azúcar. Removió.

Maya se había acomodado en el pequeño sofá junto a la ventana y la observaba, todavía un poco agitada, mientras su jefa llevaba a cabo esta tarea tan cotidiana.

—Bueno —concedió—. Me calmo. Pero tú me escuchas sin interrumpirme. ¿Vale?

—Trato hecho.

Maya Millas tenía un don. El de hipnotizar a la audiencia.

Comenzó su alegato con voz susurrante, exponiendo la valiosa aportación de la Valiente a la causa femenina (que no feminista), y después enumeró los motivos por los que seguía siendo la gran incógnita de las letras a pesar de las biografías no autorizadas que se habían publicado sobre su persona, los artículos, documentales y hasta películas en las que se había utilizado su imagen sin permiso.

—Lo que yo te propongo es diferente —matizó—. Se trata del primer libro escrito con su beneplácito; sea ella consciente o no.

—No te entiendo.

—¿Has oído hablar de Joe McGinniss o Geordie Greig? ¿De sus libros sobre el asesino Jeffrey MacDonald, y el pintor Lucian Freud? La idea consiste en cultivar una amistad con la persona en cuestión, alquilar la casa de al lado, presentarse de vez en cuando con pastelitos... derribar poco a poco las defensas del personaje al cual se investiga, y entonces, ¡zas!, escribir la biografía mejor documentada de todos los tiempos. Con diálogos y todo.

Clara la contemplaba perpleja.

—¿Has terminado ya? —la interrumpió después de un buen rato—. Porque si no me equivoco, lo que me estás proponiendo es el truco más viejo y menos ético de la historia del periodismo universal. ¿De verdad pretendes hacerte amiga de Estela Valiente para después traicionarla?

—No, Clara —replicó Maya—. Todo lo contrario. Te estoy hablando de conseguir una genuina colaboración entre mi autora más admirada y yo.

—O sea, que quieres escribir la primera biografía autorizada de Estela Valiente.

—Exacto.

—¿Y qué te hace pensar que ella te escogería a ti, por encima de tantos otros escritores y periodistas que también lo han intentado?

—Conmigo ella se sentiría a salvo. Le estaría contando su vida a una amiga; no a un biógrafo.

—A ver si te entiendo —dijo Clara—. No piensas confesarle cuál es tu verdadera intención hasta que te la hayas camelado.

—Hombre, así dicho suena feo —replicó Maya—, pero sí, es más o menos eso.

—Y si al final ella se niega a que publiques el libro, ¿tirarás todo tu trabajo al cubo de la basura?

—Bueno... a la basura, no. Seguro que podría aprovechar algunas partes, ¿no crees?

Clara se tomó unos minutos para reflexionar. Al principio de su carrera, ella misma se había enfrentado a un dilema parecido, cuando viajó a Nueva York con la misión de escribir la biografía de una misteriosa millonaria llamada Greta Bouvier y terminó publicando la novela que tanta fama le dio. Nombres convenientemente cambiados, fechas y escenarios alterados, personajes inventados y una trama auténtica, basada en los secretos que su protagonista jamás había compartido con nadie. La receta del éxito.

—De momento, he alquilado la casa vecina a la de las hermanas Valiente en el municipio de Los Rosales, donde viven —estaba diciendo Maya sin que su jefa le prestase atención—. Mi plan, si estás de acuerdo, es trasladarme hoy mismo. Puedo seguir trabajando desde allí, por email. Y puedo venir a Madrid cada vez que sea necesario. Sólo estaré a una hora y pico de distancia de la oficina.

Se aproximó a su jefa con las manos juntas, como una chiquilla que le pide un milagro al niño Jesús. Contuvo la respiración.

—En último caso —respondió Clara, pensativa—, siempre podrías acabar escribiendo una novela.

Y Maya Millas dio un salto mortal en el sofá de la Cobián.

—Te prometo que no te vas a arrepentir, jefa —le aseguró.

—¡Ya me estoy arrepintiendo! —gritó la otra antes de que se cerrara, con un sonoro portazo, la puerta de su despacho.

Con el mismo ímpetu con el que cerró aquella puerta, abrió unas horas después la de su nueva y destartalada casa de alquiler; la conocida como «casa de las monjas», que, aunque en el pasado lejano había pertenecido a la familia Valiente, había recibido aquel nombre algunos años antes de la guerra, cuando la habitaban las carmelitas descalzas. Se contaba que una noche se declaró un incendio en la cocina y los vecinos de Los Rosales, convencidos de que se trataba de un ataque al convento, se presentaron en tropel, armados con piedras y palos, con la intención de proteger a las doce religiosas que componían la pequeña comunidad. Todas ellas habían nacido en el pueblo: eran tías, hermanas o primas de los muchachos que se comprometieron a defender su honor y su vida. Y así lo hicieron durante los años siguientes. En el jardín, donde ahora Maya Millas tomaba el sol en *topless*, se levantó una torreta de vigilancia, que estuvo siempre bien guarnecida, y de este modo, las monjas pudieron pasar la guerra en paz, en el silencio de su clausura, sin sustos ni amenazas, dedicadas a la oración, a la confección de rosarios de pétalos de rosas y al cuidado de su huerta, con la que lograron alimentar a medio pueblo en la peor época de hambruna.

En el presente, la casa de las monjas era propiedad de una inmobiliaria que la alquilaba a buen precio. Las comodidades eran mínimas: ni aire acondicionado ni calefacción, agua corriente de milagro y una cocina de gas butano. La decoración era monacal, la chimenea no tiraba bien y el cuarto de baño, alicatado hasta media altura, olía a tuberías viejas.

Pero desde la ventana de la buhardilla se contemplaba la vista más interesante del mundo: el caserón de las Valiente, con su torreón y su fuente de azulejos, y su jardín de lilas y rosas, y el frontón donde todavía jugaban juntas, y el roble que les proporcionaba sombra en verano, y la piscina en la que nadaban Estela y Alicia, con sus gorritos de goma a juego. Ni en sus mejores sueños había imaginado Maya Millas que encontraría un lugar tan perfecto como este para llevar a cabo su plan.

CAPÍTULO 3

Algo debió de alterar la paz de la casa de las hermanas, porque poco después del mediodía, Maya oyó el motor de un coche y las vio alejarse discutiendo, a bordo de un viejo Lancia con Alicia al volante. Al principio no le dio mayor importancia al asunto, supuso que entraba dentro de lo normal que sus vecinas salieran de vez en cuando de su madriguera, pero después de un buen rato en el que estuvo tratando infructuosamente de conectarse a internet a través del teléfono móvil, empezó a preocuparle la idea de que, por un desafortunado capricho del destino, Estela y Alicia Valiente hubieran emprendido, precisamente ese día, un largo viaje del que no tuvieran previsto regresar en muchos meses.

Sin embargo, un par de horas más tarde, desde la ventana de la buhardilla, distinguió el Lancia que volvía, a lo lejos, y lo acompañó con la mirada mientras bajaba a trompicones por la carretera en cuesta. Al verlo acercarse sintió alivio, pero también la urgencia de comenzar cuanto antes con la tarea que la había llevado hasta el pueblo. El tiempo vuela, se dijo, y más a partir de los ochenta. La memoria falla, se confunden los nombres y las fechas, y Estela Valiente, como objeto de estudio, era un material bastante frágil. Así que se puso en marcha enseguida; fue a buscar la caja de bombones que había comprado en Madrid y cruzó a paso ligero los escasos cincuenta metros que separaban la puerta de su finca de la de sus vecinas. Llamó al timbre, esperó, y al cabo de unos segundos oyó el sonido de unos pasos cortos sobre la gravilla.

—¿Quién es?

Era la segunda vez que escuchaba la voz cantarina de Alicia Valiente. Le resultó conmovedora por la edad que arrastraba y por su tono amable, inofensivo. De repente sintió inquietud por la vulnerabilidad de este par de abuelillas, viviendo solas, sin ninguna vigilancia ni protección. ¿Tendrían una alarma conectada a alguna empresa de seguridad privada?

—Soy Maya, la vecina de al lado. Nos saludamos esta mañana. ¿Se acuerda?

Cruzó los dedos para que su memoria a corto plazo funcionara correctamente. A veces las personas mayores recuerdan a la perfección las anécdotas más insignificantes de su niñez, pero olvidan cosas importantes del presente, como cerrar el gas o tomarse las pastillas.

—Claro que me acuerdo —replicó Alicia con malicia y Maya notó un tono divertido en su respuesta.

Sin preguntar nada más, abrió con una acogedora sonrisa la puerta verde de su cancela.

—¡Vaya! —se sorprendió—. ¡Pero si me has traído bombones!

—Sí —se rio Maya—. Es una costumbre un poco yanqui, la de aparecer con dulces en la casa del vecino, pero me hacía ilusión volver a verla y presentarme en condiciones. Esta mañana estaba hecha un asco, venía de correr.

—Qué amable —dijo Alicia—. Puedes pasar, no te quedes ahí fuera.

—No, no, de verdad —se resistió Maya—. No quisiera molestarlas.

—No molestas, guapa. Mi hermana acaba de irse a Madrid y me he quedado más sola que la una. Me viene muy bien un poco de compañía. Si te apetece quedarte a comer, pensaba hacer caldereta. ¿Te gusta?

Jamás hubiera imaginado Maya que le resultaría tan sencillo atravesar la verja de aquella casa, ni que el primer día de su estancia en Los Rosales Alicia Valiente la invitaría a comer. Al contrario, dada la fama de ermitañas que precedía a las hermanas, había supuesto que entrar allí sería algo tan imposible como asaltar una fortaleza.

—Me encanta —mintió— y, además, resulta que yo también estoy más sola que la una.

Una vez dentro de la finca, Maya volvió a pensar en lo indefensas que parecían sus vecinas.

—¿No le da miedo vivir aquí tan sola? —le preguntó mientras recorrían con lentitud el camino de piedra.

—¿A mi edad, quieres decir?

—Es que cualquiera podría entrar a robar y...

—¿Y qué se llevaría, si ni siquiera tenemos una televisión? ¿Los libros?

Se rio con ganas, aunque sonó a tos seca, y entonces abrió la puerta de la casa. Al contemplar las columnas de libros que invadían todas las paredes, Maya pensó que sí, verdaderamente alguien podría ganar una fortuna vendiéndolos en el mercado de segunda mano. Los había por todas partes: en las incontables estanterías, sobre los muebles, en el alféizar de las ventanas, en la repisa de la chimenea y amontonados en cada esquina, sin ningún orden.

—La mayoría son de mi hermana —estaba explicándole su anfitriona, divertida ante la cara de sorpresa que se le había puesto a Maya—. Padece una especie de síndrome de Diógenes, aunque sólo con los libros, afortunadamente. Cuando era jovencita y se fue a vivir a Madrid, los acumulaba por todas partes; incluso dentro del horno. Para que veas lo poco que cocinaba y lo mucho que leía.

Volvió a su risa de tos seca, mientras se internaba en la oscuridad de su casa. Allí se respiraba un olor hogareño, mezcla de chimenea apagada y polvo de libros viejos. La luz entraba sombreada por los árboles del jardín y una vez dentro permanecía agazapada, incapaz de iluminar más que algunos rincones.

Presidía la casa una monumental escalera de madera que subía regia hasta el torreón, con un pasamanos ancho, bien pulido, y montoncitos de libros a los lados. En el salón, frente a la chimenea, había dos butacas de abuela, con un escabel ante cada una y unas mantas de lana dobladas en los reposabrazos. Al fondo, un piano de pared, muy usado, y un sofá incómodo, de esos que espantan a las visitas, tapizado en los años setenta por la propia Alicia a juego con las cortinas de terciopelo verde. Un poco más allá, había una mesa de juego, con el tapete bien planchado y las barajas preparadas, rodeada por cuatro sillas de madera dura. Un conjunto austero, agradable, pero impropio de una mujer que ingresaba una fortuna al año y que podría vivir en un palacio si quisiera. Los derechos de autor de *De puertas adentro,* de sus innumerables ediciones, sus traducciones internacionales y los beneficios de las películas y obras teatrales basadas en su historia, igualaban —según la revista *Rolling Stone*— a las ganancias millonarias de algunas de las grandes estrellas del rock.

—¿Quién toca el piano? —quiso saber Maya.

—Lo tocamos las dos y no lo escuchamos ninguna —se rio Alicia—. A las dos nos falla un poco el oído.

Sobre el sofá, tirado de cualquier manera, alguien había abandonado el periódico local. Alicia lo recompuso con cuidado y se lo tendió a Maya.

—Anda —le dijo señalando el destartalado sillón—, ponte cómoda y entretente un rato mientras preparo la comida.

—¿No quiere que le eche una mano en la cocina?

—Ni hablar. Tú a lo tuyo, yo a lo mío.

El estado del sofá era peor de lo que parecía a simple vista. Algunos muelles se habían soltado y se clavaban en la espalda y en las posaderas. Había que encontrar la postura y, una vez adoptada, mantenerse inmóvil, tiesa, como una dama del siglo XVIII en presencia de un pretendiente muy cursi. Mientras Alicia trajinaba en los fogones, haciendo un ruido de mil demonios, Maya paseó la vista por la estancia, deteniéndose en cada detalle y memorizando los títulos de algunos de los libros que reconocía. Todos esos datos los anotaría después en su libreta, junto con las sensaciones que estaba almacenando en su cabeza de investigadora: la temperatura, el olor, la luz y la aspereza de la superficie en la que estaba sentada.

Tomó aire. Respiró el universo de Estela Valiente y lo descubrió menos oprimente y más íntimo de lo que había imaginado. Y más auténtico. Allí vivían personas de carne y hueso, que jugaban a las cartas y tocaban el piano, que, en lugar de participar en la locura del mundo, preferían observarlo desde un sofá incómodo y leer las noticias en el diario local.

Alicia le había tendido el periódico como quien cede el poder del mando a distancia de la televisión: «Ponte cómoda», le había dicho y la había hecho partícipe de las costumbres de su casa. Probablemente, Estela también leía el diario mientras su hermana preparaba la comida y después, sentadas las dos a la mesa, comentaban las noticias en voz alta. ¿Esperaba Alicia que Maya sustituyera hoy a su hermana en esa tarea tan cotidiana de conversar durante el almuerzo?

Como una alumna aplicada, decidió dedicar los siguientes minutos a la lectura de la crónica de sucesos y se enteró de que la policía había detenido a un hombre acusado de merodear por los alrededores de la estación. Y de que una vecina había pasado toda la noche atrapada en su bañera. Luego supo que el comité organizador de la fiesta del 15 de mayo se reuniría el martes; que la piscina municipal abriría el 1 de junio y que las colonias de verano darían comienzo en julio.

Cuando estaba a punto de abortar la misión y dedicarse a consultar el móvil en busca de emociones más fuertes, se fijó en que en la sección de los obituarios faltaba una página. Alguien la había arrancado con rabia. O con prisa. Y no había tenido el cuidado de recortar los bordes rasgados. Apuntó mentalmente este dato para estudiarlo más adelante. Se dijo que tal vez tenía algo que ver con la ausencia de Estela Valiente. O tal vez no.

—¿Le ha surgido a su hermana algún imprevisto en Madrid? —había indagado con disimulo Maya, al entrar en la casa, recordando que aquella mañana, cuando oyó salir el coche, le había parecido que discutían.

—Cosas suyas —había respondido Alicia, algo sombría, y no había soltado prenda, a pesar de que Maya había insistido un poco más. «Cosas suyas» había sido la única explicación y la periodista había comprendido que era mejor dejarlo estar así, no se fuera a molestar su anfitriona.

Alicia preparaba caldereta un par de veces al mes según una vieja receta familiar que combinaba verduras, patatas y carne en un guiso sabroso y contundente. Con un buen plato bien caliente y algo de fruta, hasta el estómago más exigente quedaba satisfecho. La siesta de caldereta —como la llamaba Estela— era plácida y profunda. No se debía tomar tumbada, sino reclinada en la butaca, porque, de lo contrario, la digestión resultaba muy pesada. Desde la cocina, Alicia le pidió a Maya que encendiera la chimenea, por favor, con las cerillas que había dejado en la repisa, junto a las pipas y el tabaco.

El caldo borboteaba y la carne se iba cociendo despacio, al compás del tictac del reloj de pared. Se llenaba la casa de olor y vapor, porque Alicia se negaba en redondo a utilizar la campana. Sostenía que muchas cocineras perdían el juicio por culpa del extractor de humos. Se les iba la cabeza. Se volvían locas de remate.

Mientras removía el potaje, se reía por dentro al imaginar lo que le diría su hermana cuando le contara que había invitado a comer a la vecina. Probablemente se pondría hecha una fiera, le gritaría al teléfono. A Estela no le gustaban nada los desconocidos.

—¿Y cómo quieres que dejen de ser desconocidos? —se burlaba a veces Alicia.

Pero Estela les tenía una aprensión visceral. Una fobia adquirida muchos años atrás, cuando su libro la colocó en el centro de la atención mediática y sus admiradores se peleaban por conseguir un autógrafo suyo.

Al principio, ella se esforzaba por agradarlos a todos y con paciencia infinita se sacrificaba durante horas firmando libros. Elaboraba sus dedicatorias con sumo cuidado, basándose en los gustos o las circunstancias personales de sus lectores, que les iba sonsacando en las pequeñas e íntimas conversaciones que establecía con cada uno de ellos, durante los dos o tres minutos que les dedicaba antes de estampar su rúbrica.

Hasta que descubrió el negocio a sus espaldas: la reventa de libros firmados por la autora, que se ofrecían a precio de oro en algunos establecimientos. Lo denunció a su editora, que trató de impedirlo, sin éxito. Logró el control de las librerías y los locales comerciales, pero el tráfico continuó en la clandestinidad; y los precios, desde que Estela Valiente se negó en redondo a firmar un solo ejemplar más, se dispararon en el mercado negro.

Le dolía que abusaran de ella. De su ingenuidad, de su generosidad. Por este y otros desengaños se había vuelto huraña.

—Pues resulta que es una jovencita muy agradable —pensaba decirle—, nos había comprado bombones.

Y después se pasarían dos horas al teléfono, especulando sobre los verdaderos motivos que habían llevado a Maya Millas a desterrarse a Los Rosales, en la flor de la vida, soltera y de buen ver y con un trabajo interesante del que había pedido una excedencia por razones personales.

—Mal de amores —sostendría Alicia, siempre tan romántica.

—O quitarse de en medio, por alguna historia fea —replicaría Estela, amante de las novelas de misterio y crimen.

El comedor era una estancia pequeña, sin puertas, entre el salón y la galería acristalada que se asomaba al mirador, con una alacena para los platos en una de las paredes y las otras dos repletas de libros.

La chimenea chisporroteaba al fondo del salón, pero allí hacía frío. Las puntas de los dedos se quedaban heladas y así aún resultaba más agradable el calorcillo de la caldereta al entrar en el cuerpo.

—Enhorabuena —felicitó Maya a la cocinera—. Es usted una artista.

—¿Verdad que sí? —replicó Alicia—. Y ya ves, todo el mundo dice que la artista es mi hermana. —Se rio con picardía—. Se está perdiendo una comida y una charla muy agradables, por esa manía que tiene de irse corriendo a Madrid, cuando uno menos se lo espera.

—¿Alguna urgencia?

—Cosas suyas.

Alicia Valiente levantó la vista del plato y la clavó en la sonrisa de Maya.

—¿Y a ti qué te trae por Los Rosales?

—Cosas mías —contraatacó la otra—. Algún día se lo contaré, se lo prometo.

Dieron buena cuenta de los bombones delante de la chimenea y, cuando Maya notó que a su anfitriona empezaban a pesarle los párpados, le dio las gracias y se despidió muy cariñosa, con un beso auténtico en la mejilla envejecida.

—Ahora me toca a mí invitarla a usted —le dijo antes de marcharse—, aunque me temo que cocino fatal y mi nueva casa, de momento, está pudiendo conmigo.

—No es lo que te esperabas, ¿verdad?

—Es exactamente lo que quería. Lo que pasa es que tengo que aprender a domesticarla.

—Como el zorro.

—Sí.

«Misteriosa», le diría a Estela para picarle la curiosidad. «Misteriosa y bien educada. Discreta, callada, agradable. La verdad es que me ha dado muy buena impresión. Vuelve pronto y te la presento». Y Estela, como si la estuviera viendo, se serviría un mojito helado y encendería el tocadiscos para escuchar un bolero lastimoso en la terraza de su ático madrileño, asomada al Retiro.

De aquella sobremesa, Maya salió con una misión impostergable: comprar el periódico local para leer la página que faltaba. Subió la cuesta a zancadas, se internó en el pueblo y llegó a la plaza donde esa mañana, mientras corría, había visto un kiosco de prensa construido con granito. Estaba cerrado. Volvió a bajar por las calles empedradas, hasta la entrada del pueblo. En la tienda de la estación pidió un ejemplar, salió a la terraza y se sentó a disfrutar del sol de la tarde.

En la sección de obituarios había dos artículos: el primero se refería a don Melchor Caballero, ciudadano ejemplar, maestro de primaria del colegio de Nuestra Señora de la Soledad, esposo, padre y abuelo. Al que todos recordaban por su generosidad y su gran labor docente.

El segundo era un texto escrito a medio camino entre la pieza necrológica y la crónica negra. Se trataba de la muerte en prisión de la «asesina de las cartas de amor». Una delincuente oriunda de Los Rosales, que en los años ochenta había acuchillado a tres hombres con quienes había establecido una falsa correspondencia erótica, después de hacerse con las llaves de sus domicilios y robarles todo su dinero y sus objetos de valor. Durante muchos años nadie sospechó de la autora de aquellas misivas, porque la asesina exigía a sus víctimas que las quemaran después de leerlas. Sus iniciales eran M. P. y había fallecido en la cárcel de Alcalá Meco, donde cumplía condena, a la avanzada edad de ochenta y cuatro años.

CAPÍTULO 4

Para escribir, Estela prefería el silencio de su destartalada biblioteca del torreón, donde hacía cuarenta años había instalado su estudio: la mesa que durante un tiempo estuvo en la cocina y sirvió de lugar de reunión de la familia, la silla de su dormitorio de niña y los estantes con los libros que llegaban hasta esa habitación como criaturas abandonadas, huérfanas de otras paredes, y allí echaban raíces y hasta florecían. Y su vieja Olivetti, regalo de su padre, al igual que todas las máquinas de escribir de su vida, bisnieta de la primera Underwood de acero negra en la que aprendió las letras junto a Tony durante uno de los eternos veranos que compartieron de niños.

El ruido de las teclas siempre la trasladaba a aquellos días de calor y limonada, encerrados los dos en el escondrijo del torreón inventando historias, mientras Alicia los buscaba para que la acompañaran a darse un baño en la alberca del jardín.

No le mostraban a nadie las cosas que escribían, porque sabían que lo que hacían en el torreón no estaba bien. No era una diversión sana ni inocente, sino un crimen cuyas pruebas había que quemar después de leer. En sus relatos reinaba la emoción de la que carecían sus largas tardes de verano. Un vecino, por ejemplo, podía esconder en su interior a un asesino ávido de sangre que entraba por las noches en las habitaciones de quienes dormían. El jardinero se convertía en un depravado que les sacaba los ojos a los gatos y a los perros del vecindario y las monjas que vivían en la casa de al lado tenían secuestrados en el sótano a unos niños a los que torturaban.

Tony era el instigador; Estela, su entusiasta cómplice.

Escribían un par de cuartillas y después las leían en voz alta, regodeándose en todo lo sucio y todo lo prohibido, sustituyendo el plano físico por el de la imaginación, sin llegar a tocarse jamás, pero aprendiendo a quererse de otra manera.

Una vez Tony le pidió a Estela que se casara con él. Pero eso fue mucho más tarde; y era broma. En el torreón no era necesario. Ya estaban casados desde siempre.

Después del libro, del premio y del desengaño, Estela siguió subiendo a aquel lugar a pesar de que Tony ya no la acompañara. Siempre fue capaz de ver las salpicaduras de sus ideas desparramándose por las paredes. Por eso le gustaba sentarse allí, con su mesa, su silla, sus libros y su Olivetti.

—¿Necesita usted silencio y concentración para escribir? —solían preguntarle los periodistas.

—¿Lo necesita usted para respirar? —respondía ella.

Su otro lugar favorito para escribir eran los trenes. Allí se le ocurrían los mejores argumentos. Sacaba su cuaderno y anotaba sin parar, desde que la máquina se ponía en marcha hasta que el revisor anunciaba el fin de trayecto. Le inspiraban los paisajes en movimiento, las conversaciones en voz baja, el trajín de maletas y de estaciones y de viajeros.

—¿Por qué no volvió a escribir?

—Nunca he dejado de hacerlo. Soy, sencillamente, una escritora que no publica.

Para el tren compraba unos cuadernos rojos de tapa dura. Garabateaba en sus páginas, con su letruja apretada, siguiendo un ritual mágico: primero las gafas, después el trago, el cigarro, luego el capuchón del bolígrafo entre las muelas.

En días faltos de ideas, había llegado a comprar un billete de ida y vuelta a ninguna parte. A Madrid, o más lejos. A la costa.

Dos horas de ida, dos de vuelta, siete cuartillas repletas de imágenes en movimiento y el espíritu apaciguado. Si no escribía un poco cada día, era incapaz de dormir.

Alicia no entendía esta costumbre suya de subirse al tren sin ton ni son. Ella era más previsora. Programaba los viajes con antelación, hacía maletas, reservaba asientos, salía de casa con tiempo. Le mortificaban Estela y su «llévame a la estación, corre, Alicia, saca el coche que llegamos tarde». Así, sin previo aviso. ¿Y la caldereta? ¿Y el vermú?

Pero ya la conocía. No iba a cambiar sus manías ahora que estaba a punto de cumplir los ochenta y tres.

Aquella mañana, sin embargo, la discusión había sido más fuerte.

Después del desayuno en la cama, Estela había subido al torreón, como hacía siempre, para enfrentarse a la tarea diaria de responder sus cartas. Las traía el cartero cada mañana, junto con el periódico, en un bonito maletín de cuero que le había regalado Alicia como recompensa por el trabajo extra de atender su casa. No era lo normal. Nadie en Los Rosales recibía una media de cincuenta cartas al día, durante cuarenta años seguidos.

Alicia las subía, antes de preparar el desayuno, y aprovechaba para ventilar el cuarto, recoger un poco y retirar los ceniceros sucios. Como el torreón tenía cuatro ventanas, quedaba a merced de los cuatro vientos. Soplara el que soplara, siempre se arremolinaba sobre la máquina de escribir. Cuando llegaba Estela, se encontraba las cartas encima del escritorio, el periódico doblado y algunas hojas de papel volando por los aires. Entonces se encerraba en su torre, encendía un cigarrillo y se ponía cómoda.

Primero leía el periódico, deteniéndose en las historias de crímenes que tanto le apasionaban. Recortaba, marcaba, comentaba en voz alta... A Alicia, el diario le llegaba hecho una pena, todo roto y maltrecho. Pero no le importaba; se conformaba con que el crucigrama hubiera sobrevivido a la carnicería, porque para enterarse de las noticias prefería a su hermana, que era mucho más divertida que los redactores locales. En su boca las historias se magnificaban, los pequeños sucesos de la comarca adquirían dimensiones épicas. «¿Por qué no escribes una novela policiaca?», la animaba. «Porque la realidad siempre supera a la ficción», le respondía Estela, entre cucharada y cucharada de algún guiso caliente.

Después de mutilar el periódico, una vez estimulada la imaginación, Estela se enfrentaba a las cartas. Era una tarea absorbente, a la que dedicaba un par de horas cada mañana. Camino Aribau, su editora, se había presentado un día con un ordenador portátil envuelto en papel de regalo. «Para que puedas enviar y recibir correo electrónico —le había dicho—. En cuanto aprendas a usarlo verás cómo te gusta. Estas cosas facilitan muchísimo el trabajo». Pero Estela se lo había devuelto sin abrir. Estaba en contra de las nuevas tecnologías, le había explicado con cariño. Tan radicalmente en contra como de cualquier ideología tirana. «¿No he sido yo siempre una rebelde?», le había recordado.

La última pieza futurista que había entrado en aquella casa había sido la Hispano Olivetti que le había regalado su padre, y de un tiempo a esta parte, desde que habían dejado de venderse en las papelerías, tenía que pedir los cartuchos de tinta por encargo. A quienes le escribían a mano, les respondía de su puño y letra en unas bonitas hojas de papel de cartas a los otros, con la tipografía anticuada de su máquina de escribir.

Antes de empezar, levantaba cuatro montoncitos dependiendo del tipo de solicitud del que se tratara:

En primer lugar, estaban las de los organismos oficiales, universidades y centros de enseñanza, rogándole que asistiera a tal o cual entrega de diplomas, graduación o seminario. Normalmente respondía que no, con delicadeza y educación, aunque de vez en cuando, si se trataba de algún colegio diminuto, de esos que salpican sin ruido la geografía española, dedicaba un buen rato a pensar en su respuesta, para no arruinar las ilusiones de algún maestro con auténtica vocación. Y en casos extremos había llegado a insinuar que iría «un año de estos» y a planteárselo de veras.

En segundo lugar, estaban las de los organizadores de eventos, premios y fiestas. Todos ellos reclamaban su presencia en tal o cual gala orquestada en torno a ella y su obra, para conmemorar el éxito, el aniversario, el legado, la figura... A estos siempre les respondía con un no rotundo y antipático. Entendía que perseguían un aprovechamiento egoísta de su persona, a mayor gloria de su empresa o su patronato. Los filántropos eran los peores.

En tercer lugar, estaban las cartas de sus admiradores y esas eran las que más le gustaban. Llegaban de todos los rincones del mundo, en varias lenguas y varias letras indescifrables. Las que podía comprender las respondía a vuelta de correo. Las otras se las reenviaba a Camino Aribau y a su equipo de políglotas para que se las tradujeran.

Eran tan bonitas y tan delicadas aquellas cartas, y tantos sus nuevos lectores, tan jóvenes, tan cándidos; eran tantos sus lectores viejos, vapuleados por la vida; tantos sus incondicionales, sus lectores recurrentes, aquellos que leían el libro cada dos o tres años y siempre volvían a revivirlo en carne propia; tantas las llamadas de socorro, las felicitaciones, las confesiones, las consultas, las angustias, las alegrías...

Por último, en su montaña de cartas, estaban las más inquietantes: las cartas personales, las de los locos y las de los cuerdos.

Las de los locos las leía y las sufría, pero jamás las respondía. Algunas las enviaba directamente de vuelta, con la mentira «Remitente desconocido» garabateada en el sobre. Otras las entregaba en la comisaría de policía del pueblo, junto con una caja de bombones, en agradecimiento por las molestias. Las de los cuerdos eran llamadas de atención y voces del pasado que le revolvían el estómago y el espíritu. Que hurgaban en sus heridas y levantaban las costras.

Cuando terminaba su tarea, bajaba del torreón mareada, con ganas de martini seco, y se agarraba del brazo de Alicia, que la llevaba al Miranda, a tomar la primera copa del día. ¿Tenía un problema con la bebida

Estela Valiente? No. Lo que tenía con la bebida era un romance, señor periodista.

El torreón, el periódico, las cartas, el trago, la discusión con Alicia y el tren se habían convertido a lo largo de los años en una mala costumbre. Estela se refugiaba durante unos días en el ático de Madrid, encerrada a solas con sus fantasmas, y regresaba a Los Rosales como el soldado del campo de batalla: herida y ávida de cariño.

Pero lo de esta mañana había sido diferente. Alicia se lo había notado a Estela en el temblor de la barbilla; en el ruego desesperado: «Llévame al tren, te lo suplico», en la mirada desorientada y el paso tambaleante.

—Alicia, saca el coche, corre, que pierdo el tren.

—¿Pero no íbamos a ir a tomar el vermú, Estela? Hija, no hay quien te entienda.

—¡Que saques el coche, leñe!

—¡Pues ahora no me da la gana! ¿Has bebido?

—A ti qué te importa que beba o que deje de beber. Si no me llevas tú, cojo el coche y lo dejo tirado en la estación. Lo que prefieras.

Se habían despedido en el andén con un abrazo de hermanas que se reconcilian sin palabras y, después, Estela Valiente había tomado asiento en un compartimento solitario y se había echado a temblar.

En el bolso, dentro de un sobre con el remite escrito a pluma, viajaba el motivo de su angustia. Aquella mañana, entre sus cartas, había encontrado una que había hecho tambalearse los cimientos de su casa. La firmaba un hombre llamado Alonso Ríos, y aquel nombre contenía todo el dolor y todo el sufrimiento de su vida.

Capítulo 5

No le iba a resultar fácil acostumbrarse a las carencias de su nueva casa. En Madrid, Maya vivía en un apartamento moderno, de un solo dormitorio, con una cocina diminuta que no utilizaba jamás, una mesa de comedor que había convertido en escritorio y un dispositivo electrónico de última generación que permanecía en todo momento conectado a las redes, plataformas y demás ocurrencias digitales de la era tecnológica. Si le entraba hambre, no tenía más que teclear unos comandos para ordenar la cena a domicilio. Si necesitaba comprar alguna cosa, la encargaba a través de una aplicación que se la enviaba al instante.

Dos veces por semana venía una mujer a limpiar la casa, lavar y planchar la ropa, organizar los armarios y mantener la vajilla limpia. Su relación con ella era a distancia. Sus horarios eran incompatibles. Se comunicaban a través de los mensajes de texto que intercambiaban de vez en cuando en sus teléfonos móviles.

No tenía plantas. Sí algunos libros. No perro ni gato. Sí una cafetera y un montón de bebidas ecológicas en la nevera.

Nunca, hasta ahora, había echado de menos su piso. Lo consideraba un lugar de paso; un refugio provisional para un momento concreto y pasajero de su vida. Se estaba abriendo camino, con trabajo, sin ayuda, sin nada que deber, nada que agradecer. Pero pronto sus esfuerzos darían fruto y podría mudarse a un barrio elegante; conocería a un hombre del que se enamoraría locamente, viajarían juntos por el mundo y tendrían un bebé. La paradoja de su presente —reconocía— era que añoraba más la fantasía futura que la realidad en la que habitaba.

No había nada que la uniera a su apartamento y, sin embargo, al entrar por primera vez en la casa de las monjas, había sentido una terrible nostalgia de él. Aquel lugar, inmenso, frío, oscuro, fantasmagórico, era mucho peor de lo que había imaginado.

Se trataba de un caserón centenario que había alojado durante años a una pequeña comunidad de religiosas. Unas doce. Cada una ocupaba una celda de un par de metros cuadrados en el primer piso, con un tablero por cama y un crucifijo por espejo. En las paredes, todavía se notaban los cercos en forma de cruz sobre el cabecero. La mayoría no tenía ventanas, ni ventilación alguna. Entre todas las celdas formaban una especie de colmena laberíntica, de recovecos, pasillos, puertas y paredes. Desde allí partía una escalera envejecida que llevaba a una buhardilla de techos bajos, inclinados. Estaba vacía y polvorienta.

El día que llegó a la casa, Maya cerró la puerta que comunicaba con el primer piso y decidió que sólo utilizaría la planta inferior. Convirtió una pequeña habitación de servicio, junto a la cocina, en su dormitorio y colocó los tres o cuatro enseres que había traído con ella en el salón. En la mesa del comedor, con capacidad para albergar a doce comensales, instaló el ordenador, la impresora y todos sus libros de referencia. Al verlos juntos, amontonados sobre la mesa, se dio cuenta de que poseía una auténtica biblioteca dedicada a Estela Valiente y su novela *De puertas adentro*, sobre la que se habían publicado, a lo largo de los años, todo tipo de artículos, libros de texto, ensayos, estudios y tesis doctorales.

«Pero ninguna biografía autorizada», se recordó.

En el salón había dos ventanales que daban a la parte en sombra del jardín y que quedaban parcialmente cubiertos por unos arbustos invasores. Una chimenea de ladrillo visto con un cuadro encima de una Virgen dolorosa. Dos butacones tapizados en terciopelo rojo frente al hogar, un banco corrido de madera que ocupaba toda la pared del fondo y las dos laterales, una alfombra envejecida, dos lámparas de pie y una de araña, un pequeño escritorio de caoba en una esquina y una silla dura con un cojín encima. Al final del pasillo en el que desembocaban la escalera, la puerta de la cocina y la del salón, estaba el recibidor, con su asiento desfondado y su lámpara de brazos retorcidos.

A ese conjunto decorativo se reducía su nuevo hábitat. Daban ganas de echarse a llorar. Nadie en su sano juicio habría querido alquilar aquella ganga por muy barata que fuera.

—Lleva años vacía —le habían advertido en la inmobiliaria—, no queremos engañarla, señorita, es un espanto de sitio. Pero conserva las tuberías en buen estado y no tiene goteras, ni bichos. Si no le asustan las casas viejas, puede que hasta llegue a tomarle cariño. Aunque yo no le recomiendo que se quede en invierno. A partir de octubre aquí hace un frío insoportable.

—Espero haber terminado mi trabajo para entonces.

—¿A qué se dedicaba, me dijo?

—Escribo.

—¿Una novela?

—Más bien un ensayo.

—Ah.

La cuestión era abstraerse del desastre y concentrarse en el objetivo de su misión. ¿Hubiera sido más agradable alojarse en un hotelito con encanto? Sí, pero entonces no habría conseguido tanta información en tan poco tiempo. Todavía no había pasado ni veinticuatro horas en la casa de las monjas y ya había reunido material suficiente para llenar un cuaderno entero. Se hacía una idea de cómo eran el pueblo y sus alrededores y en qué consistía la vida cotidiana de las hermanas Valiente. Había conocido a Alicia y, a través de ella, también a Estela, y sobre todo, había dado con una pista: «el caso de la asesina de las cartas de amor», que podría desembocar en algo importante para su investigación. No se le quitaba de la cabeza que la repentina marcha de Estela Valiente a Madrid podía estar relacionada con el caso. Tal vez se conocían; no sería raro: eran vecinas y cercanas en edad.

—A mi hermana siempre le han divertido mucho las novelas de misterio. A los doce años descubrió a Agatha Christie y a Edgar Allan Poe y leyó todas sus obras. Cuando éramos niñas, solíamos jugar a inventar crímenes; Estela y Tony Cienfuegos, sí, el famoso escritor, que vivía dos casas más abajo, y que era un niño de lo más imaginativo, elaboraban los guiones. Luego los representábamos los tres, añadiendo líneas a los diálogos.

—¿Qué fue de Tony Cienfuegos?

—Murió.

—Pero siguieron siendo amigos, ¿verdad?, me refiero a que mantuvieron la amistad al hacerse mayores.

—Claro. Durante algunos años, Tony fue lo más parecido a un hermano para Estela. Cuando se instalaron en Madrid, dependían tanto el uno del otro que su relación resultaba casi enfermiza. Los dos escribían, los dos sufrían, lo que uno lograba lo ansiaba el otro, se envidiaban, se querían, se odiaban. Lo suyo era una especie de simbiosis llevada al extremo, no sé si me entiendes.

—¿Cuándo volverá Estela?

—Pronto. Espero.

Maya amaneció tarde. Subió a la buhardilla para asomarse al ventanuco desde el que tenía la mejor vista del jardín de las hermanas. Junto al frontón descubrió a Alicia, que, hacendosa, se ocupaba de los rosales. Se había calzado unas botas de agua y llevaba puesto un delantal con bolsillos de jardinero. Del más ancho sobresalía el mango de las tijeras de podar.

De Estela no había rastro. La puerta-ventana de su habitación, la que se abría a la terraza del primer piso, estaba cerrada. El coche no se había movido de su rincón a la sombra. Daba la sensación de que el día sería tranquilo. Idéntico al anterior.

Sentada a la mesa del comedor en penumbra, frente a la pantalla encendida de su ordenador, Maya trató de encontrar la inspiración dejando vagar la mirada por las paredes vacías de la habitación. Ansiaba comenzar cuanto antes a escribir la biografía de Estela Valiente, pero no lograba concentrarse en su tarea. Había anotado muchas ideas en su libreta; Alicia había sido una fuente generosa de anécdotas y curiosidades, y sin embargo, para lanzarse al ruedo, le faltaba lo más importante: conocer en persona a la protagonista de su historia.

Tal vez, se dijo, era mejor esperar a que Estela regresara a casa. Mientras tanto, para no quedarse de brazos cruzados, escribiría una crónica para la revista. Se lo había prometido a Clara Cobián. Una serie de artículos sobre la bucólica vida de una mujer de mundo en un pueblo de la sierra. Sería la excusa perfecta para explicar su ausencia ante sus compañeros de trabajo. Después de un rato, tomó aire y se puso en pie. Salió de casa con el paso decidido de un detective de ficción y se dirigió al centro, con la idea de tirar del hilo de otro misterio. El del extraño caso de la asesina de las cartas de amor.

—¿Clara?

—¿Qué tal, investigadora secreta?

—Por ahora despacio, pero bien. Oye, ¿qué te parece si escribo un reportaje sobre una celebridad del pueblo? ¡Una auténtica asesina en serie! Resulta que acaba de morir en la cárcel. La tipa mató a tres hombres en los ochenta. Les escribía cartas eróticas y les hacía creer que estaba enamorada de ellos, pero lo que buscaba era quedarse con todo su dinero. Me encanta el título: «El caso de la asesina de las cartas de amor».

—¿Y qué hay de la biografía de Estela Valiente?

—Podría estar relacionada con ella. Eran vecinas y más o menos de la misma edad. Tal vez se conocían. Estela había recortado una página del periódico. Lo descubrí ayer y... ya te contaré más despacio.

La delegación del periódico local en Los Rosales consistía en una sola habitación inundada de papeles, cedida por el ayuntamiento al único cronista del pueblo, Pereira, y a su becario, Monteiro. Los dos compartían una mesa y un cenicero, y una misma pasión por la crónica negra, a juzgar por los recortes de prensa, expuestos en paneles de corcho, que decoraban las cuatro paredes del despacho.

Pereira se puso en pie para recibirla. Hizo amago de besarle la mano.

Era un hombrecillo menudo, muy mayor, de aspecto aseado y prosa pulcra, algo anacrónica. Monteiro, por el contrario, era joven y alto, desgarbado, descuidado, el perfecto contrapunto de su jefe.

—Nos preguntábamos, perdone la indiscreción, qué trae hasta este remoto enclave de la sierra a una joven y bella redactora de *L'Idéaliste*. ¿Tal vez la enigmática figura de nuestra insigne celebridad literaria, Estela Valiente? El próximo otoño celebraremos el cincuenta aniversario de la publicación de *De puertas adentro*. ¿Piensa usted escribir un artículo sobre la efeméride?

Maya sintió una punzada de inquietud en el pecho. ¿Tan evidentes resultaban sus intenciones?

—Ya nos extrañaba que no comenzaran a llegar los periodistas —estaba diciendo Pereira—. Meses antes de cumplirse las bodas de plata, el pueblo se llenó de corresponsales, biógrafos, estudiantes y curiosos. Algunos se apostaron a las puertas de la residencia de las hermanas Valiente. Tuvo que intervenir la policía, para despejar la zona. ¿Y sabe lo que hizo Estela? ¡Se marchó de viaje! Se subió al tren y desapareció.

—¿Se fue a Madrid?

—No. Por lo visto, allí también la asediaban sus admiradores. Sencillamente se esfumó de la faz de la Tierra. —Pereira se retorció el largo bigote—. Supongo que esta vez hará lo mismo. En cuanto sepa que está usted en el pueblo, hará las maletas y saldrá huyendo.

El jefe le lanzó a Monteiro una mirada de maestro de primaria. Sin palabras, le instó a cederle la silla a su invitada. Maya tomó asiento, le agradeció el gesto al becario y rechazó el cigarrillo que le ofrecía, el vaso de agua, la posibilidad de colgar la chaqueta en el perchero.

—Entonces tendremos que contarle mi secreto —dijo, misteriosa, paseando la vista por la curiosidad de sus anfitriones—. Estela Valiente puede estar tranquila. No he venido a escribir sobre ella.

—¿Ah, no?

—No. —Esperó unos segundos para añadir suspense a la escena—: Me interesa, más bien, la historia de la asesina de las cartas de amor. —Pereira y Monteiro abrieron los ojos como platos. Se cruzaron una mirada de sorpresa—. Ya ven ustedes —continuó Maya—, mi idea es escribir una serie de artículos de no ficción sobre ese caso. Algo parecido a la famosa *A sangre fría*, de Truman Capote. Con entrevistas personales, diálogos y mucho trabajo de hemeroteca.

—Lamentablemente, carecemos de archivos —replicó Pereira—. Y menos aún de hemeroteca. Cuando sucedieron los crímenes de la asesina de las cartas de amor, el periódico local aún no existía.

—¿Quién de ustedes escribió la necrológica de ayer?

—Fui yo —respondió con voz ronca el becario—. Me enteré de que Marta Poza había muerto porque me lo contó mi abuela. Eran amigas, ¿sabe? Antes de descubrirse que era una asesina, claro. Por lo visto, durante todos estos años, ha seguido en contacto con ella desde la cárcel. Se ve que le iba eso de escribir cartas.

Maya sacó su libreta de notas y escribió el nombre completo de la asesina: Marta Poza.

—¿Y su abuela se llama...?

—Anita. Anita Romero.

—¿Podría usted organizarme una reunión con ella?

A la hora de comer, Maya Millas había conseguido algo mucho mejor que una crónica detallada del caso. La viva voz de una testigo, despistada y algo sorda, sí, pero todavía con el recuerdo en primera persona de la historia completa. El miércoles a la hora de la merienda, había quedado en ir a visitar a doña Anita, con la grabadora lista y la curiosidad alerta, con una caja de pastas y la compañía inevitable de Francisco Monteiro, el nieto de la testigo, en calidad de embajador de buena voluntad. «Desde aquello, mi abuela no se fía de nadie, ¿sabe?».

En la pastelería de la plaza compró una bandeja de buñuelos. Pensaba llamar a la puerta de Alicia Valiente para compartirlos con ella. Era necesario que, sin hacerle cómplice de sus planes, la hermana de Estela le proporcionara una coartada. «Voy a decirle la verdad, Alicia —pensaba revelarle en tono confidencial—, mi presencia en Los Rosales se debe a un encargo de mi jefa. Quiere que escriba un artículo sobre unos crímenes perpetrados hace años en la sierra. Es mejor que me guarde el secreto. No me gustaría alarmar a nadie, estas cosas requieren de mucha discreción».

Esa sería la mejor manera de asegurarse de que Estela Valiente no saliera corriendo en cuanto su hermana le comentara que la nueva vecina, la inquilina de la casa de las monjas, era ni más ni menos que una incómoda periodista. Redactora de *L'Idéaliste*, para más señas, y una probable amenaza para la tranquilidad de su hogar.

CAPÍTULO 6

Al llegar a la estación, Estela cerró el cuaderno de tapas rojas en el que había garabateado unas pocas líneas indescifrables y lo añadió al desorden de su bolso, donde había guardado el sobre con el papel doblado y el ejemplar de *La casa de ladrillos rojos* que aquella mañana su hermana había tratado de ocultar bajo la cama. Había tenido que ponerse a cuatro patas y reptar un poco para recuperarlo.

Siempre acababa encontrándolo, por mucho que Alicia se esforzara en hacerlo desaparecer de su vista. No se daba por vencida, a pesar de que Estela le había explicado un millón de veces que el libro y ella estaban unidos de por vida, con una fuerza magnética superior a cualquier intento de separarlos. Daba igual dónde lo escondiera, que el imán de Estela la llevaba hasta él, con los ojos cerrados, como si pudiera olerlo, o ubicar en un mapa imaginario las coordenadas exactas de su localización espacial.

Siempre que regresaba a sus manos, después de un par de días en paradero desconocido, releía una y otra vez la dedicatoria fría y decepcionante: «Para Estela Valiente, con cariño y gratitud», y pasaba el dedo índice por la firma montañosa de Tony Cienfuegos, que cruzaba la primera página de este a oeste, como una cicatriz.

—Tienes letra de tirano —solía burlarse de él.

—¡Pero si está escrito a máquina! —protestaba Tony.

—A máquina también se nota.

No solía llevárselo de la casa de Los Rosales. Le daba miedo perderlo. Pero esa mañana había sido incapaz de separarse de él. Lo había envuelto en un pañuelo bordado, lo había metido en el bolso y no se había alejado ni un milímetro de su tesoro, aferrándose a él como un náufrago a un pedazo de madera.

Al bajarse del tren, al cruzar el andén, al salir después al bullicio de la plaza y recorrer a pie la corta distancia entre la estación y el ático, lo llevaba apretado contra su pecho —el hijo que nunca tuvo, el bebé que no creció ni aprendió jamás a decir su nombre— y notaba el latido de su corazón de papel, sofocado por el puño asfixiante de Tony Cienfuegos.

Así, con el bolso en brazos, subió los seis pisos por la escalera estrecha, apoyándose de vez en cuando en la baranda de hierro, recibiendo los olores procedentes de las cocinas de los vecinos con una mezcla de repulsión y hambre.

Era la hora de comer. En Los Rosales, Alicia habría preparado un sabroso guiso y la estaría esperando con la mesa puesta, paciente como era, dispuesta a escuchar las historias que unas veces leía y otras inventaba para ella, en ese pacto tácito —yo cocino, tú relatas— que llevaban años cumpliendo a rajatabla.

Precisamente esa mañana se había encontrado con una joya en la página de necrológicas del periódico: había muerto en la cárcel, a la edad de ochenta y cuatro años, la famosa asesina de las cartas de amor. Aquella niña precoz, Marta Poza, que antes de cumplir los quince ya apuntaba maneras. Seguro que Alicia también se acordaba de ella. Con sus piernas esqueléticas y sus ojos grandes. Que había vuelto loco de amor a Tony y lo había convencido para escaparse juntos. Que había pasado una noche con él en un motel de mala muerte, haciendo quién sabe qué con ese cuerpo suyo tan flaco y larguirucho; al menos diez centímetros más alta que su amante y mucho más avispada, más mujer, más salvaje.

Habrían tenido tema de conversación para varios días, porque también recordaría Alicia los meses de incertidumbre en los que se sospechaba que un asesino andaba suelto por la sierra y la gente vivía aterrorizada, los niños no iban a la escuela y las puertas de las casas se cerraban a cal y canto.

Habrían seguido hablando de aquello con las socias del club de las cartas; entre apuesta y apuesta, entre trago y trago, y alguna de ellas habría insistido en lo de siempre: «Estela, deberías escribir una novela sobre este caso».

Llegó al rellano del sexto. Sacó la llave del bolso y al hacerlo notó el palpitar del libro bajo sus dedos. Abrió la puerta. Entró en el mundo de Tony Cienfuegos. Se desplomó en el sofá de terciopelo rojo, rodeada por todos aquellos gatos de porcelana, la mesa camilla vestida de satén, el papel estampado de las paredes verdes, las flores secas, el busto de mármol y el retrato al óleo que siempre le había parecido artificial y extraño, la decoración recargada en la que habitaba Tony, y en ella nadaba, siempre necesitado de oxígeno para seguir viviendo.

Encendió un cigarrillo, se sirvió una copa, buscó a tientas el teléfono y marcó el único número que se sabía de memoria; el de Camino Aribau; su editora amiga, su alma gemela.

—Qué te ocurre, Estela, no me asustes, guapa, voy en cuanto pueda deshacerme de los nietos.

—¡Ay, Camino! Sucede que he recibido una carta de Alonso Ríos. No sé qué hacer con ella. ¿La rompo? ¿La quemo? Tengo miedo, amiga. Me dan ganas de desaparecer para siempre. De largarme a una isla desierta y morirme allí de vieja, sola y tranquila. Al fin y al cabo, tampoco me debe de quedar mucho para eso.

—Seguro que no es nada, ya hemos pasado por esto otras veces, nunca es nada. Hace muchos años de aquello, si no ha salido a la luz hasta ahora, es porque tu secreto está a salvo. Ya no queda nadie de los de entonces, Estela. ¿Me oyes?

Camino se había casado a los treinta y dos —con flores en el pelo y flotando dentro de un vestido suelto de algodón blanco— con un violinista francés al que conoció en París. Y contra todo pronóstico, a su lado había encontrado la felicidad de los cuentos de hadas. Juntos habían formado una gran familia bilingüe y medio hippie, que solía recorrer la costa en verano a bordo de una caravana de colores. Los niños habían crecido en la libertad que profesaban sus padres; sin miedo a la desnudez, al brócoli y al olor de la marihuana.

Al principio eran pobres como ratas —una pequeña editorial que sólo ofrecía ensayos de arquitectura y medicina no proporcionaba ingresos suficientes para abastecer a una prole de cinco hijos, dos gatos, un perro y cuantos artistas bohemios pasaran por allí—, pero a raíz de la publicación de *De puertas adentro,* la economía familiar experimentó tal repunte que los niños acabaron yendo a la universidad y los padres, a Ibiza, sin perder su idiosincrasia —eso nunca—, y aquella comuna hippie se multiplicó hasta convertirse en la jaula de grillos que era ahora: una descomunal familia de más de treinta descerebrados, entre padres, hijos, nietos, violinistas, poetas y demás indigentes adheridos a la cola del cometa.

Cuando Camino Aribau decía que intentaría deshacerse de los nietos, era tan cierto como literal. Siempre tenía dos o tres pegados a las piernas, que arrastraba por el suelo de su casa como quien pasa la escoba, confiados por sus padres a su cuidado de abuela tierna y divertida, bohemia, despreocupada, que aplaudía las travesuras de los niños y no le importaba que le pintaran de témpera las paredes del salón.

A lo largo de los años, su relación con Estela Valiente había sufrido diversas mutaciones. Se habían conocido en la facultad de letras y habían asistido juntas a las reuniones clandestinas en las que se hablaba de feminismo y libertad. Camino quería poner en marcha un periódico subversivo; un pasquín, que imprimiría en su casa y repartiría después entre sus compañeros de clase, para contribuir así a la única causa que le parecía lo suficientemente importante como para arriesgar su integridad física y su futuro. Estela lo único que ansiaba era un espacio en blanco donde escribir los relatos que desbordaban su cabeza y no la dejaban dormir por las noches.

Juntas alumbraron aquella publicación prohibida y perseguida, que horadaba las galeras de la universidad y se extendía por los sótanos oscuros, de mano en mano, de boca en boca, alertando a las alumnas de los peligros inherentes a su condición femenina. No permitáis que os pisoteen —les advertían—, sois valiosas y fuertes. Capaces de transformar el mundo; de hacerlo más justo, más humano. Luchad por vuestro derecho a competir con los hombres en condiciones de igualdad, a estudiar, a trabajar, a defender vuestra opinión, a escoger, a disfrutar.

Camino era la ideóloga; Estela, la pluma que convencía. Sin imponer nada; sólo describiendo realidades dolorosas, cotidianas. Historias que le contaban sus compañeras de pupitre; chicas sometidas a las órdenes tiránicas de sus padres o maridos, niñas que contraían matrimonio antes de cumplir los quince, mujeres esclavas de los deseos de los hombres... relatos que escuchaba en silencio y después sacaba a la luz. El origen de lo que más tarde cristalizaría en *De puertas adentro.*

—Escribe una novela, Estela. Tienes material de sobra para construir una trama fantástica. Inventa un personaje que nos represente a todas y nos haga visibles.

Recién terminados los estudios, un verano a la sombra del roble, con Alicia y Tony leyendo en voz alta cada capítulo que escribía y volvía a escribir, surtiéndola de limonada con mucho hielo y azúcar, cigarrillos, ginebra, palabras de ánimo y noches en vela, Estela parió entre gritos el libro que la haría famosa.

No pasó la censura.

Camino Aribau envolvió a la criatura en paños calientes, la escondió bajo su falda, cruzó con ella la frontera de Irún, le dio el pecho en Hendaya y alcanzó París, como quien corona la cumbre del Everest, sin oxígeno ni *sherpa,* ni campamento base.

Le habían hablado de una imprenta destartalada en la trastienda de una librería de viejo, regentada por unos exiliados españoles, donde aceptaban pesetas y ofrecían alojamiento barato mientras imprimían el libro.

—¿Doscientos volúmenes le parece bien?

—¿Cuánto ocupan?

Puso un puesto en la *Rive gauche* en el que sólo se vendía un libro: *De puertas adentro,* de la autora novel Estela Valiente. Escrito en español y traducido al francés por un amigo del impresor.

Arpad, el violinista, apareció el primer día y compró el primer ejemplar de la obra que llegaría a ser un clásico de la literatura universal.

—¿Me lo firmas?

—No lo he escrito yo.

—Me da igual. ¿Me lo firmas, por favor, y así sabré cómo te llamas?

A su regreso de Francia, con cincuenta libros disfrazados de biblias y el violinista del brazo, Camino registró la editorial Aribau, con sede en Malasaña, un solo título y ningún cliente.

—Este libro está prohibido por la censura —les advertía a sus lectores—. Es mejor que seas discreto y lo pases sólo a gente que comparta nuestras ideas. Si llega a las manos equivocadas, nos pondrás en peligro a Estela y a mí. ¿Entiendes?

El golpe en la puerta llegó a medianoche y encontró abrazados, desnudos, a Camino y a Arpad. Camino fue condenada por escándalo público, conducta indecente, publicación ilícita y muchos otros cargos. Estela compartió celda con ella durante los trece meses de encierro. Todas las noches escuchaban juntas, con lágrimas en los ojos, el triste lamento del violín al otro lado de los barrotes de su ventana.

Pasadas las seis de la tarde, Estela oyó por fin el familiar tamborileo de los nudillos de Camino en la puerta. Para entonces había logrado templar los nervios con un par de vasos de ginebra que, añadidos a los del tren, le habían proporcionado una falsa sensación de calma. Pero, al encontrarse frente a frente con el ceño fruncido de su vieja amiga, su historia común se le vino encima, como si una estantería atestada de libros se hubiera descolgado de la pared que la sostenía y la estuviera aplastando bajo el peso de un millón de tomos encuadernados. Desarmada y cubierta de polvo, el pelo revuelto, los ojos fuera de sus órbitas, abrazó a Camino, que notó el temblor de siempre multiplicado por mil. ¡Qué frágil e indefensa le pareció la pequeña Estela Valiente!

—Ya estoy aquí. No llores más, que se te están secando los ojos y luego te duelen. ¿Has bebido agua? ¡A que no!

—¡Ay, Camino! —La voz le salía apenas, en un hilo muy fino—. A estas alturas, con los ochenta y dos cumplidos... me podía haber muerto hace tiempo, sin tener que pasar por esto.

Camino la empujó con suavidad hacia el salón. Recogió la botella vacía y el vaso sucio. La acomodó en el sofá de terciopelo rojo, recostándola contra los cojines de plumas y cubriéndola con una manta de flores. Esperó a que el agua saliera limpia y fresca del grifo de la cocina, llenó una jarra, la colocó en una bandeja junto a dos copas de balón y regresó junto a su amiga.

—Bueno —dijo con voz de abuela—, bébete el agua, cuéntamelo todo y luego nos fumamos un canuto juntas, ¿quieres?

Estela señaló con un dedo tembloroso el bolso que había dejado caer a sus pies.

—Primero lee la carta —le suplicó.

Camino sacó el sobre del bolso y se detuvo en el remite.

—Alonso Ríos —asintió pensativa—. Era cuestión de tiempo, Estela. No me hace falta leer la carta. Ya sé lo que dice.

—Quiere reunirse conmigo.

Camino sirvió el agua. Echó mano de la pitillera.

—¿Y le recibirás? —preguntó mientras encendía una cerilla.

—Dice que este otoño se cumplen cincuenta años de la publicación del libro. Que la historia tiene que saberse. Que la va a contar de todas formas; con mi permiso o sin él.

—Tiene razón.

—¡No la tiene! —Estela se alteró—. ¡Cómo puedes decir eso!

—Estoy de acuerdo con él en que la historia debería saberse. Te lo he dicho tantas veces...

—Pues ya no hay remedio, Camino. Está decidido a publicarlo.

Camino dio una calada al cigarro y el habitual olor a hierba que la acompañaba a todas partes permaneció flotando en el aire quieto de la habitación.

—Juraré que es mentira —resolvió Estela—. Escribiremos uno de esos comunicados tuyos como los de antes. Diremos que es un farsante, un impostor. Hasta podríamos denunciarle, llegado el caso.

—Antes deberíamos saber qué pruebas tiene, Estela.

—¡No quiero verle!

El efecto de la hierba fue poco a poco apaciguando los ánimos. Al caer la noche, las viejas amigas salieron a la terraza, encendieron el tocadiscos y escucharon los lamentos de un desgarrador bolero cubano. Estela preparaba los mejores mojitos del mundo. Con mucha hierbabuena y mucho azúcar moreno machacado a los pies del ron.

Colgando del cielo había una luna grande y triste. A veces, los vecinos protestaban por la música tan alta y los berridos de las dos viejas borrachas y fumadas que, como dos gatas enajenadas maullando en lo alto del tejado, despertaban a los niños y no los dejaban dormir.

Capítulo 7

—Esta costumbre suya de comunicarse con sus lectores por carta debe de ser lenta, cara y farragosa. Al parecer, dedica usted a esta tarea varias horas cada día... ¿No ha pensado en abrir una cuenta en Facebook o en Instagram para interactuar con ellos con más facilidad?

Algunas veces los periodistas la agotaban. De todos sus interlocutores eran los que más explicaciones pedían y nunca estaban satisfechos con sus respuestas. Contestar a una de sus preguntas era como plantar una semilla de tomate en rama: germinaba, crecía, se retorcía, invadía el parterre, aniquilaba los demás brotes y finalmente producía abundante fruto que se desparramaba en forma de racimo por todo el jardín. Ni siquiera era necesario regar la mata. A ella sola le crecían las alas y sobrevivía chupando hasta la última gota de agua del rocío.

—No, señorita. Nunca cometeré semejante falta de educación con mis lectores. Ni me dirigiré a ellos como a una masa informe, maleable e impersonal. Creo que las redes sociales atentan contra la esencia misma de la comunicación humana. Provocan dependencia y dominio. Siempre he estado en contra de las tiranías.

Camino Aribau, mucho más abierta a la modernidad por la necesidad de relacionarse con sus nietos en términos de pertenencia a la misma especie, había sucumbido a la tentación de los teléfonos inteligentes y algunas veces aplaudía las fotografías digitales de su prole o «le daba *like*» a sus enternecedoras reflexiones adolescentes sobre el sentido de la vida o la quimera del amor verdadero.

El día en el que recibió aquella carta remitida por una joven reportera que pretendía escribir un artículo sobre «los autores literarios y su relación con las nuevas tecnologías», le había pedido socorro a Camino y, guiada por la experiencia de su amiga, había navegado por los mares tenebrosos del cuelgo, comparto y comento. «No opines sobre lo que no conoces» era una máxima de obligado cumplimiento entre las amigas, aplicable a este caso de la pregunta incómoda que había cuestionado su modo de relacionarse con sus lectores.

La conclusión de Estela Valiente fue la de la incomprensión absoluta hacia el género humano. «Estamos perdidos», se lamentó.

¡Cuánto daño habrían hecho las redes sociales a alguien como Tony!, se le ocurrió pensar entonces. De haber existido internet en la época dorada de su vida, lo habría encumbrado primero para aniquilarlo después. Le habrían vejado y humillado. Y él no se habría quedado callado; claro que no. Estela se lo habría encontrado un día cualquiera, cubierto de lágrimas, gimiendo de dolor, en el mismo sofá rojo en el que ahora sufría ella, resacosa y angustiada, sólo de imaginar el peligro que representaba alguien tan popular como Alonso Ríos en la era gobernada por internet.

¿La amenazaría con convertirla en un *trending topic* si se negaba a recibirle? ¿Sería capaz de colocarla en el centro de la tormenta, pintar una diana en su frente y exponerla a los dardos envenenados de la gente sin escrúpulos?

—Esta cifra, 471k, se refiere al número de seguidores. Esa otra, 58, al de seguidos.

—Ya. Pocos, ¿no?

—Es que seguir da mucho trabajo.

—¿Más que responder a los lectores por escrito?

El caso era que Alonso Ríos podía considerarse un referente en asuntos de actualidad y opinión. Sus ideas calaban en la gente, lo mismo que las columnas que firmaba en los periódicos o sus apariciones en tertulias de radio y televisión. Su rostro, enmarcado por una elegante mata de pelo caoba y rematado con una barba bicolor de crecimiento libre, le proporcionaba un atractivo algo inquietante, de persona difícil. De las de altibajos. De las de desaparecer de la faz de la Tierra sin dar explicaciones. De las de no haber tenido nunca una pareja estable. Pero sus ojos, claros y quietos como el agua en un vaso de cristal, echaban por tierra cualquier intento de resistencia. Estela conocía bien los efectos del impacto de unos ojos como aquellos en la retina femenina.

Camino había esperado a que Estela se durmiera, agotada, a eso de las cinco de la madrugada, en el sofá rojo de Tony Cienfuegos.

«Quédate hasta mañana», le había rogado su amiga con voz aguardentosa, aunque sabía de sobra que no lo haría. Que regresaría al lado de Arpad como hacía siempre, antes del amanecer, para que él no notara su ausencia, ni la extrañara, en su hueco del colchón de su cama de matrimonio. A Estela la aguardaba Alicia, en el refugio de Los Rosales, colocando flores en los jarrones y guisando patatas, escondiéndole libros, evitándole disgustos con paciencia de santa y amor de hermana.

El ático olía bien. La fiel editora había recogido los vasos y ventilado la casa. De la batalla de anoche no quedaba ningún muerto.

Estela tomó un baño, se compuso, se perfumó. Se vistió con ropa de invierno; la única que colgaba de las perchas del armario, y de nuevo con el bolso apretado contra el pecho, emprendió el camino de vuelta a casa. Era martes, 5 de mayo, pasada la hora de comer. En cuanto el tren se puso en marcha comenzó a garabatear frases inconexas en el cuaderno de tapas rojas. «Estimado señor Ríos», rezaba el encabezado de todas las páginas que arrancaba, como mechones de pelo, otra vez atrapada en un confuso cuadro de ansiedad.

Al llegar a la estación, vio a Alicia plantada en el andén, luciendo una enigmática sonrisa de satisfacción. Se había puesto un vestido de flores y una chaqueta alegre, de un rojo intenso y muy poco habitual en ella, siempre tan discreta. Se notaba que tenía algo interesante que contarle.

—Perdóname, Ali, por lo mal que me he portado contigo —le rogó al abrazarla.

—No te preocupes, tonta, ya está todo olvidado. Además, me ha pasado una cosa muy chocante. Te lo explico por el camino.

Del disgusto de ayer ni una palabra. Así era Alicia, capaz de hacer borrón y cuenta nueva y recibir el afán de cada día con la hoja en blanco.

Eso tan extraño que le había sucedido a su hermana durante su ausencia de Los Rosales tenía que ver con la nueva vecina. Ya se lo imaginaba Estela. Que la había invitado a comer; que la chica era periodista y que, agárrate, estaba escribiendo un reportaje de investigación sobre la asesina de las cartas de amor.

—¿Te acuerdas, verdad, de aquella loca de Marta Poza que se escapó con Tony? ¡La que se armó! Todo el pueblo buscándolos por la sierra, hasta que dieron con ellos en el viejo motel de la carretera. ¡Qué risa! ¿Y la madre de Tony, que vino de Madrid porque la llamó la policía y apareció con aquellas pintas de fulana, sin haber dormido, y no se quitó las gafas de sol ni para darle a Tony la bofetada de su vida?

—No se lo habrás contado a ella, a la periodista. No habrás sido capaz.

—Claro que no, boba. Hicimos una promesa y sé guardar un secreto. ¡Pero eso no nos impide hablarlo entre nosotras, no fastidies!

Estela recordaba el primer escándalo en la vida de Tony como si hubiera sucedido ayer mismo. Por lo que tuvo de traición a su amistad y por las dolorosas consecuencias que arrastró para ambos.

Aquella chica —niña precoz, proyecto de mujer conflictiva— había aparecido de repente, una tarde de verano, tambaleándose por la calle empinada y se había quedado observándolos desde el otro lado de la tapia, boquiabierta, alelada. Tony y ella estaban leyendo en silencio, colgados de una de las ramas del roble, cabeza abajo como dos monos en la selva, así que la primera visión que tuvieron de Marta Poza fue cenital. Desde aquella posición les pareció alta y delgada, pero no tanto como resultó ser de frente. Medía quince centímetros más que Estela; diez más que Tony. Llevaba puesta una falda corta, de vuelo, y tenía costras en las rodillas, sierras en los dientes y suciedad bajo las uñas.

Les dijo que había venido a pasar una temporada con sus primos. Que se aburría como una ostra. Que echaba de menos a su novio, porque él era el único que sabía hacerla disfrutar.

—¿Qué cosas te hace? —le preguntó Tony con un tono raro, como de persona cómplice de asesinato.

Marta Poza se llevó el dedo corazón a la boca, y luego lo paseó por su cuello, y lo bajó muy despacio, hasta el pecho.

—¿Y qué cosas le haces tú a él? —continuó Tony, ignorando la perplejidad de Estela.

—¿Quieres saberlo?

La chica extendió el brazo hacia Tony, lo agarró de la mano y se lo llevó calle arriba, sin decir una palabra más. Él la siguió igual que un perro faldero y no se volvió para despedirse de Estela, ni siquiera para recoger el libro que se le había caído al suelo.

Siete horas más tarde, Estela delataba a su mejor amigo, tras ser amenazada por un policía que la interrogó hasta hacerla llorar. La tía abuela de Tony, la misma que lo mimaba y lo achuchaba, y lo vestía de dandi, juraba que lo mataría en cuanto lo encontrara.

Para entonces eran bien pasadas las tres de la madrugada. Nadie en Los Rosales había podido conciliar el sueño porque había empezado a correr el bulo de que a los niños los habían secuestrado para pedir un rescate a la madre de Tony y al hombre que la mantenía.

—Alicia, ¿tú qué crees que es una querida?

—Pues alguien a quien se quiere, ¿no?

Gracias a la historia de Estela, a su descripción minuciosa de la niña desaparecida y a las pocas pistas que fueron encontrando aquí y allá, dieron primero con el rastro de los fugitivos en el camino de la sierra y después con el motel en el que se habían registrado con nombres inventados, edades falsas y la mentira de su relación fraternal.

La policía esperó a que llegara la madre de Tony para entrar de una patada en la habitación del pecado. Y era verdad; aunque todavía no había amanecido del todo, la madre de Tony llevaba puestas unas enormes gafas de sol y venía toda emperifollada, como para ir a una fiesta; con muchas perlas y los labios muy rojos. De esa guisa se bajó del coche negro que la dejó en la puerta de su casa, y así la vieron Alicia y Estela, asomadas las dos en pijama a la ventana de su dormitorio, en lo alto del torreón.

Que no se había quitado las gafas de sol ni para arrearle al hijo un bofetón de los de campeonato se lo contó al día siguiente el cartero a la muchacha que trabajaba enfrente, pero Estela lo oyó desde la rama del árbol a la que había ido a refugiarse.

A Marta Poza la reclamó un tío lejano, que aseguró ser el tutor legal de la chica. La envió a trabajar a Madrid y no se volvió a saber de ella hasta que, cuarenta y tantos años más tarde, fue acusada de haber asesinado a tres hombres a los que escribía cartas pornográficas.

—Estela, ¿quieres que te cuente lo que hicimos Marta y yo en ese motel?

—No.

—Ella se sabía muchos trucos.

—Me da igual.

—Pues no debería darte igual. Nadie querrá casarse contigo si no sabes cómo comportarte en la cama.

—Yo no voy a casarme nunca. ¿Me oyes?

—¿Ni siquiera conmigo?

—Vete al infierno, Tony Cienfuegos.

Se acordaba, claro que se acordaba, del sabor amargo de la bilis, el escozor del llanto, el desgarro en el corazón. El sentimiento de culpa, el vacío de estómago y la saciedad de la venganza. «Yo confesé. Se lo conté todo», le escupió cuando volvió a verlo después del encierro al que le condenó su madre, cuatro días bajo llave, a pan y agua, entre los viejos libros de su padrastro.

—¿Nos subimos al árbol?

—Ya somos demasiado mayores para eso, Tony.

Todavía le dolía aquella traición y, sin embargo, a Alicia le hacía gracia. «Cosas de chiquillos», repetía, mientras encendía el motor del coche y ponía rumbo a la casa.

—Maya nos ha traído bombones y buñuelos —estaba diciendo—. Como sé que te gustan, te he guardado la mitad. Es simpática, interesante. Creo, fíjate, que tiene penas de amores, aunque ella no me ha dicho nada... pero ya sabes que yo, para esas cosas, tengo una sensibilidad muy fina. Lo veo en sus ojos, que están como tristes. A ver si encuentra a alguien en el pueblo y se queda para siempre. Porque me ha dicho que viene sólo a pasar el verano, que luego se vuelve a Madrid. En cuanto acabe la investigación, ¿sabes? Mañana tiene la primera entrevista sobre el caso. Va a merendar con una vecina de Los Rosales que se llama Anita Romero y que por lo visto era amiga de Marta Poza.

—¿La abuela de Monteiro?

—La misma. ¿La conoces?

—Un poco. Está chocha.

—Pues, de momento, ella es la única fuente de información de Maya.

Al llegar a casa, Alicia se detuvo en seco ante la puerta de entrada. Ladeó la cabeza como solía hacer cuando se le ocurría una idea peregrina. Se giró despacio hacia Estela y la notó frágil, temblorosa, con las lágrimas secas, la boca seca, la carne seca.

—Oye —le dijo—, si no quieres decirme de qué se trata esta vez el disgusto, no me lo digas. Me da igual. Con que estés de vuelta en casa me vale. Pero mira, a cambio te voy a pedir un favor.

—¿Qué favor?

—Que acompañes mañana a Maya a ver a Anita Romero. Creo que la chica necesita ayuda y no se me ocurre mejor Watson que tú para semejante Sherlock. Además, así te distraes un poco de tus problemas, cualesquiera que sean, y tienes algo divertido que contarme a la hora de cenar.

Capítulo 8

Maya estaba tomando el sol; eran las cuatro de la tarde y había pasado la mañana en el interior de la casa, frente al ordenador, poniendo en orden los datos de los que disponía hasta el momento, que no eran muchos, pero sí los suficientes para empezar a dar forma a un relato en el que mezclaría realidad e imaginación a su antojo.

Ya podía describir el pueblo de Los Rosales y retroceder varias décadas en el tiempo sin levantarse de la silla, sólo con figurarse aquellas calles de ahora bajo la luz de otras bombillas, y los árboles más jóvenes, y algunos caminos sin asfaltar. Al fin y al cabo, un lugar como aquel, apartado de la civilización más devoradora, no habría cambiado demasiado en los últimos años.

Había sido tanta su inspiración que ni siquiera se había tomado un respiro para almorzar. A eso de las tres y media se había preparado un sándwich y había salido a comérselo al jardín, donde le había sorprendido encontrar un día tan limpio y caluroso. En la casa de las hermanas reinaba un silencio total. Estela no había regresado aún y Alicia no había hecho el menor ruido en toda la mañana.

Era una mujer encantadora, la buena de Alicia. Había vuelto a invitarla a su casa el día anterior; en cuanto se la encontró en la puerta con la bandeja de pasteles y la sonrisa en la cara. «Tú tienes algo que contarme», había adivinado. Y se había enhebrado a su brazo, tirando de ella hacia el interior de su mundo, y había insistido tanto en que se quedara a comer que Maya no había tenido otra opción que aceptar.

—¿Se acuerda, Alicia, de que le prometí que le explicaría el motivo de mi presencia en Los Rosales? Pues ya puedo decírselo. He venido a escribir un relato sobre la asesina de las cartas de amor.

Por un momento Alicia se había quedado pensativa, con el ceño fruncido y la cuchara a medio camino entre el plato y su boca. Después, su rostro había sufrido una transformación repentina. Los ojillos, entre tanta arruga, casi habían desaparecido de su rostro y sus labios habían dibujado una sonrisa muy pícara.

—Así que era eso —había suspirado, divertida—. Ya sabía yo que te traías algún misterio entre manos.

—Es un encargo, para *L'Idéaliste*. Quieren una especie de novela por entregas; una serie, vaya, sobre lo que ocurrió en la sierra, con testimonios reales, documentos, fotografías... Resulta que hace unos días murió la autora de los asesinatos. Tenía ochenta y cuatro años. Llevaba veinte en la cárcel.

Alicia se acordaba muy bien del caso. «Estela es una gran aficionada a los crímenes —le había dicho—, tiene varios cuadernos llenos de recortes sobre sucesos que encuentra en los periódicos. Luego nos vuelve locas a las chicas del club de las cartas y a mí, tratando de esclarecer esos misterios que no resuelve ni la policía. Parece Miss Marple».

—En cuanto vuelva mi hermana, le voy a hablar de ti y de tu proyecto —le había prometido—. Ya verás como no puede resistirse a la tentación de echarte una mano.

No me extrañaría nada que tuviera guardadas algunas notas sobre el caso.

—¿Y usted no recuerda a Marta Poza? Parece ser que, de niña, pasaba algunas temporadas en el pueblo, y luego, de mayor, se compró una casa en el centro, donde vivió muchos años. ¿Nunca la conoció usted?

—¿Yo? —Alicia parpadeó varias veces, muy dramática—. Ni la conozco ni la recuerdo. Ten en cuenta que estamos hablando de una asesina, no de una hermanita de la caridad. Yo siempre he tenido mucho cuidado con mis amistades.

Estaba a punto de quedarse dormida, ahí tendida, en medio del jardín de las monjas, cuando oyó el motor del coche que se acercaba. Agudizó el oído y esperó agazapada junto al muro de piedra hasta que escuchó el sonido de las voces entrelazadas de Alicia y Estela, que regresaban juntas de la estación.

Esa mañana las había visualizado de niñas: criaturas de posguerra, muñecas de trapo y zapatos rotos, y había escrito sobre ellas, como si fueran personajes de ficción. Sin embargo, ahí estaban las dos, en carne y hueso, al alcance de su vista y de su oído. Por una grieta en el cemento, las observó pensativa mientras abrían el portón de madera y entraban en la finca. Parloteaban amigablemente, como si jamás hubieran discutido. Esa es la maravilla entre hermanas, suspiró, que nada importa, todo se olvida.

Todavía permaneció en su observatorio unos minutos más. Las imaginó subiendo fatigosamente la inmensa escalera de madera que presidía el corazón de su casa, tan aristocrática, o acomodándose en las dos butacas frente a la chimenea. Ahora podía dibujar el escenario auténtico de la biografía de Estela Valiente.

Retomó el trabajo. Describió el jardín, la fuente, el frontón, la casa y las vistas del campo, a lo lejos. Las granjas y los caminos. La sierra al fondo. Inventó un columpio fabricado con una soga y una rueda de tractor, y en él montó a las dos niñas. Una de ellas estudiaría la carrera de derecho, trabajaría en un despacho, cuidaría de sus padres, viviría sola un tiempo y después recibiría a su hermana con los brazos abiertos, consciente de que, al salvarla a ella, estaría también evitando su propio naufragio. La otra se marcharía a la gran ciudad, escribiría un libro de culto, sufriría la injusticia de la cárcel, perdería la cabeza, regresaría a casa, se refugiaría en los brazos amorosos de su hermana y no volvería a subirse jamás al vertiginoso vagón de la fama.

Ahí estaban Estela y Alicia, con trenzas en el pelo, columpiándose en una rueda, cuando sonó el timbre de la puerta.

—¿Maya, estás en casa, guapa? —Era la voz de Alicia—. Vengo a presentarte a mi hermana Estela. Acaba de volver de Madrid y quiere conocerte.

Maya dio un respingo. Se aseguró de que los visillos estuvieran bien cerrados antes de responder con un grito:

—¡Salgo enseguida! ¡Esperen un segundo!

Sobre la mesa del comedor reposaban todos aquellos libros de referencia sobre Estela Valiente. Había que hacerlos desaparecer de la vista.

Los amontonó como pudo, los tomó en brazos y los escondió en la cocina, dentro del horno... ¿A qué le recordaba esta imagen? Veinte libros en total, varias revistas y muchos papeles. Apagó el ordenador, se estiró la falda, se recompuso un poco y, por fin, abrió de par en par la puerta de su casa.

—¡Sorpresa! —dijo alegremente Alicia, portadora del ramo de lilas más grande y perfumado de la Tierra. Llevaba un vestido de flores y una chaqueta roja, y una sonrisa que le cruzaba la cara de lado a lado.

A su lado, por fin, Estela Valiente, mucho más pequeña de lo que se había figurado; más redonda, más humana, más real. Ella también sonreía, pero con timidez, y daba la sensación de que se protegía un poco detrás del cuerpo de su hermana.

—Esta es Maya —las presentó Alicia, risueña—. ¿Verdad que te he hablado muchísimo de ella?

Estela asintió, vaciló. Dio un paso al frente. Le tendió una mano menuda de uñas recortadas.

—Por favor, pasen dentro. No se queden en la puerta.

Maya dejó el ramo en la mesa del comedor, junto al ordenador y la impresora. Les ofreció algo de beber y las hermanas aceptaron un vaso de agua. Tomaron asiento en los butacones de terciopelo y esperaron a que la chica regresara de la cocina para empezar a hablar.

Alicia dirigía la conversación, que comenzó alabando los bombones y los pasteles, y la charla tan interesante que habían mantenido en su casa, durante el almuerzo. Después fue derivando, con astucia, hacia el verdadero motivo de su visita.

—Hemos pensado —resumió— que tal vez necesites ayuda en tu investigación. La gente de la sierra es desconfiada por naturaleza, no creas que te lo pondrán fácil. Además, los pocos testigos que quedan vivos son muy mayores. De nuestra edad, vaya.

Estela Valiente permanecía en un silencio algo tenso. De vez en cuando tomaba un trago de agua. Paseaba la mirada por la habitación y se detenía en cada rincón. Todo lo escrutaba con el ceño fruncido. Era evidente que no estaba prestando la menor atención a lo que decía su hermana.

—A Estela le divierten muchísimo los misterios. Hubiera sido una detective magnífica. Se me ha ocurrido juntaros y proponeros que forméis equipo. Te aseguro que mi hermana puede hacer hablar a un mudo.

—No hay nada en el mundo que pueda hacerme más ilusión que trabajar mano a mano con usted —aseguró Maya, dirigiéndose directamente a la escritora—. De hecho, para mí sería lo más parecido a ganar el premio gordo de la lotería...

—¿No hay libros en esta casa? —inquirió Estela Valiente, de repente, con genuino asombro. Alicia enmudeció. Clavó la vista en su hermana y la reprendió sin palabras—. Se me hace extraño —aclaró Estela, dirigiéndose a ella, sin importarle la falta de corrección—, eso es todo.

—Sí —respondió atropelladamente Maya—. He traído algunas novelas conmigo. Están en mi dormitorio. La mayoría de mis libros los he dejado en Madrid. Sólo estaré aquí unas semanas y...

—Me refiero a libros de consulta —insistió Estela—. ¿No es ahí donde escribes tus artículos, en ese ordenador que has instalado en la mesa del comedor? ¿Cómo es que no tienes diccionarios, o enciclopedias, o algo de bibliografía?

—Tengo internet —se excusó Maya, acordándose con angustia del contenido del horno.

—Eso lo explica todo —rumió la escritora.

—¿Te he contado que en esta casa nació nuestro padre? —las interrumpió Alicia, cambiando de tema—. En aquella época pertenecía a nuestro abuelo. Era todo un potentado. Dueño de medio pueblo.

—¡Cómo te gusta presumir! —protestó Estela.

—Entonces era una de las mejores casas del pueblo... y mírala ahora, en qué estado se encuentra, la pobre. Vaya muebles, parecen de un rastrillo. ¡Y qué pena de alfombras, y de cortinas!

Alicia se puso en pie. Cruzó el salón, entró en el comedor, se asomó a las dos ventanas que daban al jardín y cuya vista quedaba parcialmente tapada por los setos. Suspiró.

—Antes, este jardín era la envidia del pueblo. Los rosales trepaban por los muros, las flores perfumaban la calle entera. Ahora parece que ha pasado por aquí el caballo de Atila. ¡Qué lástima!

—También nos ocuparemos de eso, a su debido tiempo —murmuró Estela, pensativa—. De momento, concentrémonos en lo que nos ha traído hasta aquí. —Maya, boquiabierta, pivotaba de una a otra hermana sin meter baza—. ¿A qué hora vengo mañana, para acompañarte a la entrevista con Anita Romero? —dijo de pronto, clavando en ella sus ojillos de águila.

—Monteiro me recogerá a las cinco —respondió Maya, incrédula.

—Muy bien. Pues cuenta conmigo.

Dicho esto, Estela Valiente se levantó ceremoniosamente y selló el trato con un apretón de manos.

—Pero júrame que no hablarás con nadie de esto. Si llegara a filtrarse que yo he tenido alguna intervención en tu trabajo, lo negaré en redondo, ¿me entiendes?

—Perfectamente —asintió Maya.

«Hija, qué antipática has estado», le recriminó Alicia a su hermana por el camino de vuelta. Le molestaba esa manía suya de juzgar a la gente según los libros que exhibía en su casa. También la costumbre de curiosear en las bibliotecas de sus anfitriones, deteniéndose en cada ejemplar, manoseándolo, olisqueándolo y haciendo comentarios en voz alta. Los gustos ajenos deberían ser respetados. A nadie se le ocurriría, por ejemplo, abrir los armarios y criticar la ropa de los amigos. ¿A que no?

Pero Estela sostenía que una casa sin libros era sospechosa. Más aún la de una joven redactora, como Maya, dispuesta a emprender una tarea de investigación.

«Algo no cuadra», había sido su conclusión, tras despedirse de la chica con la promesa de regresar al día siguiente.

—Comprendo tu entusiasmo —le había explicado a su hermana—. Es amable, y moderna, y probablemente tenga una conversación interesante. Pero te aseguro que esconde algo. Y fíjate lo que te digo, Alicia, me intriga más descubrir su secreto, que desenterrar los viejos crímenes de Marta Poza.

Después se había encerrado en el torreón y había pasado el resto de la tarde a solas, silenciosa y huraña, fumando un cigarrillo tras otro y dando, de vez en cuando, un buen trago a una botella de ginebra. Cuando su hermana subió para anunciarle la cena, se la encontró profundamente dormida en el sofá. A su alrededor, un centenar de cuartillas arrugadas, todas ellas con el mismo encabezamiento y el mismo comienzo. Y sólo una doblada en cuatro, lista para ser enviada en el correo de la mañana.

Alicia se agachó y en cuclillas leyó las pocas líneas que componían aquella inquietante misiva:

Estimado señor Ríos:

Ni le conozco a usted ni a ninguna de las personas que menciona en su carta. Le ruego que deje de amenazarme con hacer pública esa absurda historia suya, que no existe más allá de su imaginación. Haga el favor de desistir en su empeño o me veré obligada a denunciarle a la policía. Y no crea que su estatus de tertuliano célebre le confiere algún derecho de inmunidad o algo así. Señor mío, todos somos iguales ante la ley. Si se le ocurre aparecer por mi casa, tal y como sugiere en su carta, le aseguro que será detenido en el instante mismo en el que asome la punta de su nariz por mi propiedad.

Sin otro particular, reciba mi más sincera repulsa.

Estela Valiente

Capítulo 9

La pesadilla se repetía siempre con idéntica precisión: primero, de repente, un toquido en la puerta. Después el lamento de Tony, aún despierto y medio desnudo, que había pasado la noche en la terraza del ático, desvelado, intentando escribir una novela coherente y no esa ristra de relatos inconexos en los que vertía todas sus obsesiones, sus frustraciones, sus traumas de niño abandonado, de perro apaleado. Decía que trabajaba mejor bajo los efectos de las anfetaminas, pero la realidad era que, después de unas horas de excitación en las que se sentía el rey del mundo, sufría un dantesco descenso a los infiernos, y allí, en el horno de fuego, entre el llanto y el rechinar de dientes, se dedicaba a romper en pedazos todas las hojas escritas. Por la mañana no quedaba más que una lluvia de confeti blanco revoloteando entre los tejados.

Le parecieron monstruos sedientos de sangre los policías que echaron la puerta abajo, con sus uniformes grises y sus botas negras. Y las varas metálicas con las que le amenazaban se le antojaron instrumentos de tortura listos para desgarrar su carne, romper sus huesos, salpicar con su sangre las paredes de la casa.

Tony chillaba como un animal salvaje —un cochinillo al que separan de su madre—, hecho una bola en un rincón, cuando sacaron a Estela de la cama y se la llevaron a empujones, escalera abajo. No hizo amago de enfrentarse al enemigo. No defendió con su lengua, ni con su cuerpo, a la compañera del alma. Le preguntaron dónde estaba la puta, maricón, y él señaló su puerta temblando. Se tapó la cara con las manos para no verla marchar, en pijama, despeinada, buscándole entre las sombras del salón sin verle. Y siguió llorando bajito, abrazado a sus rodillas flacas, columpiándose adelante y atrás, durante horas. El cerebro fundido, el estómago vacío, hasta que apareció Arpad a mediodía y lo metió vestido en un baño de agua helada.

La pesadilla recurrente terminaba tal y como suelen acabar los sueños: Estela caía rodando escaleras abajo por un hueco muy oscuro y doloroso, golpeándose con los vértices de cada peldaño. Despertaba siempre empapada en sudor, de vuelta en la cama amable de Los Rosales, diez, veinte, cuarenta años después. Y en su cabeza dormida, mientras tanto, iban brotando mechones de pelo blanco.

—Mucho se ha escrito sobre la intervención del mentor de Tony Cienfuegos en su liberación y la de la editora Aribau. ¿Es cierto que fue el secretario Álvarez quien intercedió por ustedes ante el Tribunal de Orden Público?

—No, señor. Como puede comprobar en cualquier hemeroteca, el Tribunal de Orden Público no existía en aquel momento. Esa y otras patrañas similares que aparecen en la autobiografía a la que se refiere son fruto de la confusión mental de Tony Cienfuegos en los últimos años de su vida, pero no se corresponden con la realidad.

—Pero sí es cierto que el secretario Álvarez mantuvo una relación extramatrimonial con la viuda de Cienfuegos. De hecho, está documentado que el ático de Madrid en el que ella falleció fue un regalo de Álvarez.

—No se crea todo lo que lee, amigo. Todas las personas mienten. Unas con más estilo que otras, eso sí. Y Tony Cienfuegos ha sido el embustero con más talento de la historia.

Alicia la despertó con suavidad, liberándola del desagradable final de la pesadilla: despatarrada con la cabeza abierta en lo más profundo del hueco de la escalera. Le traía el desayuno, le dijo, y le advirtió que le había dejado arriba las cartas y el periódico. Ya era miércoles, añadió, hacía una mañana espléndida, se iba a comprar una pierna de cordero al mercado. Pensaba servirla asada con puré de patatas y ensalada.

Estela se desperezó, pero se quedó en la cama hasta que oyó el ruido del coche sobre la grava. Entonces se armó de valor, tomó aire y dedicó un buen rato a registrar la biblioteca en silencio, buscando *La casa de ladrillos rojos* por todas partes. Al final, dio con la novela de Tony en la base de una pila de libros polvorientos.

«Siempre me he sentido atraído por los lugares en los que he vivido —leyó—, por las casas y los barrios. Por ejemplo, hay un edificio de ladrillos rojos junto al Retiro, donde tuve mi primer apartamento».

Era cierto. Aquel ático encantador había sido, en tiempos, el escenario de los encuentros amorosos de la madre de Tony y un importante político de la época. Él, hombre casado, puso «casa chica» en lo alto del nido de águilas al que acudía siempre que sentía la necesidad de dar rienda suelta a sus inconfesables impulsos sexuales. Hasta que una mañana de abril la viuda de Cienfuegos fue hallada sin vida en el dormitorio del ático, asfixiada por un intruso, ladrón, que incomprensiblemente no se llevó consigo ningún objeto de valor.

Como la suya era una relación clandestina, nadie relacionó entonces aquella muerte con la respetable figura del secretario Álvarez hasta que, muchos años después, Tony Cienfuegos lo mencionó en su autobiografía. En ella culpaba al político de lo que vino a llamar «un crimen pasional» contra su madre, pero eran tantas las acusaciones y tantos los desvaríos vertidos en aquella crónica disparatada que la cuestión del asesinato de la viuda Cienfuegos se diluyó en el fango.

Cuando sucedió la tragedia, Tony tenía veinticinco años y pudo heredar la propiedad sin problemas legales; la vivienda estaba registrada a nombre de su madre. Una vez instalado en Madrid, fue a buscar a Estela a Los Rosales con un billete de tren y la propuesta formal de compartir gastos mientras ambos se abrían camino en el difícil mundo de la escritura. Ella, que siempre había soñado con ir a la universidad, vio el cielo abierto. Se matriculó en filosofía y letras y ocupó la más pequeña de las dos habitaciones del ático.

—¿Por qué no te casas conmigo y practicamos el amor libre, como Sartre y Simone de Beauvoir?

—Ellos nunca se casaron, tonto.

—Porque no vivían en España y no tenían que justificarse todo el tiempo.

—¿No te gusta lo del amancebamiento?

—¡Es una palabra horrible!

Tony solía volver muy bien acompañado de sus excursiones nocturnas. Por la mañana, Estela se cruzaba con sus amantes por el pasillo. Ella, toda peripuesta, con su falda de tablas y sus zapatitos de tacón, les daba los buenos días antes de salir corriendo hacia la Complutense.

En aquella época, a Cienfuegos le llamaban «el niño prodigio de las letras», por los extravagantes relatos que publicaba en las revistas modernas y que tanto revuelo levantaban en las tertulias literarias del café Comercial.

Poseía una piel tersa, suave, sin imperfecciones, en la que no existía el más mínimo atisbo de barba. Unos ojos inmensos de un marrón muy claro, un mechón de pelo rubio sobre la frente, una boca casi femenina, de labios gruesos y húmedos. El cuello fino, los huesos sobresalientes, la nuez muy prominente y las manos pequeñas, como las de una colegiala diligente.

Su concepción —aseguraba su madre— había sido milagrosa. Sin la intervención de ningún macho polinizador ni nada parecido. Simplemente, un día Tony había invadido su vientre para salir después al mundo dando alaridos. Y había sido tan bello aquel bebé inesperado que no le había quedado más remedio que amarlo. A su manera, claro.

Pocos años después del feliz alumbramiento, la madre de Tony se casó con el indiano Cienfuegos y logró permanecer a su lado durante casi doce años. Él le regaló el apellido sonoro, para ella y para su niño. Eso sí, con la condición de renunciar al hijo incómodo. Tony creció en Los Rosales, consentido por sus tías solteronas, imaginando a su padrastro, Reinaldo Cienfuegos, con los atributos de Roberto Alcázar, su héroe infantil.

—Es un agente secreto, que defiende a los buenos y se enfrenta con monstruos y malhechores. Lleva una pistola escondida en la pierna, atada con una especie de cincha, así.

—Eso lo has leído en un libro, mentiroso.

—Ten cuidado con lo que dices. Mi padrastro te podría meter una bala entre ceja y ceja.

Las tías lo recibieron como un regalo tardío de la vida. Se dedicaron al niño en cuerpo y alma; a vestirlo y a peinarlo como si fuera un muñeco, a consentirlo en todos sus caprichos y sus rarezas.

Tuvo poco contacto con otros niños —no fue a la escuela hasta bien cumplidos los diez años—, y por eso utilizaba palabras de adulto y su cabeza funcionaba como la de una vieja solterona de un pueblo de la sierra. Inventaba historias a partir de lo que leía en los libros que Reinaldo Cienfuegos enviaba de vez en cuando a Los Rosales en grandes cajas de cartón. O era tal vez su madre quien lo hacía, para dejar de tropezarse con ellos por los rincones. Ella sólo compraba revistas de moda, de esas que llevaban en la portada una bonita ilustración a plumilla y la hacían soñar con los bulevares de París o las grandes avenidas de Nueva York.

Durante sus primeros años de vida, Tony tuvo únicamente dos amigas: Alicia y Estela Valiente; las niñas que vivían dos casas más abajo y estaban dispuestas a escuchar sus relatos.

No sólo eso. Estela había resultado ser tan creativa como él mismo. Ideaban y engendraban juntos los más perturbadores argumentos. Algunos tan retorcidos que después de leerlos en voz alta preferían quemarlos en una pequeña hoguera al fondo del jardín para que nadie los encontrara.

Años después, la muerte violenta de la madre de Tony los convenció a ambos de la verdadera naturaleza infame de la vida. El ático se convirtió entonces en su refugio; su escondrijo y su madriguera, hasta que una de las revistas literarias a las que los dos, esperanzados, enviaban a diario sus relatos se fijó en uno de Tony titulado *A plena luz* y lo incluyó en su edición de marzo.

Tuvo tal repercusión el talento del joven escritor que pronto se convirtió en el favorito de las publicaciones vanguardistas y en el centro neurálgico de las tertulias literarias.

—Puede que fuera un mentiroso, señora Valiente, pero en su biografía Tony Cienfuegos reveló también muchas verdades. Como, por ejemplo, que la publicación de su primer relato en la revista *Ínsula* se debió a una llamada intimidatoria del secretario Álvarez al director de la publicación, Enrique Canito.

—¿Eso dijo?

—Y también que el amante de su madre intercedió secretamente por él ante la censura. No sería entonces descabellado pensar que Álvarez hubiera logrado sacarlas a ustedes dos de la cárcel.

—Es cierto que ese hombre hacía todo lo que le solicitaba Tony. Pero me consta que él nunca le pidió que nos ayudara a Camino y a mí. Tony no era de esa clase de personas. Jamás se interesó por nadie más que por sí mismo. Era un ególatra, egocéntrico y narcisista. ¿Sabe lo que opino sobre su patética autobiografía? Que hubiera sido más noble, por su parte, quemarla en una hoguera.

CAPÍTULO 10

Estela recorrió a pie los pocos metros que separaban su puerta de la casa de las monjas. Eran las cinco y diez y el coche de Monteiro ya estaba aparcado junto a la acera. Maya fue a su encuentro para escoltarla hasta el auto.

—Hombre, Paco, cuánto tiempo sin verte, hijo —lo saludó Estela en cuanto estuvo lo suficientemente cerca del chico.

—Es que como ya no viene nunca por el periódico... —se excusó él, al tiempo que le propinaba un beso muy cariñoso en la mejilla.

—¡Ah, que ya se conocen! —comprendió Maya.

—Y mucho —respondió el muchacho—. Estela es la responsable de que yo pudiera estudiar la carrera de periodismo. Ella me pagó los estudios, desinteresadamente.

—Desinteresadamente no, guapo —replicó Estela con rapidez—. De hecho, iba a pedirte que echaras un vistazo al jardín de Maya. Está hecho una pena.

—Claro que sí. Con mucho gusto.

—Es lo que tiene la esclavitud —le confió Estela a Maya, guiñándole un ojo—. Desde que lo mandé a la universidad, puedo abusar de Paco todo lo que me convenga.

Después, con una pícara risita de rata, se acomodó en el asiento delantero del coche y, muy ufana, se arregló un poco el pelo y les gritó: «¡Bueno, nos vamos a quedar aquí toda la tarde ¿o qué?!».

La casa donde vivía Anita era humilde y vieja, exactamente igual que su dueña. En su interior olía a chimenea apagada, a horno sucio y a verduras cocidas.

La mujer los recibió con alegría, aunque no tuvo el detalle de cambiarse las zapatillas de felpa por unos zapatos en condiciones, ni de desprenderse del delantal con lamparones. Los condujo por un recibidor muy angosto hasta una pequeña sala de estar, donde les esperaba una televisión a todo volumen y una jaula con dos jilgueros desquiciados que no paraban de piar.

—Abuela —gritó Monteiro—, si no te importa, voy a apagar la tele para que podamos hablar tranquilos.

—Yo es que no oigo nada de nada, ¿saben? —se lamentó Anita Romero—. Y veo muy poco, la verdad. Es que voy a cumplir noventa años.

—Dentro de cuatro, abuela —aclaró el nieto.

—Y me duelen todos los huesos y todas las articulaciones. Y el azúcar, por los aires. Y llevo dentadura postiza —añadió despegándose las prótesis de las encías, para demostrarles que decía la verdad.

Maya se adelantó entonces para entregarle la caja de pastas que había comprado en una pastelería del centro. La mujer, relamiéndose, devoró una allí mismo, sin invitarles siquiera a tomar asiento. Tuvo que ser el nieto quien les ofreciera algo de beber. Té, café, ¿tal vez una cerveza?

—Pues sí, mira —aceptó Estela—. Si me traes una bien fría, te lo agradezco.

—Yo un vasito de agua —dijo Maya, algo tímida.

—¡Agua para las ranas! —gritó Anita Romero, profiriendo unas carcajadas tremendas, al tiempo que se dejaba caer en un sofá que olía a humedad.

Francisco Monteiro se encogió de hombros, como disculpándose por el estado senil de su abuela. La conversación se desarrollaba a gritos. Era muy difícil hacerse entender y los jilgueros piaban como locos.

—Paco, hijo, llévate la jaula a otra parte —protestó Estela. Pero Anita Romero se negó en redondo, así que optaron por cubrirla con un trapo y, por fin, los pájaros callaron.

Entonces, con el único sonido del tictac de un viejo reloj como fondo, tuvo lugar la entrevista.

—Anita —comenzó Maya, tomándole la mano a la anciana—, venimos a preguntarle por su amiga Marta Poza. ¿La recuerda usted?

—¡Huy, sí! —respondió ella con un respingo—. ¡Menuda pájara! No hacía otra cosa que matar hombres. Entraba en sus casas y les cortaba el cuello con un cuchillo de cocina.

—Y les escribía cartas.

—Sí, cartas de amor. Primero se los camelaba, ¿entiende? Y luego se quedaba con el dinero y la plata. —Se detuvo un momento, para tomar aire—. Hacía colección.

—¿De objetos de plata? —conjeturó Maya.

—¡De hombres, tonta! —la corrigió Anita—. De hombres muertos.

Estela tomó la palabra. Carraspeó un poco.

—Lo que quiere decir es que Marta Poza no era una ladrona, sino una asesina en serie.

—Pero siempre escogía señores con dinero —puntualizó la anciana—. Que tuvieran coche y casa, y ahorros. Los pobres no le gustaban nada. Sólo los ricos.

—¿Y recuerda usted exactamente a cuántos hombres mató? —La pregunta de Maya quedó pendiendo de un hilo.

—¡Huy, guapa, pues a todos!

—¿Cómo a todos?

—A todos los de la lista.

Maya tomaba apuntes en una pequeña libreta de tapas negras. Monteiro, que se había acomodado en el reposabrazos del sofá donde estaba sentada su abuela, trataba de leer sus notas por encima del hombro. Sin éxito.

—¿De qué lista hablas, abuela? —inquirió.

—De la que le mandó la agencia, ¿qué lista va a ser? —replicó ella, con cara de total incomprensión—. ¿No veníais a preguntarme por los de la agencia?

—¡Pero qué agencia!

—Pues la agencia, Paco, y no me grites, que no estoy sorda.

Ahora fue Estela quien interrumpió el diálogo.

—Lo que quiere saber su nieto es a qué tipo de agencia se refiere —aclaró con suavidad—. ¿De empleo, de policía, inmobiliaria, de seguros...?

—No, hija, no. ¡De matrimonio!

Fue imposible avanzar un solo milímetro más en la investigación. Después de esta revelación, Anita Romero se vino abajo. Tuvo que ser el azúcar. A Monteiro no le cupo duda. Cuando su abuela se ponía mustia, y los ojos se le apagaban de aquella manera, y le empezaban a temblar los dedos de las manos, siempre era cuestión de los niveles de azúcar. Entonces había que obligarla a beber grandes cantidades de agua, que ella escupía sistemáticamente mientras proclamaba que el agua era para las ranas, no para las personas.

—Han sido las pastas —se culpó Maya, cabizbaja, tras comprobar que en la caja sólo quedaban algunas migajas—. Se las ha comido todas.

—Es que los dulces, para un diabético, son como la bebida para un alcohólico —replicó el muchacho mientras abanicaba a la anciana con un cartón del bingo—. Pero no hay de qué preocuparse. Esto se pasa enseguida.

Estela se estremeció. Posó la vista en la cerveza vacía que yacía sobre la mesa, a su lado. Ni siquiera había utilizado el vaso que le había traído Monteiro en una bandejita de plástico. Se la había bebido directamente de la botella, de dos tragos largos, y estaba a punto de pedirle al chico que le trajera otra, si era tan amable.

Maya notó que aquel comentario sobre la bebida había hecho mella en el ánimo de la escritora. Aunque todo sucedió en una milésima de segundo, los ojos de una se clavaron en la otra y en el fondo del pozo contemplaron la misma imagen. Estela tenía miedo, miedo a deslizarse de nuevo por aquella pendiente oscura y resbaladiza por la que había caído tantas veces a lo largo de su vida.

—Gracias, Paco —logró pronunciar algo aturdida—. Maya y yo nos vamos ya para que puedas atender con calma a tu abuela.

—Si esperan un momento, las llevo en el coche —se ofreció.

—No, ni hablar. Nos damos un paseo, que nos vendrá muy bien —le aseguró Estela—. Dale las gracias a tu abuela cuando se recupere. Dile que nos ha sido de gran ayuda.

Maya, todavía compungida, se despidió del chico con un triste apretón de manos y salió a la calle donde ya la esperaba la escritora, pensativa.

—Interesante —comentó Estela, frunciendo el ceño en un gesto muy detectivesco—. Así que una agencia de matrimonio, ¿eh?

—Esa debía de ser la manera de contactar a sus víctimas.

—La muy ladina.

Bajaron charlando por la calle empinada y llegaron a la plaza invadida de mesas y sombrillas donde los vecinos de Los Rosales se reunían a última hora de la tarde para tomar una copa y despedir el día. En un rincón, a solas con un libro muy grueso, descubrieron a Pereira, tan concentrado en la lectura que no se percató de su presencia hasta que Estela le tocó suavemente el hombro. El viejo periodista dio un respingo, parpadeó, y por fin reaccionó con la gentileza que le caracterizaba. Invitó a las damas a tomar un refresco —él había pedido una limonada— y les rogó que le acompañaran a su mesa.

Al poco rato la conversación fluía entre los tres.

Sí, Pereira recordaba aquella agencia de matrimonio tan famosa en los ochenta. La Guía de los Corazones Solitarios, se llamaba, y era una organización privada que ponía en contacto a mujeres solas con hombres solteros o viudos, desesperados por encontrar a su media naranja. Funcionaba a nivel nacional, pero procuraba emparejar a los clientes dentro de un radio no excesivamente amplio. Utilizaba también otros criterios de selección como edad, extracto social e incluso rasgos físicos.

—Pero, claro, nadie aseguraba que los datos remitidos fueran ciertos. Muchas mujeres mentían respecto de su edad, su situación económica o su aspecto. Es verdad que se intercambiaban cartas y fotografías antes de concertar un encuentro cara a cara. Pero algunas veces las fotografías habían sido tomadas varios años antes y las decepciones eran grandes.

De vez en cuando, la agencia tenía éxito y la novela rosa terminaba en boda. Felices para siempre, fundadores los tórtolos de una numerosa y próspera prole.

Estela y Maya intercambiaban miradas llenas de significado. Ambas se figuraban las ocasiones en las que el final del cuento era otro. Tan dramático como la muerte violenta de un incauto a manos de una asesina en serie.

—Parece ser que la agencia existe todavía —afirmó Pereira—, aunque, claro, ahora es una página web internacional, de dimensiones mastodónticas. Y ya no es necesario demostrar que uno está viudo o soltero. Ahora vale todo, ¿saben? Se anuncia como lonelyhearts.com. Es para gente joven. Los mayores no sabemos usar esas cosas, supongo.

Podía ser, claro que sí, que esa gente aún conservara los archivos de los años ochenta. No estarían digitalizados, probablemente, pero habría un almacén, o algo parecido, ¿no?

Maya se ofreció voluntaria para investigar esa posibilidad y, en su caso, también para viajar a donde fuera que se encontrara ahora la sede de la agencia. Con el nombre y la descripción de Marta Poza, no sería difícil dar con aquella lista de la que les había hablado Anita Romero.

En cuanto llegara a casa, pensaba emprender esa tarea, en un cuaderno diferente al que ya había comenzado a llenar con notas relativas a Estela Valiente. En este, apuntaría concienzudamente todo lo que había descubierto sobre el verdadero objeto de su investigación; que la escritora vivía en una permanente cuerda floja, haciendo equilibrios de malabarista sobre el abismo negro de la bebida. Aleteando como una gaviota en el lodo, boqueando como un pez fuera del agua.

Y también, por supuesto, la cuestión que la había impulsado a pedir un vodka con limón, «una limonada», como decía Pereira: la próxima visita a Los Rosales de Alonso Ríos, el inclemente crítico literario, tertuliano y columnista.

—Un día de estos recibiremos a un personaje célebre en la sede del periódico local —había anunciado Pereira, muy ufano—. Se trata, guárdenme el secreto, de Alonso Ríos. Supongo que saben de quién les hablo. Se ha puesto en contacto conmigo para solicitarme cierta información sobre el pueblo. Se ha enterado de que soy el cronista oficial de la villa y, ni corto ni perezoso, ha telefoneado a la redacción para concertar una cita.

Maya apuntaría que, al oír aquel nombre, Estela había perdido el color y la sonrisa. Un ligero temblor se había extendido por todo su cuerpo y, con la boca seca, había llamado la atención del camarero, al que había ordenado un vodka, sin zumo, sin hielo, sin por favor, ni gracias.

Que se lo había bebido a grandes tragos, que Pereira había notado su incomodidad, pero no había querido indagar en el motivo. Que ella moría por saber cuál era la conexión entre Ríos y Valiente, y que ahora el objetivo prioritario de su tesis era desentrañar este misterio.

Que Estela les había rogado a Pereira y a ella que la dejaran sola, en aquella mesa vacía, casi a oscuras. Y que, antes de llegar a la casa de las monjas, había decidido llamar a la puerta de Alicia, para contarle dónde y en qué estado podía encontrar a su hermana.

Que Alicia le había dado las gracias y había salido después, en el coche, camino del Miranda, donde ya no quedaba ningún cliente y la luna era la única luz que iluminaba el bulto de Estela Valiente doblado en dos sobre un banco de la plaza.

CAPÍTULO 11

A las ocho de la tarde tocaron a la puerta. Maya estaba tan concentrada, persiguiendo los servidores de la Lonely Hearts por el mundo entero, que no se percató de la insistencia de la llamada hasta pasado un buen rato. Como nunca hasta entonces había escuchado el sonido del timbre, tampoco supo identificarlo de inmediato. Se lo había instalado aquella misma mañana el joven Monteiro, antes de ponerse manos a la obra con los trabajos de jardinería, que habían consistido en cortar hierba, desbrozar, podar los arbustos, plantar flores y amontonar en un rincón todos los desechos vegetales inimaginables.

Le había prometido que regresaría en otro momento a retirarlos y se dedicaría en cuerpo y alma a limpiar la piscina. El ruido de la sierra mecánica y el de la máquina cortacésped la habían acompañado durante toda la mañana y buena parte de la tarde. Monteiro no había querido quedarse a comer y le había asegurado que su abuela se encontraba mucho mejor, gracias.

Maya acababa de dar con una página web en Ámsterdam, que parecía ser la pista definitiva para acceder a los archivos de la organización, cuando escuchó la voz de Alicia desde fuera.

—Maya, cariño, ¿estás en casa?

Sorprendida por la visita inesperada, Maya abrió la puerta sin tomar las debidas precauciones. Los libros y el ordenador quedaron a la vista sobre la mesa del comedor.

Por fortuna, no se trataba de una urgencia, y no, Alicia no quería pasar a tomar nada, ni sentía curiosidad por los progresos de Monteiro en el jardín. Sencillamente había venido a preguntarle si sabía jugar al mus. Estela no se encontraba bien, le explicó, llevaba todo el día en cama, con un fuerte dolor de cabeza, y les faltaba una jugadora para completar la partida.

—Está usted de suerte —respondió Maya, divertida—. Resulta que soy «la reina de las patatas bravas». Campeona de mus en segundo de carrera. Barra libre de bravas en la cafetería de la facultad durante todo el año.

—¡Albricias! —exclamó Alicia dando palmas.

Y sin apagar el ordenador, ni volver a entrar en su casa, Maya se enhebró del brazo que Alicia le tendía y se dirigió con ella a la casa de las hermanas donde ya las esperaban, impacientes, las demás socias del club de las cartas.

Eran seis en total, descontando del grupo a las dos Valiente. Todas ellas mujeres de más de setenta años, bien vestidas y laboriosamente peinadas y maquilladas. Habían colocado dos mesitas de juego cerca de la chimenea y habían apartado las butacas para dejar espacio al carrito de las bebidas, que protagonizaba la reunión repleto de botellas de licor y fuentes de hielo.

Maya jugaría como pareja de Alicia, sustituyendo a Estela. Sus contrincantes se llamaban Consuelo y Viri; ambas habían sido maestras en el colegio de Nuestra Señora de la Soledad y recordaban muy bien a don Melchor Caballero, que en paz descanse. De hecho, venían directamente del funeral; de ahí sus atuendos negros, de luto.

—¿Y qué me decís de la asesina de las cartas de amor? —indagó Alicia después de un par de rondas, mientras repartía el juego, guiñándole un ojo a Maya—. Murió el mismo día que don Melchor. Salió el lunes en el periódico.

—Ya lo vi —replicó Viri—. Me pareció de un mal gusto infame publicar la noticia de la muerte de una asesina en la misma página. Para eso está la sección de sucesos, digo yo.

—Ya. ¿Pero vosotras la conocíais?

—No —respondieron las dos al unísono.

—¿Y a alguna de sus víctimas? —añadió Maya, esperanzada.

—Tampoco —se apresuraron a contestar—. De hecho, nunca se supo cómo se llamaban. Aquello sucedió hace más de treinta años y las familias de aquellos hombres hicieron todo lo posible por ocultar sus identidades. La historia resultaba bastante bochornosa para ellos, ¿no os parece?

—La policía tardó muchísimo en resolver el caso. Diez o doce años —recordó Viri—. Ya casi habíamos olvidado el chisme.

—¿Y cómo supieron que...?

—Encontraron una carta. Siguieron la pista, ataron cabos. Fueron a detener a la asesina a no sé qué pueblo de Málaga donde vivía como una reina, con todo lo que había robado.

—Mató a tres hombres, ¿verdad? —las provocó Maya.

—Eso que se sepa.

—¿Qué quieres decir, Viri, hija? ¡Qué ceniza eres! —saltó Alicia desde detrás del abanico de sus naipes.

—Pues que pudo haber más muertos. ¡Qué sabe nadie!

—¿Y dónde encontraron la carta? —preguntó Maya.

—Eso no trascendió —respondió Consuelo—. Lo único que se supo es que era una carta de amor. Bueno, de sexo —corrigió—. Y que encontraron las huellas de la asesina. O sea, el ADN.

—Sería un pelo, o algo así —dijo Viri.

La tertulia tomó entonces otros derroteros. Una de las jugadoras de la otra mesa se puso en pie y anunció que procedería a servir la primera ronda de bebidas; a la salud de Tony Cienfuegos, dijo, fundador del club y a quien debemos el feliz hallazgo del destornillador. Acto seguido colocó ocho vasos de cristal en fila india, dejó caer unas cuantas rodajas de naranja y unos cubitos de hielo dentro de cada uno de ellos y luego vertió una buena cantidad de vodka seguida de un chorro de zumo de naranja.

Repartió las copas y todas las jugadoras brindaron por él.

—Tony siguió viniendo a Los Rosales todos los veranos, a pesar de que ya se había convertido en un escritor famosísimo y sus amigos ricos se lo rifaban en todas partes: Montecarlo, Nueva York, París... Se pasaba la vida de barco en barco, de villa en villa. Pero siempre, cada año una semana en julio, venía a visitarnos. Decía que éramos sus chicas de pueblo; sus patitos feos. Y que necesitaba pasar tiempo con nosotras para recuperar el sentido de la realidad. Para no perder la perspectiva, decía.

Tony Cienfuegos era un ser extravagante al que en su propio pueblo a menudo confundían con una mujer. Tenía voz de telefonista y andares de Dama de las Camelias: el desmayo en las manos, el parpadeo frecuente, ademanes afectados y una manera de apartarse el pelo de la cara más propio de una actriz de Hollywood que de un escritor ilustre.

Llegaba a Los Rosales en el tren procedente de Madrid, ataviado con las gafas de sol que en otros tiempos pertenecieron a su madre, un sombrero blanco de Panamá y un pañuelo claro, de seda, anudado alrededor del cuello. El resto de su atuendo podría pasar por el de un explorador del África Oriental.

Sus tías lo esperaban en el andén, dos ancianas de más de noventa años, bajo sendas sombrillas decimonónicas, felices de volver a ver al niño perdido, su pequeño juguete rubio, para seguir mimándolo, achuchándolo y comiéndoselo a besos.

En la casa no había cambiado nada. Los libros del indiano Cienfuegos seguían decorando las paredes y el dormitorio de Tony permanecía inmutable, a pesar de los años: la misma camita de madera, las mismas láminas de pájaros y flores, el mismo pupitre barnizado, el jarrón de flores, la jarra de agua.

Tony había hecho construir en el jardín una piscina inmensa, idéntica a la de Jay Gatsby en la película de Robert Redford, y se había comprado en Nueva York un traje de baño de dos piezas con culote azul marino de licra y camiseta de tirantes a rayas, para poder emular a su ídolo cinematográfico; todo el día tumbado al sol, flotando sobre una colchoneta hinchable, mientras sus tías le servían unos martinis helados que le traían muy solícitas en bandejas de plata. Usaba un aceite bronceador con olor a coco que después de un rato resultaba bastante empalagoso y se abanicaba con un paipay de bambú.

Sólo invitaba ocasionalmente a Estela, y excepcionalmente a Alicia, a acompañarlo en sus largas jornadas bajo el sol. Les relataba episodios fascinantes de sus largos viajes alrededor del mundo y les hablaba de sus amistades adineradas desde la perspectiva distante de estar de vuelta en Los Rosales, con una frialdad y un desprecio pavorosos.

—Esos malditos —les decía— se creen que soy su bufón; que estoy ahí para entretenerlos, para librarlos de su aburrimiento crónico, pero no, señor, yo soy un escritor, un narrador de mi tiempo, y algún día verán de lo que soy capaz.

Lo que bullía en su interior, paralelamente a su éxito literario, era un deterioro físico y emocional visible para Estela nada más, la persona que mejor lo conocía.

Tony Cienfuegos no sólo bebía en sociedad, sino también a solas, una copa tras otra, y a veces tomaba pastillas para poder conciliar el sueño. Su grandilocuencia, su extravagancia y aquella necesidad suya de protagonizar todas las reuniones con su voz chillona y su capacidad para atender y liderar varias conversaciones al mismo tiempo no eran más que la fachada bonita de un edificio en ruinas.

Era cierto que Tony fundó el club de las cartas, una tarde de tormenta en la que aporreó la puerta de las Valiente aterrorizado por los truenos, y se las encontró merendando con un grupo de amigas.

Todas ellas eran mujeres de mediana edad; más afines a Alicia que a Estela: maestras de primaria, farmacéuticas, secretarias o funcionarias, de educación tradicional, rebeca sobre los hombros, gafas de concha y zapatos planos.

Tony sólo necesitó un par de horas para pervertirlas a todas e introducirlas en el peligroso mundo del alcohol y el juego. Empezó por desvelarles un sinfín de secretos sobre sus amistades hollywoodienses: operaciones estéticas, sexualidades confusas, infidelidades escandalosas, filiaciones insospechadas... para pasar luego a descubrirles el sabor del vodka con naranja: zumo, rodajas, hielo, agitación y desenfreno.

Apostaron al póker dinero y prendas de ropa. Viri regresó a su casa en paños menores, dando tumbos por la calle, ella, que siempre había sido referente de corrección y buenas maneras en Los Rosales, y había educado a medio pueblo, desde párvulos hasta bachilleres, encaramada a la tarima del Nuestra Señora de la Soledad.

Desde entonces, una o dos tardes por semana, se organizaba el aquelarre en la casa de las hermanas, al principio presidido por Cienfuegos, fundador y maestro de ceremonias, después de manera independiente, como buenas alumnas del sátiro, sin necesidad de nadie que llevara la batuta. La pequeña secta se reunía en secreto y, después de la fiesta, regresaba a su vida convencional, con dolor de cabeza y el estómago revuelto, otra vez diligentes y respetables pilares de la comunidad.

—Venid a mí, vosotras, que sois mis patitos feos —las arengaba Tony, subido a la mesa de juego con una copa en la mano—. ¡Qué harto estoy de todos esos cisnes de plumas falsas, vanidosos, hipócritas, dispuestos a despellejarte en cuanto te das la vuelta! ¡Qué manera de mirar por encima del hombro, esos esnobs sin más interés que el dinero! Vosotras feas, y gordas, con ese tinte horrible que lleváis en el pelo, esos zapatos, ¡por Dios! ¿De dónde sacáis la ropa, mujeres? Sois, en cambio, la autenticidad y la belleza más pura. A vosotras os amo sin reservas. A sangre fría.

Y ellas, ya borrachas, ya exaltadas, lo acariciaban como si fuera un cachorro y estuviera perdido. Le secaban las lágrimas, le besaban la cara y las manos, lo protegían de aquella tormenta primera y de todas las que vinieron después.

Estela era la única que mantenía la compostura en aquellas veladas delirantes. Observaba la escena de brazos cruzados, desde el rellano de la escalera, con los labios fruncidos, lamentándose por la cordura perdida de sus amigas y los excesos de Tony. A ella le tocaba asistirle después, forzarle el vómito o despertarle angustiada del sueño inducido por los fármacos. La mezcla mortal de alcohol y drogas que terminaría con su fructífera carrera, en la flor de la vida, la flor de la inspiración y la creatividad, recién cumplidos los cincuenta, en una habitación extraña de la mansión extraña de una millonaria extraña, que al verlo muerto se echó a reír.

—¿Es cierto que Tony Cienfuegos murió por sobredosis de cocaína?

—Tony murió por sobredosis de soberbia.

—¿Habían hecho ustedes las paces antes de su muerte?

—Nunca estuvimos enfadados. Nos distanciamos, sí, después de aquella basura de autobiografía que le obligaron a publicar.

—¿Le obligaron?

—Entienda usted, que algunas editoriales son como vampiros ávidos de sangre. Y a Tony ya no le quedaba una sola gota libre de veneno.

Al filo de la medianoche, en grupos de dos o tres, las socias del club de las cartas se fueron marchando. En realidad, no eran brujas, ni protagonistas de una inquietante película de Stanley Kubrick, sino mujeres de edad avanzada, oriundas de Los Rosales, que el resto de la semana se dedicaban a las tareas domésticas, iban al mercado y cuidaban de su jardín. Muchas de ellas eran abuelas, otras viudas, todas jubiladas, y fuera del paréntesis de aquel pequeño desfase, se conducían con total rectitud y normalidad. Nadie diría que en aquella casa perdían la cabeza, reían a carcajadas, bebían como cosacos y ponían en peligro sus delicados estados de salud. Sólo ellas sabían que el gesto de guiñarse un ojo con disimulo, cuando coincidían en misa o en la pescadería, y que los demás tomaban como una inocente demostración de camaradería, era, en realidad, la contraseña secreta del clan, que advertía: «Esta noche hay cartas».

Maya esperó hasta que la última de las amigas de Alicia se armó del valor suficiente para regresar a su aburrida existencia y se ofreció a ayudar a su anfitriona a limpiar el salón. Había vasos derramados, cojines desplumados y naipes por todas partes.

Alicia le agradeció el detalle, pero le rogó que la dejara descansar, ya se ocuparía del desastre al día siguiente.

—Me harías un favor mucho mayor si consiguieras sacar a mi hermana del bache —le confesó—. Esa investigación tuya sobre la asesina de las cartas de amor es lo único que ha conseguido hacerla olvidar su angustia, aunque haya sido sólo por unas horas.

—¿Pero qué es lo que le preocupa tanto?

—¡El maldito aniversario! —escupió Alicia con rabia—. Le hace revivir muchos malos ratos.

Se dejó caer a plomo sobre el incómodo sofá y le indicó sin palabras que se sentara a su lado.

—Verás, Maya, no sé si sabes que mi hermana sólo ha publicado un libro en toda su vida. Una novela sobre la infancia de una pobre niña en la posguerra, que sufre muchísimo. A mí, personalmente, nunca me ha gustado *De puertas adentro*, porque no comprendo de dónde sacó Estela tantas tragedias. Nosotras tuvimos una infancia muy feliz, muy tranquila. Nuestros padres nos quisieron una barbaridad; nos apoyaron siempre, en todo lo que hicimos. Fíjate, yo, por ejemplo, estudié leyes y ejercí como abogada en un despacho. Ella se fue a Madrid, se licenció en humanidades y se dedicó a escribir, que era lo que le gustaba. Sin embargo, en su libro hay tanto resentimiento, tanta amargura...

—En eso consiste escribir —dijo Maya—. Sirve para expulsar demonios.

Alicia asintió con tristeza.

—La cuestión es que ese libro le proporcionó una fama que ella no deseaba. La convirtió en el estandarte de muchas causas que le eran ajenas. ¿Tú has visto a mi hermana? ¿Te parece una activista? No, ¿verdad? Porque no lo es. Es una chica de provincias, con un talento innato para escribir, sí, pero sin vocación de liderar ninguna revuelta social. Es una «señoritinga» de Los Rosales. Y eso le hace sentirse un fraude. ¿Entiendes? —Maya asintió en silencio, Alicia le había posado una mano temblorosa en el hombro—. Cuando se publicó el libro y poco después se convirtió en una obra de culto, prohibida por la censura, denostada por las autoridades, Estela se acobardó —continuó—. Buscó refugio en Tony Cienfuegos, que por entonces tenía fama de transgresor, pero consentido. Tenía un protector... un político importante, que había sido el último amante de su madre. Por eso nadie se metía con él.

—Y Tony la decepcionó —comprendió Maya.

—No sólo permitió que la detuvieran, a ella y a su amiga Camino, sino que, durante meses, renegó de su amistad. No intercedió por ella. Ni siquiera la visitó una sola vez en la cárcel. ¡Maldito sea! —A Alicia se le quebró la voz—. Sin embargo, la amistad entre Estela y Tony continuó durante muchos años. De alguna manera, ella consiguió perdonarlo, o él hacerse perdonar...

—Pero Estela no volvió a escribir ningún otro libro —afirmó Maya.

—No exactamente —respondió Alicia para sorpresa de su interlocutora—. Estela ha seguido escribiendo durante todos estos años. Lo que no ha vuelto a hacer jamás es publicar. Le aterra volver a dirigir el foco hacia sí misma. Odia las entrevistas, las aglomeraciones, los homenajes, las reseñas de su libro y todos los artículos que escriben sobre su persona.

—Porque se siente un fraude.

—Exacto.

—Pero Estela Valiente no es ningún fraude —protestó Maya—. Escribió uno de los mejores libros de la historia, le guste o no.

—La cuestión es que se acerca el cincuenta aniversario de *De puertas adentro* y no hay día que no reciba una carta solicitándole su colaboración para tal o cual biografía, su presencia en tal o cual universidad, su firma, su imagen, su ayuda. El gigante estaba dormido y ahora están a punto de despertarlo de nuevo. Si mi hermana fuera un avestruz, llevaría meses con la cabeza enterrada en la arena. Como no lo es, bebe y fuma más de la cuenta. Llora, rompe cartas, se refugia en Madrid, vuelve a casa hecha un guiñapo.

Maya abrazó a Alicia y sintió la fragilidad de sus huesecillos maltrechos. Poco a poco se hacía la luz, los acontecimientos iban adquiriendo sentido. Los secretos estaban ahí, en el regazo de Alicia Valiente, y ella, Maya Millas, lograría el permiso de las hermanas para exponerlos al mundo. Lo único que necesitaba era delicadeza y tacto. Sensibilidad, cautela.

—Mañana mismo lograré que salga de su encierro —le prometió, apretando la mandíbula—. Ya tengo el hilo del que tirar para llegar hasta la asesina de las cartas de amor. O al menos, hasta sus víctimas. Cuando se levante Estela, dígale que he tenido que ir urgentemente a Madrid. Que me espere despierta.

—Gracias, Maya.

—Sólo una pregunta, Alicia. ¿Conoce usted a Alonso Ríos?

Alicia se estremeció. Miró a Maya con el ceño fruncido.

—No. ¿Quién es?

—Nadie, perdone. Creí que tal vez era su amigo.

—Pues no me suena. ¿Es del pueblo?

—Creo que no. Es un tipo del que me han hablado, nada más.

—¿Alguien que participó en los crímenes, quizá?

Maya sonrió misteriosa.

—Eso habrá que averiguarlo —dijo.

Y tras esa afirmación, dio por terminado el diálogo, se levantó del sofá y salió de la casa con un leve malestar de estómago, provocado, seguramente, por el exceso de vodka con naranja.

CAPÍTULO 12

Clara Cobián no salía de su asombro. Se había imaginado que la entrada atropellada de Maya en su despacho, sin previo aviso, despeinada y sudorosa, alborotada como nunca la había visto, anticipaba una historia memorable, pero en ningún caso había esperado algo tan sorprendente como lo que le relató su redactora, a salto de mata, y sin detenerse siquiera a tomar aire entre frase y frase.

Hacía varios días que no recibía noticias de Los Rosales. El último diálogo que había mantenido con Maya le había resultado inquietante. Le había dado la sensación de que la chica estaba perdiendo el norte. Por lo visto tenía la intención de escribir una crónica de asesinatos, en lugar de concentrarse en la tarea que la había llevado hasta allí y que aparentemente tanto la ilusionaba. Cuando había tratado de reconducirla preguntándole por sus avances en la biografía de Estela Valiente, Maya le había respondido con vaguedades: que la asesina podría estar relacionada con la escritora, que eran del mismo pueblo, de la misma edad... nada concreto.

Y ahora se presentaba el torbellino, sin aliento, quemada por el sol, hecha un desastre, tomaba asiento en el sofá de su despacho, no le preguntaba si podía dedicarle un rato; se lo arrebataba, se bebía el agua fría de su botella de un trago, fijaba en ella un par de pupilas dilatadas y le soltaba:

—Ya sé a qué tres hombres mató Marta Poza.

Acto seguido, daba comienzo la narración del caso: Maya había descubierto, gracias a una anciana senil, que la asesina de las cartas de amor había contactado con sus víctimas a través de una agencia matrimonial llamada la Guía de los Corazones Solitarios. Al parecer, dicha entidad le había enviado a Marta Poza un listado de hombres ávidos de amor a los que ella había engatusado primero, y seducido después, gracias a sus habilidades retóricas (por lo visto, la mujer escribía unas fantásticas misivas subidas de tono), para finalmente robarles todo su dinero y terminar degollándolos.

La dificultad a la que se enfrentaba Maya, a la hora de reconstruir los hechos, era la maldita ley de protección de datos, que impedía el acceso público a las resoluciones judiciales. Sin la colaboración de la policía o de los jueces, Maya había tenido que echar mano de su astucia. Había seguido la pista de la primitiva agencia matrimonial, observándola en sus diversas transformaciones a lo largo del tiempo, hasta dar con la compañía en la actualidad: un monstruo que operaba a nivel internacional desde un edificio ubicado en La Haya y cuyos tentáculos se extendían, como ramificaciones de un inmenso río, por todas las capitales europeas. En España, la sucursal estaba en Madrid, concretamente en la calle Padilla, y consistía en una pequeña oficina con pinta de agencia de viajes. Contaba con recepcionista, sala de espera, folletos que anunciaban una gran variedad de destinos románticos y dos o tres despachos donde expertos en asuntos de amores concertaban citas entre personas compatibles entre sí. Primero había que someterse a un extenso cuestionario sobre gustos, experiencias, ilusiones y esperanzas. Después, confiar en que el programa informático obrara el milagro de reunir a cada oveja con su pareja y finalmente recibir el preciado listado de nombres, que remitía a un catálogo donde el interesado podía acceder a fotografías y datos más o menos íntimos de los posibles candidatos. La agencia se ocupaba entonces de contactar con el elegido y programar un primer encuentro telefónico.

Maya, que se había visto obligada a inventar un nombre falso —perdona, Clara, si di el tuyo, pero en ese momento no se me ocurrió otro mejor—, había accedido a responder a la llamada de un tal Roque, que se moría por conocer a una veterinaria, amante de los animales, idéntica a su personaje de ficción. También a proporcionar a la agencia un número de teléfono, pobre hombre, que probablemente no correspondía a ningún abonado, y una declaración firmada en la que aseguraba que todo lo anteriormente señalado era tan cierto como que la noche sigue al día.

Una vez finalizados todos estos trámites, Maya había tenido que idear un plan para poder quedarse unos minutos a solas en aquel despacho. Esto lo consiguió de la manera más convencional, fingiendo un malestar repentino; una necesidad imperiosa de beber un vaso de agua, con azúcar, por favor, que se ve que me ha dado un bajón de tensión, dese prisa que me estoy mareando, a ver si me voy a desmayar aquí, qué apuro, en su despacho, con lo limpio que lo tiene.

—En el instante en que la mujer salió de la habitación, me encerré por dentro y me puse a buscar en los archivos. Lo tenían todo digitalizado desde el ochenta y tres. Muy diligentes. Di con Marta Poza en menos de dos minutos. Apunté los nombres, borré mis huellas, abrí la puerta, me bebí el agua dulce, un asco, y después me marché asegurándole a mi celestina que no padezco ningún problema serio de salud.

Maya había logrado su propósito; de ahí la excitación y las pupilas dilatadas. Venía directamente de la calle Padilla, asfixiada por el calor de mayo, y traía un papelito doblado, en el que había escrito tres nombres: Sancho Herrera, Darío Olmedo y Juan Bautista.

—La cuestión, Maya, es que te estás yendo por los cerros de Úbeda —le advirtió Clara—. Deberías centrarte en Estela Valiente y olvidarte de esta historia de crímenes que no te incumbe ni a ti ni a la revista. Comprendo que es un asunto apasionante, pero para un periódico de sucesos, hija, no para *L'Idéaliste.*

Que no lo entendía. Eso le respondió Maya, algo desinflada, a su jefa. El caso de la asesina de las cartas de amor era la excusa perfecta para construir una relación de amistad con Estela Valiente y asomarse a su mundo más íntimo. Investigarían juntas, escribirían juntas, lo harían todo juntas. ¿Es que no lo ves? De momento había recopilado datos suficientes como para armar varios capítulos; conocía detalles de la vida cotidiana de las Valiente, su estrecho vínculo con Tony Cienfuegos, el problema de Estela con la bebida, la preocupación de Alicia por la estabilidad emocional de su hermana y, sobre todo, el hallazgo literario más sorprendente de los últimos tiempos:

—Alicia me dijo, textualmente, que Estela no ha parado de escribir durante todos estos años.

Clara Cobián frunció el ceño, se frotó los ojos, se reclinó en la butaca y fijó la vista en Maya.

—¿Lo grabaste?

Maya puso cara de asombro.

—Claro que no, ¿cómo iba a grabarlo?

—Pues con el teléfono, Maya —la increpó su jefa, condescendiente—. Si no existe ninguna prueba de lo que dices, no hay caso. Estela Valiente desmontará toda tu investigación de un plumazo con uno de esos comunicados suyos. Jurará que todo lo publicado es falso y sanseacabó.

—Olvidas el propósito de todo esto —se defendió Maya—. No estoy escribiendo una biografía cualquiera, sino la única biografía autorizada. Pretendo conseguir su beneplácito, Clara, lograré que Estela Valiente redacte el prólogo.

A esta última afirmación, Clara respondió con una carcajada sonora. Admiraba la determinación de su redactora, pero también sabía que aquel sueño era imposible. Maya divagaba imaginando textos inéditos, apuntes, cuadernos, obras maestras de la literatura universal ocultas en el torreón de Los Rosales, aguardando, como princesas cautivas, a que un caballero andante las liberara de sus dragones. Cincuenta años de escritura ininterrumpida dan para mucho, sostenía, el tesoro podía contener varias colecciones de relatos, ensayos, novelas. ¿No comprendía Clara la importancia de su descubrimiento?

La tarde iba cayendo al otro lado de la ventana. Remitía el calor y la oficina empezaba a vaciarse. Sólo se oía el silencio de los ordenadores en la oficina moderna. Los teléfonos habían dejado de sonar y la secretaria de Clara había interrumpido su apasionado cónclave para preguntar si podía marcharse a casa. Maya había aprovechado el *impasse* para consultar los horarios de los trenes con destino a Los Rosales y había escogido uno que salía en media hora. También para echar un rápido vistazo a las notas de su pequeña libreta.

—Una última cuestión antes de irme —dijo, tras leer el nombre de Alonso Ríos subrayado en rojo en el encabezado de una de las páginas—. Quería comentarte un asunto que me preocupa un poco.

—Tú dirás.

—Se trata de Alonso Ríos, ya sabes, el columnista. Al parecer, planea visitar el pueblo uno de estos días.

Clara se revolvió en su asiento, incómoda. Fue a echar mano de la botella de agua, pero constató que estaba vacía.

—Mala cosa —afirmó—. Me lo presentaron hace tiempo. Es uno de esos sabihondos que igual opina de política que de libros. Un guaperas, encantador, pero poco de fiar. Tiene fama de ligón.

—Me parece que a Estela, por algún motivo que ignoro, le aterra encontrárselo. Supongo que se trata simplemente de su fobia a los críticos, periodistas y demás estudiosos de su obra. Alicia me contó que su hermana recibe a diario decenas de cartas solicitando su presencia en tal o cual acto, o su colaboración para tal o cual proyecto editorial, y...

En ese instante, sin venir a cuento, a Maya se le demudó el gesto. Se quedó petrificada, como si hubiera visto un fantasma, y comenzó a temblar.

—¿Qué te pasa? —se asustó Clara.

—Acabo de caer —balbuceó Maya horrorizada—. ¡Alonso Ríos viene al pueblo a escribir una biografía de Estela Valiente!

Se levantó de un brinco, recogió sus cosas y salió del despacho sin despedirse de Clara.

—¿Pero a dónde vas tan deprisa, alma de cántaro?

—¡A impedírselo! —exclamó Juana de Arco, con los pelos alborotados y los ojos fuera de sus cuencas, cruzando el pasillo a grandes zancadas.

No había otra explicación posible para la presencia de Alonso Ríos en Los Rosales. Esta idea la fue rumiando Maya durante la hora y media de viaje hasta el pueblo, la maduró en los días que siguieron a tan inquietante conclusión y llegó a obsesionarla de una manera pegajosa y desquiciante. Si Alonso Ríos publicaba una biografía de Estela Valiente, no habría lugar para la suya. El mundo es un lugar demasiado pequeño para albergar dos obras de no ficción sobre el mismo personaje. Las librerías carecen de estantes; los bolsillos, de fondos; las instituciones, de presupuesto. Existiendo un novedoso estudio firmado por uno de los autores más populares del momento, ¿quién se interesaría por la versión sucedánea de una tal Maya Millas? Ahora, más que nunca, era imperativo que Estela Valiente colaborara con ella en la elaboración de su texto. Si no lograba que la escritora le diera su bendición y reconociera esa biografía como la única autorizada por ella, no tendría nada que ofrecer.

Había llegado el momento de poner a funcionar la imaginación, y la grabadora. A partir de entonces, todo lo que dijera o hiciera Estela quedaría registrado en un archivo informático, exploraría la casa de las Valiente en busca de tesoros literarios y le sonsacaría a Alicia hasta los detalles más nimios de su existencia. Y convencería a la dama, claro que sí, a cambio de no desvelar ese secreto inconfesable, demoledor y bochornoso de su pasado, que alguno hallaría, indudablemente. Nadie vive más de ochenta años sin esconder algún esqueleto en el armario.

Capítulo 13

—Estimado señor Ríos, bla, bla, bla. Le ruego que deje de amenazarme, bla, bla, bla. Todos somos iguales ante la ley...

A punto de cumplir cincuenta primaveras, Alonso Ríos necesitaba gafas para leer de cerca pero su coquetería masculina le desaconsejaba su uso, y sin duda esta primaba por encima de la opinión de su oculista. Por eso sostenía la carta a una distancia considerable de los dos ojos azules que tantas alegrías le habían proporcionado a lo largo de los años. No había guapa que se resistiera a una mirada como aquella, con su justa dosis de hipermetropía y la atractiva costumbre de entornar los ojos cuando se acercaba peligrosamente a sus víctimas.

Ocupaba una mesa apartada, en la terraza del café Gijón, en el paseo de Recoletos, y aquella mañana lo acompañaba únicamente su amante más duradera: la soledad. Con ella hablaba sin tapujos. No era necesario seducirla, ni exhibir ante ella sus habilidades eróticas, ni despedirla después con la falsa promesa de volver a verla pronto, muy pronto —mañana no, pero pronto—. A veces se dirigía a su soledad en voz alta y si en ese momento se cruzaba con algún conocido de carne y hueso, se la presentaba amablemente, como si fuera corpórea y continuara allí a pesar del hecho de haber dejado de estar solo.

—Reciba mi más sincera repulsa, ¡ja!

Por fin había llegado la respuesta de Estela Valiente a su carta. Como era de esperar, la Premio Nobel negaba la mayor. Aseguraba que no conocía a ninguna de las personas mencionadas en el texto —lo cual era fácil de desmentir— y amenazaba con denunciarle «en el instante mismo en el que asome la punta de su nariz por mi propiedad».

En lugar de arrugar el papel o romperlo en pedazos, Alonso Ríos lo dobló cuidadosamente y volvió a introducirlo en el sobre. Había reconocido la tipografía anticuada de la máquina de escribir de Estela Valiente y sabía que, a pesar de los improperios y advertencias que contenía, aquella carta probaba que se había abierto una vía de comunicación entre ellos. Era un primer paso. El siguiente —se dijo— sería aparecer sin avisar en la casa de Los Rosales donde la autora de *De puertas adentro* se había enterrado en vida, huyendo de la fama.

Apreciaba el *gin-tonic* con virutas de piel de limón y semillitas de cardamomo flotando entre los peces de hielo. Más que nada por la armonía del conjunto estético y la imagen de sí mismo llevándose la copa de balón a los labios. Pidió una segunda consumición y se puso cómodo. A pocos metros de allí se instalaban los libreros de viejo con sus tesoros apolillados. Algunos enamorados de la romántica idea de la caricia del papel bajo las yemas de los dedos y el olor a infancia feliz revoloteaban entre ellos, como mariposas nocturnas.

Unos años antes, Alonso había adquirido en uno de esos puestos una primera edición de *La casa de ladrillos rojos* a un precio demencial. Después del hallazgo del cuaderno, se le había ocurrido llevárselo de regalo a Estela, a ver si así lograba debilitar sus defensas. El ejemplar, según le había asegurado el librero, había pertenecido a la mismísima Carmen Martín Gaite y aún conservaba algunas anotaciones escritas de su puño y letra en los márgenes.

Su intención era buena, pero no se hacía ilusiones: también podía suceder que el obsequio surtiera el efecto contrario y la Valiente acabara utilizándolo como arma arrojadiza para abrirle la cabeza con sus cantos puntiagudos.

En ese libro, en la fría dedicatoria de Tony Cienfuegos, y en cada una de sus más de trescientas páginas, dormitaba el gigante que haría tambalear los cimientos de la literatura contemporánea. Y en el escritorio de su despacho, en un cajón cerrado con llave que él mismo, con escamas de dragón y aliento de fuego, custodiaba noche y día, aguardaba el portento que lo despertaría.

Una camarera muy joven se acercó a su mesa haciendo malabarismos con una bandeja. Sonrió con simpatía al sustituir la copa vacía por una nueva, escarchada y efervescente, y, al agacharse, se insinuó el canal de su pecho, muy cerca de los ojos líquidos de Alonso Ríos.

—Usted es famoso —aventuró—. Le he visto en la tele.

—Efectivamente —se burló él—. Soy actor de cine.

La chica se arregló el pelo.

—Lo sabía —dijo.

—¿Quiere que le firme un autógrafo?

—¡Claro!

Alonso palpó suavemente el bolsillo superior de su chaqueta, desenfundó la pluma estilográfica, escribió unas líneas en la servilleta de papel y se la tendió a la chica.

—«Muy agradecido por la copa y por la vista, Alberto Closas» —leyó ella en voz alta y se ruborizó un poco.

—Ahora le toca a usted —dijo él—. Fírmeme aquí, si no le importa, y apúnteme también su número de teléfono, por si acaso.

Ella rio abiertamente, pero, coqueta, se excusó alegando que su jefe le tenía prohibido alternar con los clientes. De hecho —reconoció—, tampoco le haría gracia saber que le había pedido un autógrafo.

—Le prometo que iré a ver su próxima película —le dijo, guardándose la servilleta en un bolsillo.

Alonso Ríos la vio alejarse bamboleándose un poco. Sabía que la mentira se vendría abajo en cuanto la chica consultara la Wikipedia y constatara que el verdadero Alberto Closas había fallecido en el noventa y cuatro, a los setenta y dos años de edad, tras una prodigiosa carrera artística. Se llevaría un chasco. El mismo que se hubiera llevado si le hubiera dicho la verdad: soy Alonso Ríos, comentarista de radio, tertuliano habitual en un programa de televisión para insomnes, autor de un par de artículos memorables y felicitado a veces en las redes sociales por algún comentario ingenioso publicado en Twitter.

Dio un buen trago a su *gin-tonic* y volvió a sus cavilaciones; al gigante dormido y al dragón que lo custodiaba.

El documento en cuestión era un viejo cuaderno —aparentemente inofensivo—, que había llegado a sus manos por pura chiripa y se había salvado de milagro de terminar devorado por las llamas, en la chimenea, junto a un montón de papeles polvorientos procedentes de una incómoda mudanza. Las cajas se las había enviado su hermana, harta de verlas amontonadas en el desván de su casa. «Tíralas tú, si quieres», le había escrito en una nota.

Pero él —cuestión de suerte— se había tomado la molestia de leer algunas de aquellas reliquias, antes de utilizarlas como combustible, y había dado con aquel cuaderno en el que aparecía, una y otra vez, el nombre de Estela Valiente, autora de la famosa novela *De puertas adentro,* ligado al de otra obra maestra de la literatura española: *La casa de ladrillos rojos,* escrita por Tony Cienfuegos.

La escena había sido de película: la chimenea encendida, la tormenta descargando al otro lado del ventanal, las cajas tiradas de cualquier manera sobre la alfombra, la botella de vino casi vacía, y él, miope secreto, escudriñando entre los papeles, tontamente, absurdamente, como si fuera un sentimental.

Una vez constatada la autenticidad del documento, después de un par de llamadas a su hermana, se había echado a llorar, qué cosas, al pensar en las consecuencias del hallazgo.

Aquella misma noche había redactado una carta que comenzaba con una frase lapidaria: «Estimada y admirada Estela Valiente: obra en mi poder un cuaderno que podría ser de su interés», y que, después de mucho dudar, había enviado por correo, temiendo que otra persona la abriera y la leyera, a pesar de ser bien sabido que la Valiente se ocupaba personalmente de su correspondencia. En efecto, la violenta reacción a su carta demostraba que había sido ella, y nadie más, quien le había respondido.

Habían pasado casi cincuenta años de todo aquello y, a esas alturas de la película, era evidente que Estela Valiente habría preferido llevarse su secreto a la tumba. Pero, desafortunadamente para ella, Alonso Ríos estaba empeñado en impedírselo: «La verdad debe salir a la luz, por interés general, por justicia histórica. Lo quiera usted o no».

Las pruebas contenidas en el viejo cuaderno eran tan contundentes que ningún comunicado podría desmentirlas. En la era tecnológica, no era posible engañar a nadie, censurar a nadie, callar a nadie. «La cuestión no es si voy a publicarlo o no, sino cómo y cuándo, y si voy a contar con su colaboración o voy a llevarme la gloria yo solito».

Un par de días antes había llamado por teléfono a la oficina del periódico local en Los Rosales y había mantenido una larga conversación con el cronista oficial de la villa, un tal Pereira. Había concertado una cita con él; le había pedido que fuera discreto y que no anunciara a nadie su visita, ya que el asunto que le llevaba hasta el pueblo era confidencial.

Su intención era comprobar los datos sobre el terreno; remontarse cinco lustros atrás con ayuda de Pereira y presentarse después ante Estela Valiente con un dosier completo de pruebas irrefutables.

La investigación le llevaría algún tiempo, eso por descontado, así que había reservado una habitación en el hotel Miranda, amplia y bien ventilada, con un escritorio ante la ventana y una cama doble, mullida, cubierta con un buen edredón de plumas de oca —no vaya a ponerme usted una colcha de esas antiguas, que me dan mucho asco—, y un montón de almohadones, por si le apetecía desayunar acostado.

Lo bueno de las profesiones liberales, y más aún desde la invención del wifi, es que uno puede ejercerlas en cualquier lugar y en cualquier postura, incluso repanchingado en la cama de un hotel de la sierra, con la ropa puesta o desnudo, solo o acompañado, sin que peligre su reputación profesional.

Aquel sería su cuartel general. Tenía entendido que las hermanas Valiente solían tomar el vermú en la terraza que quedaba justo debajo de su ventana, y tal vez a través de una rendija, arrastradas por el viento, entrarían sus voces y llegarían hasta sus inocentes oídos. Eso no es espiar —le aclaró a su soledad—, sino cazar las oportunidades al vuelo.

Cuando estuviera listo, descendería la cuesta de la calle empedrada que llevaba hasta el harén de Estela: la casa del árbol, del torreón, del pequeño frontón y la fuente de azulejos. Llamaría a la puerta, clavaría en los ojos de ella sus pupilas azules y el cataclismo sería fatal.

—La cuenta, caballero. —La joven camarera interrumpió sus cavilaciones. Dejó la factura en la mesa, junto a la copa de ginebra, y se mordisqueó el labio inferior, antes de regresar a la barra, desde donde continuó observándolo con descaro.

—Yo no he pedido... —Alonso, extrañado, concentró su mala vista en el papel.

En el reverso de la nota, la muy pícara había apuntado su número de teléfono y su nombre: Nina.

Alonso Ríos, que se jactaba de estar bien curtido en los lances del amor, al leer aquel nombre sintió un escalofrío que le recorrió la espalda y le hizo estremecerse de arriba abajo. La vida tenía unas casualidades de cojones —pensó—: la madre de Tony Cienfuegos, si no recordaba mal, también se llamaba Nina.

Guardó la nota en el bolsillo de la pluma, se despidió de la chica guiñándole un ojo desde lejos, dio un último trago a su *gin-tonic* y se marchó a casa del brazo de su soledad.

Capítulo 14

Estela, de niña, tenía el sueño ligero de los pajarillos en el nido. En cuanto oía un ruido se desvelaba y ya no era capaz de volver a dormirse en mucho tiempo. Incómoda, dando vueltas en la cama, escuchaba el grito del sereno, los cencerros del ganado en la pradera, las campanas de la iglesia y las pisadas de los gatos en el tejado.

Algunos días, no todos, reconocía el rumor de las ruedas del coche de Nina Cienfuegos sobre la grava. La madre de Tony era tan silenciosa como la brisa nocturna. Llegaba en medio de la oscuridad, un soplo fugaz. Bajaba la cuesta con el motor apagado, se detenía ante la puerta de la casa y entraba usando su propia llave, sin llamar, ni anunciar su presencia. Pasaba un buen rato encerrada dentro. Cuando volvía a salir, tenía el pelo revuelto, la ropa arrugada y lágrimas resbalándole por la cara.

Si ya apuntaba el día, se cubría el escozor de los ojos con unas enormes gafas negras, entraba en su coche, cerraba la puerta con suavidad y, entonces sí, encendía el motor que sonaba a garganta de monstruo y rugía furioso al subir la calle. Estela, niña, saltaba de la cama y se asomaba a las ventanas del torreón para verla desaparecer por el otro lado de la loma.

Por la mañana, Tony se tambaleaba un poco.

Nunca le preguntó a su amigo qué ocurría durante aquellas horas en las que su madre lo visitaba en secreto. Él jamás reconoció que algo tan siniestro fuera real. ¿Nina de noche? ¿El pelo revuelto? ¡Qué mentira, Estela, qué cosas inventas! Hasta el día en que la encontraron muerta en la cama de su último amante, con un pañuelo de seda asfixiando su cuello de cisne. Entonces, una de las noches que pasaron en vela, Estela y Tony, arropados por la misma manta en el sofá rojo, él, por fin, resolvió el misterio: «Mi madre me visitaba casi todas las noches —confesó—. Unas veces me despertaba; otras no. Simplemente se metía en la cama, a mi lado, me abrazaba muy fuerte y se quedaba dormida. Lloraba mucho. Me asustaban sus magulladuras y moretones, pero ella no les daba importancia. Me decía que si le besaba las heridas, se le curarían enseguida, que yo tenía poderes mágicos. Y era cierto. Al día siguiente venía con nuevas lesiones, pero las viejas estaban ya cicatrizadas. Si me despabilaba, ella me acariciaba el pelo hasta que volvía a conciliar el sueño. Me susurraba que me quería, que me echaba de menos, que sentía mucho no poder pasar más tiempo conmigo».

Después de aquella revelación, Tony se desmoronó como un terrón de azúcar y Estela no supo qué hacer con las sacudidas violentas de su llanto descontrolado.

—¿Entonces, no es cierto que Nina Cienfuegos maltratara a su hijo?

—Le repito que no debe usted creer ni una palabra de lo que lea en esa biografía del demonio. Tony inventó esa fábula infame, con el objetivo de escandalizar, o lo que es peor; con la intención de pasar a la historia convertido en un personaje trágico. Lo devoró la vanidad como a Dorian Gray. Él tampoco era capaz de enfrentarse a su propia decadencia en el espejo. Por eso escribió lo que le dio la gana. Para poder destrozar después su retrato a cuchilladas.

Nina Cienfuegos, por soñadora, había quedado atrapada para siempre en una pesadilla. A los diecisiete dio a luz al bebé más hermoso del mundo, sí, pero en una época y en un lugar donde prevalecía el bochorno sobre la felicidad. En cuanto empezó a insinuársele la curva bajo el vestido, se encerró en el caserón de sus tías para evitar que la insultaran por la calle y parió sola, sin más comadrona que las dos joviales solteronas, ni más compañía ni afecto. Sus padres la echaron de casa el día que les confesó que estaba preñada. Las pocas amigas que frecuentaba le retiraron el saludo y empezó a notar que los hombres la miraban diferente. Cuando una luce una tripa abultada, no es necesaria la letra escarlata.

Le gustaba divertirse. Era, al fin y al cabo, una adolescente con ganas de vivir, pero por ir de fiesta abandonaba al niño en la cuna y se escapaba por la ventana. Volvía al amanecer, aún con la música alojada en la cabeza, y se encontraba a la criatura cubierta de vómito, congestionado de tanto llorar sin que nadie lo atendiera. Qué sabían las tías, que dormían plácidamente en el piso de arriba. Ellas sólo veían al niño de día, bien lavado, bien portado, adormilado siempre, cansado, pero tan bello que se turnaban para arrullarlo y besuquearlo, como si fuera un muñeco de trapo y no un niño de verdad.

Una de esas noches de verbena, Nina se subió al coche de un desconocido y no volvió a Los Rosales en dos años. Las tías sabían que seguía con vida porque de vez en cuando llamaba por teléfono para preguntar por Tony, pero lo hacía a horas intempestivas, con urgencia en la voz y casi susurrando. Finalmente les dio la noticia una mañana de mayo: «Me he casado, tías, con un buen partido. Un indiano rico que me mantiene y consiente todos mis caprichos. Tengo coche con chófer, vajilla de plata, champán y langosta, sirvienta y perrito faldero. Vivimos en el corazón de Madrid, en una casa elegante del barrio de Salamanca, y nos codeamos con la sociedad más distinguida. Ya no soy Antonina, sino Nina, que es más fino. Y ya no tengo un hijo. Decidle a Tony que le adoro, que estoy de viaje, que volveré a buscarlo cuando sea grande».

A cambio de callarse las miserias, disimular los ojos morados y los huesos dislocados, Nina consiguió el apellido sonoro, Cienfuegos, para su hijo secreto. La única ocasión en la que Tony vio a su padrastro fue ante el juez que certificó la adopción. Le pareció el héroe de una novela policiaca, con el traje de rayas, la corbata dorada y el olor a colonia. Su cándida fantasía de niño de pueblo nunca relacionó los golpes en el cuerpo de su madre con aquellas manos tan delicadas.

Estela llevaba dos días enclaustrada en su dormitorio. Si Tony hubiera seguido con vida, habría conseguido rescatarla del encierro con las armas del amor y la seducción, convertido él en don Juan Tenorio y ella, en la novicia doña Inés. ¡Menudo galán, el bendito Cienfuegos!

Alicia subía de vez en cuando al piso de arriba para ofrecerle comida, distracción o tabaco. Estaba tan preocupada por su hermana que por la noche olvidó un bizcocho en el horno y al día siguiente la casa amaneció invadida por un humo asfixiante y los muebles cubiertos de ceniza. No hubo modo de librarse de aquel olor pegajoso, ni abriendo las ventanas, ni sacudiendo los cojines, ni colocando jarrones llenos de flores por todos los rincones. A última hora de la tarde estaba a punto de rendirse, plumero en mano, cuando alguien llamó a la puerta. Escuchó la campanita y, esperanzada, salió a la oscuridad del jardín.

—Maya, ¿eres tú?

—Sí, Alicia, ábrame, que traigo novedades.

—¡Gracias a Dios!

Corrieron las dos por el camino de gravilla y subieron los peldaños de la escalera de dos en dos. Se detuvieron a tomar aire ante la puerta cerrada del dormitorio de Estela.

—No ha salido en dos días —le advirtió Alicia, con la respiración agitada—. No sé lo que vamos a encontrarnos dentro. Puede que no sea muy agradable.

—¡Estela! —la llamó Maya a voz en grito—. ¡Ya sé a qué tres hombres asesinó Marta Poza! ¡He conseguido la lista!

Una voz ronca y congestionada surgió de las entrañas de la tierra.

—¡Dejadme en paz, pareja de mentirosas! ¡No pienso salir de aquí hasta que me muera de hambre o de sed!

—¡No seas dramática, guapa, que te conozco desde que naciste y me ha tocado aguantar tus rabietas toda la vida! —le respondió Alicia a voz en grito. Luego, en tono confidencial le relató a Maya—: A los siete años se subió al árbol del jardín y se negó a bajar en todo el día. Al final la convenció papá, no sé qué le diría. El pobre tuvo que trepar como un mono para alcanzar la rama en la que se había atrincherado la niña. No se mataron los dos de milagro.

—¡No es mentira, Estela! —exclamó Maya, haciendo altavoz con las manos—. Se llamaban Sancho Herrera, Darío Olmedo y Juan Bautista. ¿Le suena alguno?

Durante el silencio tenso que siguió a las palabras de Maya, no se oyó el menor ruido en el interior del dormitorio. Alicia, con la oreja pegada a la puerta, contenía la respiración. Por fin, después de un minuto eterno, gruñeron los muelles del colchón y se escucharon pasos.

—¿Juan Bautista? —murmuró la voz de Estela al otro lado de la puerta. Giró entonces la llave en la cerradura y la cabeza de Estela Valiente se asomó por la rendija, como si, desnuda y empapada, apartara la cortina de la ducha—. Juan Bautista vivía en la granja del camino del monte. ¿Te acuerdas de ellos, Ali? ¿De los Bautista? Eran pobres de pedir, pero orgullosos como diablos. Nunca aceptaron ayuda de nadie.

—¿Son los que pagaron una vez a papá con una gallina muerta?

—Los mismos.

Estela salió del encierro como un difunto del sepulcro: sucia, pálida, despeinada. En camisón y descalza. A sus espaldas el desastre de las horas ahogadas en tabaco y alcohol, las sábanas arrugadas, las flores marchitas.

—Qué asco, hija —dijo Alicia, asomándose al dormitorio—. Cómo puedes vivir así, Estela, rodeada de mugre.

Pero su hermana no la oía.

—Me acuerdo muy bien de Juan Bautista —afirmó—. Era más o menos de mi edad. Algo más bajito que yo. Una vez le pegué un puñetazo en la nariz porque insultó a Tony. Le llamó hijo de puta.

Estela bajó como alelada, tambaleándose por las escaleras. Se dejó asistir por Maya, que la sujetó con fuerza de un brazo tembloroso. Se dirigieron juntas al salón y se sentaron en el incómodo sofá de las confidencias.

—Qué peste, ¿no? —protestó Estela—. ¡Alicia, en esta casa huele a cuerno quemado!

La otra se asomó al hueco de la escalera.

—Ha sido un bollo, tonta —aclaró. Y se rio feliz, como el padre de la parábola cuando el hijo pródigo vuelve a casa atufando a cerdo—. Ventilo un poco aquí y bajo en un momento. ¿Os apetece un café?

A solas las dos investigadoras ante la chimenea apagada, pusieron en común la historia de Juan Bautista, desde su infancia infeliz en el pueblo de Los Rosales, hasta su desolada madurez, su fealdad y soltería, que le impulsó —seguramente— a buscar esposa en una agencia matrimonial a la muerte de su hermana Dolores.

—A Dolores la traté más que a él —reconoció Estela—. Porque ella atendía el despacho de leche y trabajaba de cara al público. Él, en cambio, se pasaba el día en el campo, ocupándose de las vacas. Tenía fama de huraño, bebedor, putero... pero había prosperado en la vida y, cuando se emborrachaba, alardeaba de que guardaba más de un millón de pesetas dentro de un colchón. La hermana también estaba soltera. Vivía con él, en un caserón apartado del pueblo, y se deslomaba limpiando los establos, ordeñando las vacas, cocinando para él y lavándole la ropa. Peor que una esclava, vaya.

—Y se murió.

—Jovencísima, claro, de agotamiento, supongo. Alicia y yo fuimos al entierro. El cabronazo de Juan repetía una y otra vez, entre sollozos: «Ahora ¿quién va a cuidar de mí?».

La conclusión fue unánime: Juan Bautista escribió a la agencia matrimonial, con la idea de hacerse con otra esclava doméstica. Le recomendaron a Marta Poza, se puso en contacto con ella y, después de un par de cartas guarras, le abrió la puerta de su casa.

—Craso error —sentenció Estela—. Sin saberlo, dejó entrar a su asesina.

Alicia se unió a la conversación después de un rato. Ella también recordaba a la dependienta de la lechería, aunque no habían sido amigas, ni habían hablado más que del precio y la calidad de la leche en toda su vida. Era una mujer lánguida y callada. Triste.

Al hermano lo hubiera reconocido a duras penas. Por la barba y el ruido de la moto, creía. No le sonaba la historia del puñetazo, pero dijo que no le extrañaba nada: «De pequeña eras más bruta que un arado, Estela. Te peleabas con todo el mundo».

—La granja la heredaron unos sobrinos, me parece —dijo—. Ya no tienen vacas ni venden leche. Se compraron un rebaño de ovejas y ahora elaboran queso artesanal y lo venden en Madrid, en tiendas gourmet. Deberíais ir a visitarlos —se le ocurrió a Alicia—. Para que os cuenten lo del crimen de su tío: ¿encontrarían el colchón relleno con un millón de pesetas, o lo robaría Marta Poza después de asesinarlo?

—Pues a mí hay algo que me intriga más que todo eso —replicó Estela levantándose del sofá—: ¡esas cartas eróticas con las que volvía locos de amor y deseo a los hombres! Me pregunto qué barbaridades les prometía, qué fantasías les provocaba. Por lo visto, eran unas cartas infalibles. ¿Creéis que las habrán conservado?

Excitadas ante la idea de ponerse en marcha al día siguiente, ni Estela ni Maya pudieron conciliar el sueño aquella noche. Desde sus camas, separadas por unos pocos metros de jardín, un muro de piedra y las anchas paredes de sus respectivas casas, oyeron a lo lejos las campanas de la iglesia, los cencerros de las vacas y las pisadas de los gatos en el tejado. Estela se durmió al fin, recordando el rumor de las ruedas del coche de Nina Cienfuegos sobre la grava del camino. Maya, con el teléfono encendido, escuchando una y otra vez las voces de las hermanas Valiente, atrapadas para siempre en las tripas de su grabadora.

A poco más de hora y media de allí, Alonso Ríos, condescendiente, paciente, trataba de explicarle a la pequeña Nina que su recién nacida historia de amor era imposible. Pasajera, vaya. Efímera como la frescura de una amapola. ¿Has arrancado alguna vez una amapola de la tierra y la has visto marchitarse? Pues eso. Y Nina no entendía por qué, después de una noche de desenfrenada pasión como la que acababan de protagonizar, la relación tuviera que terminar de golpe y porrazo, abruptamente, sólo porque su amante estuviera pensando en trasladarse unos días a la sierra. A ella no le parecía motivo suficiente. Al fin y al cabo, irse a trabajar a Los Rosales no es como marcharse a la guerra, dijo. Podrían volver a verse a la vuelta, ¿no?

—¡Ay, chiquita, hermosa! ¡Quién sabe, florecilla, lo que nos deparará el futuro!

CAPÍTULO 15

La granja de los Bautista quedaba algo apartada del pueblo, pero no era un lugar aislado, ni mucho menos. A pocos metros de la entrada a la propiedad habían abierto una residencia para mayores y junto a ella acababa de inaugurarse un modesto hotel en el que se alojaban las familias de los internos cuando iban de visita. Había cierto trasiego de almas en aquel punto, donde confluían además dos carreteras vecinales muy utilizadas por los excursionistas que subían caminando al monte.

La venta de quesos artesanales se anunciaba con un cartel junto a la puerta de la finca. Si alguien estaba interesado en adquirir alguna pieza, no tenía más que llamar al timbre y una vivaracha adolescente bajaba brincando desde la casa con un cesto lleno de muestras.

Saludó a Estela y a Maya con una ancha sonrisa en la cara. Era evidente que obtenía algún porcentaje del negocio. Cuando descubrió cuál era el motivo de su presencia —nada que ver con la compra de quesos—, perdió parte de la alegría que exhibía en su rostro, pero mantuvo la compostura como buena comerciante en potencia. Les explicó que sus padres se habían marchado a vender sus productos a Madrid esa misma mañana y que no regresarían hasta bien entrada la noche.

De todas maneras, les advirtió, el asesinato de su tío Juan no era plato de gusto en la familia. Nadie hablaba del asunto en voz alta y no creía que a sus padres les apeteciera discutirlo con dos extrañas. Sin embargo, añadió, ella se había enterado de algunos detalles y estaba dispuesta a contárselos, a cambio, claro, de una pequeña aportación económica a la empresa. Digamos dos kilos de curado y otros dos de tetilla. O uno de finas hierbas y un rollo del de cabra.

Una vez cerrado el trato, les abrió la puerta de la cancela y la sonrisa de antes volvió a iluminar su rostro. En el soportal de la casa, a la sombra de una parra, las invitó a ponerse cómodas ante una jarra de agua helada y tres vasos de plástico. Maya, muy aplicada, sacó una libreta de notas. Estela inauguró la conversación con una frase lapidaria:

—Hace años le partí la nariz a tu tío Juan. —La niña abrió los ojos como platos—. Se lo merecía —aseguró—. Era un chico muy cruel.

—Eso dice mi madre. Que era un capullo.

Durante los siguientes minutos, Estela se fue ganando la confianza de la chiquilla a base de anécdotas de su infancia en Los Rosales. La niña se reía a carcajadas con las historias de peleas y romances secretos que narraba la Valiente.

—Yo tenía un amigo que se llamaba Tony. No era muy machote, si entiendes a lo que me refiero, y por eso los otros chicos se reían de él. Cuando volvíamos juntos a casa (éramos vecinos), Tony hacía grandes esfuerzos por aguantarse las lágrimas. Pero yo sabía cuánto sufría, a pesar de que él fingía ignorar las humillaciones y las burlas. Tenía menos músculos que una hormiga. Era bajito y flaco. Sus tías lo vestían con ropas ridículas, demasiado infantiles para su edad. —La sobrina de Juan Bautista asentía, extasiada—. Una mañana, tu tío se le encaró e insultó a su madre. Dijo que era una puta. Y lo dijo con una chulería y un desprecio infinitos. Tony explotó. Por primera vez en su vida reunió el coraje suficiente para enfrentarse cuerpo a cuerpo con otro niño. Apretó la mandíbula, los puños, el estómago y se lanzó a por él, como una vaquilla desbocada.

Estela se sirvió agua en el vaso de plástico. Bebió dos o tres sorbos con lenta parsimonia, con el claro propósito de añadir suspense al relato. La niña se mordía las uñas, se atusaba el pelo.

—¿Y entonces?

—Entonces tu tío le tumbó de un puñetazo. Ni siquiera se despeinó. Mientras Tony se retorcía de dolor en el suelo, aún tuvo el valor de gritarle: «¡Hijo de puta, bastardo!». —Estela hizo una pausa dramática en este punto. Clavó sus ojillos grises en el rostro pecoso de la chiquilla—. Por eso me vi obligada a romperle la nariz —resumió—. Porque siempre se me han llevado los demonios con las injusticias. Le aticé con esta mano que ves aquí —dijo, mostrándole su puño envejecido, venoso y arrugado—. No entiendo de dónde saqué tanta fuerza, la verdad. El caso es que tu tío salió volando por los aires y cayó de bruces sobre una piedra. No sé si fue entonces cuando se rompió el tabique. Probablemente sí. Pero Tony mantuvo toda la vida que había sido mi fuerza descomunal la que había acabado con él. Me convertí en una especie de leyenda en el colegio. Creo que algunos niños hasta me tenían miedo. Después de aquello pasé una semana castigada en casa, con la mano hinchada metida en hielo.

—¡Qué grande! —exclamó la chiquilla, admirada.

A partir de ese momento, la conversación fluyó con naturalidad, amigas las dos de toda la vida, sin importar la barrera de la edad ni la de los prejuicios. Estela poseía mucho don de gentes. Ya lo había demostrado con la abuela de Monteiro. No había nadie mejor que ella para dirigir una investigación. Maya, en cambio, permaneció en un segundo plano. Amanuense silenciosa, invitada de piedra, espectadora de su propia película, se limitó a tomar notas en su libreta y a asentir de vez en cuando con la cabeza.

Juan Bautista, según les contó la niña, había sido un ser despreciable. Era el mayor de ocho hermanos, uno de los cuales había sido su abuelo Jesús, que en paz descanse. A su vez, el abuelo Jesús había fundado una bonita familia de cuatro hijas y un hijo: su padre, que en la pila de bautismo recibió el nombre de Juan Nepomuceno por haber nacido el 16 de mayo y empeñarse su madre en honrar el santoral.

—El abuelo se negó en redondo a llamarle Juan, imagínense cuánto debía de odiar a su hermano para preferir el otro nombre. Dijo que con un Juan en la familia era suficiente. Y mi padre se quedó con Nepo, que no está tan mal, después de todo.

Juan Bautista, por primogénito, heredó las tierras de su familia y la responsabilidad de su única hermana soltera: Dolores. También veinte vacas, un despacho de leche en la plaza del ayuntamiento y la casa destartalada en la que habían pasado su infancia los ocho hermanos apiñados, desarrapados y hambrientos.

—A la tía Dolores, ya lo saben, la trataba peor que a una esclava. Dice mi padre que tenía los nudillos en carne viva, de tanto fregar, y que murió de agotamiento. Algunas noches, se lo juro, todavía la escuchamos lamentarse. Su fantasma solloza y aúlla como un alma en pena. Y no es el viento. Nunca hay viento las noches en las que pena la tía Dolores.

Por algún tipo de superstición incomprensible, la habitación que había pertenecido a Dolores Bautista había permanecido intacta durante todos aquellos años. La chiquilla se la mostró con un respeto reverencial: el cabecero de hierro forjado, el crucifijo de madera sobre la blanca pared de cal, la jofaina, el orinal y un armario con espejo abombado que no devolvía la propia imagen, sino una especie de aura fantasmagórica.

—Por ella me llamaron Lola —afirmó—. Y creo que la conexión viene por ahí. La única de toda la familia que puede verla soy yo.

—¿Puedes verla? —La voz de Maya sonó a caverna oscura.

—Si no fuera mi tía, me daría mazo cague —asintió Lola Bautista sin despegar los ojos del espejo—. Figúrense qué cuadro; tiene greñas blancas y las uñas largas como las de un águila. Los ojos inyectados en sangre y cojea al caminar. Cuando se agacha, le sale una joroba en la espalda.

A pesar de esta inquietante revelación, Maya observó que Estela Valiente no sólo había perdido el interés en el relato de la chica, sino que empezaba a impacientarse.

—Bueno, bueno —la apremió—, deja en paz a tu tía Dolores y cuéntanos lo que sabes del asesinato. ¿Dónde encontraron el cadáver de tu tío?

La niña salió del trance en el que parecía moverse. Dejó caer a plomo los brazos a ambos lados del cuerpo.

—En la cocina —suspiró—. Sentado a la mesa. Con un cuchillo clavado en la espalda y la cara metida en un plato de lentejas. Al principio tuvieron dudas sobre la causa de la muerte: no sabían si había fallecido por la cuchillada o si se había ahogado con las lentejas. No puedo enseñarles la escena del crimen porque esa habitación la tiraron abajo mis padres para instalar la cámara frigorífica.

El cuerpo de Juan Bautista lo encontraron dos o tres días después del crimen, cubierto de moscas y oliendo a podrido. Tenía la espalda llena de sangre, un buen corte en la yugular, un cuchillo de cocina atravesándole el corazón y el pantalón vaquero sucio de orina y excrementos. Nadie se figuró entonces que aquel trágico suceso fuera otra cosa que el resultado de ir alardeando de millones por los bares del pueblo. Que si tenía un montón de billetes escondidos en un colchón, que si el negocio de las vacas le iba de puta madre, que si era más rico que el alcalde...

—Nadie le había echado de menos en el pueblo —relató la sobrina—, pero era tal el escándalo que armaban las vacas, desesperadas porque alguien las ordeñara, que al final alertaron a los vecinos.

—¿Quién lo encontró?

—La policía.

—¿Y apareció el dinero?

—No, qué va. Pero en el dormitorio descubrieron un colchón destripado, con todos los muelles fuera y la gomaespuma troceada, tirada por el suelo. Estaba claro que el motivo del crimen había sido económico. No había ningún sospechoso. O tal vez había demasiados. La cuestión es que después de una investigación infructuosa, archivaron el caso calificándolo de asesinato en primer grado.

La conexión con las otras dos víctimas de Marta Poza no se estableció hasta algún tiempo después, cuando aparecieron los cadáveres de Sancho Herrera y Darío Olmedo en un corto lapso de tiempo, también degollados y apuñalados por la espalda con sendos cuchillos de cocina.

—Entonces se reabrió el caso —explicó la niña Lola— y se hallaron algunas coincidencias: todos estaban solteros, eran bebedores, puteros y tres bocazas redomados. El tal Olmedo presumía de haber ganado dos millones en la lotería de Navidad. Herrera juraba que había heredado, de un tío lejano, un cofre lleno de perlas.

—Recuerdo que se corrió la voz por la sierra de que un asesino en serie andaba suelto —la interrumpió Estela—. Era el año del mundial y la gente estaba más pendiente de la página de sucesos que del fútbol. Cosa rara.

—Mis padres se instalaron en Los Rosales de recién casados, en el noventa y dos —señaló Lola Bautista—, y hacía diez años que la casa estaba abandonada. Ningún familiar había querido hacerse cargo de la granja, por lo del asesinato del tío Juan y el fantasma de la tía Dolores. Cuando llegaron, los cristales estaban rotos a pedradas y en las paredes había pintadas groseras. También encontraron rastros de fogatas en los dormitorios, botellas rotas y latas oxidadas —suspiró—. Menos mal que ya nadie se acuerda de aquello. Si no, mis hermanos y yo seríamos los más raros del colegio.

Después de esta observación, Lola Bautista dio por terminada la visita guiada a la habitación del fantasma de Dolores. Salió al pasillo y condujo a sus invitadas hacia la salida. Bajo la parra, la jarra de agua se había llenado de hojitas muertas. Entró de nuevo en la casa y regresó al poco tiempo con dos quesos envueltos en papel de estraza.

—Son cincuenta euros —anunció.

—Como novelista llegarás lejos —replicó Estela Valiente—, pero como chantajista eres un desastre. ¿Qué pasa si ahora no te compramos los quesos? Ya nos has dado toda la información —le advirtió—. Los chantajes se cobran por adelantado, chica.

—¿Cómo sabe que quiero ser escritora? —se asombró la niña.

—Te lo veo en los ojos. Se te empañan cuando inventas. A mí me pasa lo mismo.

Aceptó el paquete con los quesos y, al hacerlo, agarró con fuerza el brazo de la chica.

—Lola —le dijo mirándola fijamente—, deberías escribir la historia de tus tíos Dolores y Juan Bautista. Si quieres, yo te ayudo. Pero tienes que ir primero a la universidad.

—Mis padres no tienen...

—Dinero —la interrumpió la Valiente—. ¿Era eso lo que ibas a decir? —La niña asintió azorada—. Diles que llamen a mi hermana Alicia. Ha puesto en marcha un sistema de becas fabuloso.

Deslizó una tarjeta de visita en el bolsillo del delantal de Lola Bautista.

—Y ahora, por favor, dime dónde guardan tus padres las cartas de Marta Poza.

Todavía mantuvo la mano en el antebrazo de la chica durante unos segundos más. Ella la contempló sorprendida, sin saber qué responder.

—¿Las cartas guarras? —murmuró al fin.

—Las mismas.

—Nunca dieron con ellas —respondió—. La teoría de la policía es que Marta Poza las quemó en la chimenea después de apuñalarlo. Encontraron algunos pedazos de papel entre las brasas. Los guardaron como prueba y cuando los compararon con las otras cartas, las de los otros muertos, coincidían.

—Es decir —observó Estela—, que la policía conserva las cartas de los otros muertos.

—Eso creo.

Se despidieron ante la puerta de la cancela. Lola Bautista trotó de regreso a la soledad de su casa y Maya tomó del brazo a Estela.

Acababan de ponerse en marcha, de vuelta al pueblo, cuando ambas se detuvieron en seco. Procedente de algún rincón de la granja, llegó hasta sus oídos un gemido lastimoso; un llanto apagado, un rechinar de dientes y arrastrar de cadenas. Era una mañana sin viento.

Luego sintieron algo parecido a unas manos frías rozando sus hombros; unos pies invisibles acompañando sus pasos, avanzando acompasadamente, a su lado, hasta el final del camino donde daba comienzo la carretera que subía al monte. En ese punto —las dos coincidieron luego en señalar el lugar exacto—, dejaron de notar la presencia del fantasma de Dolores Bautista, la de las greñas blancas y las uñas largas, después de escuchar un suspiro idéntico al de un moribundo que exhalara su último aliento soplando entre sus orejas.

Entonces, sin necesidad de ponerse de acuerdo, se dirigieron al Miranda, blancas como dos cuartillas de papel, tomaron asiento en una mesa coja y pidieron dos copas de martini seco, a pesar de que todavía no habían dado las once y los demás clientes desayunaban café con leche y tostadas.

Por segunda vez en menos de una semana, divisaron a Pereira al otro lado de la terraza, absorto en la lectura de uno de sus gruesos tratados de historia. Esta vez fue el viejo periodista quien las abordó, después de levantar un instante la vista del libro —igual que una tortuga que saca las narices a la superficie para respirar— y percatarse de que las dos mujeres bebían en silencio, como sonámbulas, sin dirigirse la palabra ni la mirada.

—Buenos días, señoras —las saludó galante—, se diría que han visto ustedes un fantasma. —Sin esperar a ser invitado, tomó asiento en su mesa—. Se preguntarán qué hace un hombre de acción como yo aquí sentado, un día laborable a las diez y cuarenta de la mañana —dijo—. No crean que suelo permitirme estas licencias; la oficina de prensa ha de estar siempre alerta, atenta a cualquier eventualidad informativa. Pero en este momento, el joven Monteiro está supliendo mi ausencia con el entusiasmo que le caracteriza, así que podemos estar más o menos tranquilos los vecinos de la sierra: si se produjera algún acontecimiento digno de mención, seríamos convenientemente informados por él.

Estela y Maya continuaban calladas, aunque ahora, en lugar de permanecer con la vista perdida, parecían haber encontrado, en la azotea de Pereira, un tejado seguro donde posarla. El cronista de la villa llamó la atención del camarero; pidió otra limonada, por favor, con cuatro cucharadas grandes de azúcar y, enigmático, señaló con un movimiento de la cabeza la fachada del Miranda.

—Ya ha llegado —anunció en tono confidencial—. No hace ni diez minutos —añadió—. En tren. Dice que en la hermosa villa de Los Rosales no necesita coche. Que prefiere pasear y respirar a pleno pulmón en esta jornada casi veraniega, soleada y aireada. En este momento se está instalando en una de las habitaciones con vistas a la plaza. Ha traído una maleta grande, lo cual parece indicar que piensa quedarse unos cuantos días con nosotros.

—Se refiere usted a Alonso Ríos —adivinó Maya y dio un trago largo a su martini, casi al mismo tiempo que Estela terminaba su copa y alzaba la mano indicando al camarero que le sirviera otra, cuanto antes, con la urgencia de una herida que sangra y necesita una venda nueva, seca, para sustituir la vieja, empapada.

—¡Bingo! —exclamó Pereira.

Maya sintió que el estómago se le encogía y la bilis alcanzaba peligrosamente su garganta. Ya estaba el maldito Ríos en Los Rosales. Probablemente deshaciendo un equipaje parecido al que ella misma había deshecho días antes en su casa alquilada: libros, artículos, grabadoras, ordenadores... todo lo necesario para escribir la biografía definitiva de Estela Valiente. Ya la suerte estaba echada y el tiempo corría en su contra. Hasta ahora se había conducido con cautela —pensó—, pero a partir de ese momento tendría que ser más incisiva si quería publicar su libro antes de que Alonso Ríos le tomara la delantera.

—Es un hombre muy atractivo —estaba relatando Pereira—; aún no ha cumplido los cincuenta y al natural resulta más apuesto que en la televisión, si me permiten la observación. Creo que su encanto reside en la mirada. El color de sus ojos es extraordinario; se diría que son dos estanques de agua límpida y resplandeciente. Uno lo saluda, con un viril apretón de manos, y cae rendido a sus pies.

—Irresistible —pronunció Estela Valiente, de vuelta a la vida real después de un paseo por las nubes.

—Si se quedan por aquí todavía unos minutos más, se lo presentaré con mucho gusto. Imagino que a alguien con la sensibilidad de Alonso Ríos le emocionará conocer a la más ilustre personalidad de Los Rosales: nuestra admirada ganadora del Premio Nobel de literatura. Y también, por supuesto, a una joven y encantadora redactora de *L'Idéaliste*. A propósito —recordó de repente—, ¿qué tal avanza su investigación sobre los crímenes de la asesina de las cartas de amor?

Maya iba a darle una respuesta vaga, para salir del paso, cuando la interrumpió Estela con un discurso firme, casi se diría que violento.

—Como usted comprenderá, Pereira, no vamos a compartir con usted, ni con nadie, los pormenores de una investigación secreta. ¡Estaría bueno! Usted forma parte del gremio más indiscreto de la Tierra: los periodistas. Mismo gremio al que pertenece su amigo Ríos. Ni estamos dispuestas a esperarlo aquí sentadas, como dos cortesanas idiotas, ni a discutir con ustedes dos el menor detalle sobre el artículo que está escribiendo mi buena amiga, la señorita Millas. Les faltaría tiempo para pisárselo; pandilla de buitres.

Pereira sufrió un colapso nervioso. Tartamudeando, se dirigió a Estela, con el terror de un adolescente que se enfrenta a la directora del instituto después de haber cometido una fechoría.

—Querida señora —balbuceó—, excuso decirle que nada más lejos de mi intención molestarla a usted o interferir en el trabajo de la señorita Millas. Al contrario, ambas cuentan con mi total devoción. Si prefieren evitar al señor Ríos, lo respetaré profundamente.

Bebió a grandes tragos su limonada. Se le había vuelto el rostro del color de la grana y unas diminutas gotas de sudor perlaban su frente.

Cuando recobró la compostura, levantó la vista hacia las ventanas del Miranda.

—Pero en ese caso —musitó—, sería recomendable que se marcharan ustedes de aquí cuanto antes. Alonso Ríos bajará de un momento a otro. Yo me hago cargo de su consumición, no se preocupen.

Estela se puso en pie.

—«Otro vendrá que de tu casa te sacará» —recitó. Acto seguido poso la mano en el hombro del cronista—. Muy agradecidas, Pereira —dijo—. Y disculpe lo de buitre. No iba por usted.

Maya la siguió como un corderito detrás del pastor, tratando de acompasar su ritmo al indignado de la Valiente. Sin duda, se dirigían a la casa de las hermanas, donde Alicia las esperaba impaciente, ávida de noticias sobre la muerte de Juan Bautista.

—Te quedas a comer con nosotras —le gruñó Estela, sin darle la oportunidad de rechazar su invitación.

—Claro, genial, gracias.

—Tenemos que armar el fuerte para el asedio de Ríos. Ese sinvergüenza no entra en mi casa si no es con los pies por delante.

El resto del camino lo recorrieron sin cruzar palabra. Maya se preguntaba qué misterio motivaba el desproporcionado disgusto de Estela Valiente. Al fin y al cabo, Alonso Ríos no era más que otro de esos periodistas que, a lo largo de los años, habían pretendido derribar las murallas de su intimidad, sin lograrlo. Pero había algo en ese nombre que acobardaba a la Valiente hasta el punto de hacerla temblar de miedo. Había que descubrir cuál era la razón de semejante angustia. Tal vez en ella residía la clave de muchos de sus silencios.

CAPÍTULO 16

Cuando Estela hablaba de armar el fuerte, lo decía de veras. Nada más llegar a su casa —antes incluso de quitarse la chaqueta de lana, o de sentarse un momento a recuperar el resuello, hija, que vienes congestionada, o de contarle con pelos y señales la historia del asesinato de Juan Bautista a su hermana Alicia, que, efectivamente, las estaba esperando expectante, mordiéndose las uñas mientras se asaba un pollo en el horno—, Estela organizó la defensa de su refugio anti-Ríos.

Lo primero que hizo fue telefonear, una a una, a las seis socias del club de las cartas y citarlas para una reunión urgente a la hora de siempre. No se trataba de una timba de mus, ni de póker esta vez, les anunció, sino de una grave amenaza para su integridad personal y la de su familia. Necesitaba su ayuda para evitar el desastre que se cernía sobre sus cabezas. Después marcó el número de su editora, Camino Aribau, y le rogó, a la desesperada, que se presentara en Los Rosales de inmediato, que «ya está aquí la víbora», dijo consciente de que su amiga sabía, sin necesidad de nombrarlo, a quién se refería.

Todo esto lo oyó Maya desde su incómoda trinchera del sofá del salón, ya que el único aparato telefónico de la casa se encontraba en un poyete a la entrada; junto al pie de la escalera, y las conversaciones por esa vía jamás eran privadas en casa de las Valiente.

Alicia había tomado asiento a su lado y, con los labios fruncidos, sacudía de vez en cuando la cabeza, sin poder disimular su preocupación.

—Se trata del tal Alonso Ríos, ¿verdad? —adivinó sin necesidad de que Maya se lo confirmara. Maya asintió con tristeza—. ¿Qué ocurre? —se preocupó—. ¿Qué habéis descubierto? ¿Participó, como sospechábamos, en el asesinato de Juan Bautista?

—Me parece que no va por ahí la cosa —respondió Maya—. No creo que Alonso Ríos tenga nada que ver en ese asunto. Me da la impresión de que el peligro es de otra naturaleza.

Alicia se cubrió la cara con las manos. Hacía tiempo que temía la llegada de ese momento. El cincuenta aniversario de la publicación de *De puertas adentro* no traería nada bueno a su casa. Lo mismo había ocurrido cuando se cumplieron veinticinco años; y cuando se celebró la efeméride del Nobel: Estela había recaído en la agonía, en el alcohol. Se había encerrado en el ático, a solas con Tony, y juntos se habían deslizado por la pendiente de las adicciones. Como quien se contagia los piojos, habían pasado meses rascándose alternativamente la cabeza, sin más alivio que la pérdida total de la razón. Esta vez Estela tendría que enfrentarse sola a la hecatombe. Quizá era mejor así.

A media tarde, después de almorzar las tres al aire libre en el mirador que se asomaba al valle y de reposar la comida a la sombra del roble, las sobresaltó el timbre del teléfono. Alicia se había mostrado exageradamente interesada en los pormenores de la investigación; se le habían ocurrido cientos de preguntas y de hipótesis sobre el contenido de las cartas eróticas, el relleno del colchón de Juan Bautista y la corporeidad del fantasma de Dolores. A todas sus dudas había respondido Maya con entusiasmo y Estela con evasivas. Era evidente que su pensamiento vagaba por otros derroteros. Se había llevado con ella a la siesta la botella de vino blanco que había descorchado para acompañar el pollo, en honor —dijo— a nuestra invitada. Alicia se había bebido más de la mitad. Pobre Alicia; en su afán por proteger la salud de su hermana, ponía en peligro la suya propia.

Estela fumaba demasiado. Un cigarro tras otro cuando estaba preocupada. Iba por el tercero cuando sonó el teléfono.

Absurdamente, las tres saltaron como impulsadas por un mismo resorte y corrieron juntas hacia el interior de la casa. Estela levantó el auricular y esperó.

—¿Alicia?

—Soy Estela, Pereira, dígame.

—¡Estela! —exclamó el viejo periodista—. Estaba usted en lo cierto. Me refiero a Alonso Ríos y al motivo de su visita a Los Rosales. La he llamado en cuanto he podido quitármelo de encima.

Carraspeó ligeramente, tapó el auricular con una mano y, sofocado, se le oyó dirigirse a su ayudante: «Haga el favor de salir un momento, Monteiro».

—En efecto —reconoció—, Ríos me ha confesado que su intención es escribir un libro sobre usted. Me ha asegurado que se tratará de un texto revolucionario. Dice que posee cierta información muy reveladora sobre su vida y su obra, pero quiere reunirse con usted para confirmar sus datos, darles forma y comprender mejor las circunstancias a las que se refieren. —Aquí Pereira hizo una pausa para tomar aire—. No ha querido entrar en más detalles —añadió—. Aunque he tratado de sonsacarle alguna pista, el tipo es un hueso difícil de roer.

—Por mi parte puede decirle que se vaya al carajo.

—¡Al carajo, Estela, no seas bruta! —se escandalizó Alicia, arrebatándole el aparato—. Disculpe a mi hermana, por favor, Pereira, está un poco alterada. No le gustan los periodistas, exceptuándolos a Paco y a usted, claro. Preferiría no tener que lidiar con ellos, ya me entiende.

—El problema es que Ríos está decidido a presentarse en su casa esta misma tarde —añadió Pereira, tragando saliva—. Yo he tratado de impedírselo, pero todos mis esfuerzos han sido inútiles. Dice que le ha traído un regalo a Estela y que quiere entregárselo en persona. Debe de ser una especie de reliquia o algo así, por lo que me ha dado a entender.

—¡Al carajo! —exclamó Estela, congestionada, aún con la oreja pegada al auricular que sostenía su hermana.

—En fin —resumió Pereira—, yo sólo quería advertirles, por si Alonso Ríos apareciera por allí.

—Se lo agradecemos muchísimo, de veras —le aseguró Alicia antes de colgar.

Las tres se miraron aterradas. De un momento a otro podía ocurrir que aquel indeseable llamara a su puerta. Bastaría con no abrirle, dijo Alicia, pero Estela replicó que una alimaña como esa no se rendiría tan fácilmente, sino que buscaría la manera de colarse en el jardín, o esperaría pacientemente junto a la puerta hasta que una de las tres se viera obligada a salir a la calle.

—¡Esto es un sitio como una casa! ¡Como el del alcázar de Toledo! —proclamó—. ¡Moriremos de hambre y sed!

Entonces Maya, consciente del heroico papel que asumía su personaje en medio de aquel drama, declaró con aire solemne:

—Señoras, no se angustien: yo me encargaré de Alonso Ríos.

Las hermanas Valiente la contemplaron admiradas. Hasta les pareció un poco más alta y más ancha de hombros. Tenía la expresión decidida de las estrellas de cine. Sus ojos eran dos esferas de fuego y sus músculos, los de una luchadora de *Pressing Catch*. Por un momento, Estela confió en sus posibilidades.

—Mejor llamamos a la policía —propuso Alicia Valiente, rompiendo el encantamiento.

Pero pronto entendió que, hasta que la presencia de Alonso Ríos al otro lado de la cancela fuera algo más que una amenaza fantasma, no existía motivo alguno para alertar a las autoridades. Había que esperar pues, en tensión, a que se desencadenaran los acontecimientos.

Regresaron las tres a su sombra bajo el roble donde Alicia y Estela demostraron que sus pulmones habían sido fabricados a prueba de fuego. Poco después alguien llamó, por fin, alegremente a la puerta.

—¡Somos Consuelo y Viri! —gritaron dos de las socias del club de las cartas desde el otro lado del muro.

—¡Alabado sea Dios! —proclamó Alicia.

Unos minutos más tarde llegaron las otras, armadas con todo lo necesario para preparar un barril de destornilladores al estilo de Tony Cienfuegos.

—Ya sólo falta Camino —murmuró Estela, agradecida, cuando se supo protegida por sus amigas, en la intimidad de la cocina de su casa, mientras entre todas extraían el jugo a las naranjas.

Viri no se llamaba Elvira, como todo el mundo daba por hecho, sino Viridiana, por haber nacido el 1 de febrero y preferir su madre ese nombre al de Brígida, que le sonaba a frígida y le daba repelús. En aquella época era frecuente bautizar a los recién nacidos según el capricho del santoral y, en el caso de Viri, la coincidencia con el título de una de las obras más controvertidas de la historia del cine español no había sido más que eso: una coincidencia incómoda, dado el argumento de la cinta en cuestión. La auténtica Santa Viridiana, virgen y reclusa, coetánea de San Francisco de Asís, pasó toda su vida encerrada en una celda a orillas del río Elsa y fue beatificada trescientos sesenta y siete años antes de que naciera Buñuel.

Esta información le fue facilitada a Maya por la propia Viri, después de que, inocentemente, le preguntara si su nombre tenía algo que ver con la película, prohibida y salvada de la destrucción gracias a que Silvia Pinal escondió una copia entre su ropa interior y se la llevó a México dentro de una maleta.

—No, hija, yo nací un montón de años antes de que se rodara la película, no me seas anacrónica.

En su manera de reprender a la gente, Viri conservaba el tono condescendiente del papel de maestra que había interpretado durante toda su vida. Ese personaje, un poco tópico, en el que había llegado a convertirse con los años, vestía prendas cómodas y zapatos sin tacón, caminaba a todas horas como si tuviera prisa, vivía sola en un piso anticuado, cuidaba de una gata vieja y había sido soltera desde niña. De eso daba buena fe Alicia, entre risas, que había sido testigo de su conducta arisca con los pocos chicos que se atrevieron a rondarla en su juventud. Habían sido íntimas amigas desde el parvulario y no recordaban una sola ocasión en la que hubieran discutido por un motivo diferente a la gramática —para eso Viri era muy puntillosa— o el punto del gazpacho —en este terreno Alicia se consideraba una auténtica experta.

Entre las numerosas perlas que Estela Valiente le debía a su hermana, una de las más valiosas era aquella amistad compartida con Viridiana Altozano, el contrapunto perfecto a su naturaleza rebelde y su dificultad para rendir obediencia a la autoridad. Viri era una devota de la jerarquía y el orden, y su opinión, diametralmente opuesta siempre a la de Estela, resultaba muy útil para encontrar el equilibrio perfecto en cualquier debate. Uno no tenía más que calcular la distancia exacta entre el punto de vista de una y el de la otra, hallar la media aritmética, y allí estaba la virtud, como si se tratara de una incuestionable fórmula matemática. Sus únicos excesos eran el vodka con naranja que se consentía una o dos veces por semana y las apuestas, que nunca superaban los veinte euros, ya que ahorraba cada céntimo de su pensión para poder cumplir el sueño de viajar a Nueva York. «Es que soy una gran admiradora de Walt Whitman y sus *Hojas de hierba*», proclamaba.

Pero aquella tarde de zafarrancho de combate, mientras aguardaban alternativamente esperanzadas la llegada de Camino Aribau y aterradas la de Alonso Ríos, Viridiana Altozano se armó de valor y tomó la decisión más difícil de su vida.

Arrinconó a Maya en el mirador, después de haberse bebido un cóctel muy cargado, y en secreto le confesó, arrepentida y avergonzada, que muchos años atrás había perdido la virginidad por culpa de Darío Olmedo.

—El muchacho al que asesinó Marta Poza, sí.

Le hizo prometer a Maya que jamás revelaría sus fuentes. Ni siquiera en el caso de que un juez se lo solicitara por vía judicial. Le advirtió que sabía que un periodista puede apelar al secreto profesional para proteger la identidad de sus informadores, porque había estudiado muy bien la jurisprudencia antes de lanzarse a contarle el secreto que podía echar por tierra su reputación de mujer respetable.

Una vez sentado este principio, Viridiana Altozano carraspeó un poco y comenzó su relato por la fatídica noche en la que Tony Cienfuegos emborrachó a todas las amigas de Alicia Valiente con su infalible destornillador de vodka y naranja.

—La tarde en cuestión —le contó— estaba cayendo una tormenta salvaje, con unos truenos ensordecedores, cuando apareció el famoso Cienfuegos, al que hasta entonces sólo conocíamos de oídas. Sabíamos que era muy amigo de Estela y nos escandalizábamos cuando leíamos sus declaraciones en la prensa. Le encantaba decir barbaridades sobre sexo, drogas y esas cosas.

»Pero esa noche, empapado, aterrado y tembloroso, parecía un niño desamparado. Era muy guapo. Bajito, algo enclenque y, a pesar de todo, hermoso como un querubín. Se nos disparó el instinto maternal, creo yo, porque no podíamos parar de acariciarlo. ¿Sería un íncubo, me pregunto?

»La cosa es que, cuando amainó la tormenta, estábamos todas borrachas y medio desnudas. Yo misma, que siempre me he conducido con la mayor rectitud, me encontré, sin comerlo ni beberlo, dando tumbos por la cuesta, en paños menores.

»Y entonces fue cuando descubrí a Darío Olmedo, merodeando por los alrededores.

Según el relato de Viri, que en este punto se volvía un poco turbio, Olmedo la convenció para que le permitiera escoltarla hasta su casa. Una vez allí, se coló dentro y, acto seguido, le hizo el amor igual que en las películas: arrebatado y con urgencia. Se asombró de que siguiera siendo virgen a los cuarenta y muchos, sobre todo dadas las circunstancias en las que la había conocido, pero le aseguró que aquello, lejos de incomodarle, «le ponía todavía más cachondo».

—Llevo años tratando de olvidar aquel episodio —se lamentó Viri—, pero sin éxito. Cuando menos me lo espero, me vuelven a la memoria las sórdidas escenas de aquella única noche de pasión y desenfreno. Con toda su crudeza.

Después de su confesión, Viri exhaló un suspiro muy profundo. Se desinfló. Tuvo que tomar asiento en el poyete del mirador.

—Entiendo su pesadumbre —dijo Maya con suavidad—. Y le agradezco que me haya contado esta historia. Sin embargo, no veo la relación con el asesinato. ¿Qué es lo que sabe, Viri, que pueda ser importante para la investigación?

Viridiana se cubrió la cara con las manos. La vergüenza podía con ella. Se echó a llorar.

—Cuando alcanzamos el... éxtasis, usted ya me entiende, Darío y yo, los dos a la vez, pronunciamos el mismo nombre: «Tony».

Capítulo 17

Las cinco de la tarde. Después de una tediosa sobremesa, en la que había tenido que soportar la diarrea verbal de su anfitrión Pereira y su disertación sobre las maravillas de la villa de Los Rosales, Alonso Ríos subió a su habitación del Miranda y se derrumbó en la cama sin quitarse los zapatos.

La estancia era agradable; la ventana, con alféizar de madera, se abría a un pequeño balcón desde el que se veían los tejados del pueblo, la torre de la iglesia y la sierra al fondo. Como quedaba frente a la cama, imaginó que de noche, acostado, podría contemplar la luna y las estrellas y, de día, podría trabajar con luz natural.

Durante el almuerzo había tanteado el terreno. A pesar de que Pereira era hombre de muchas palabras, le había costado un trabajo ímprobo sonsacarle alguna información útil sobre Estela Valiente. Al final se había quedado con la sensación de que había sido más bien el viejo zorro el que se había llevado el gato al agua. Se las había arreglado para hacerle confesar que la verdadera razón de su presencia en Los Rosales era la de escribir un libro sobre la Valiente —los periodistas de colmillo retorcido son capaces de torear un Miura— y hasta le había contado, sin querer, que poseía ciertos datos inéditos sobre la vida y la obra de la escritora.

El otro, a cambio, había accedido a apuntarle en una servilleta de papel la dirección postal de las hermanas.

—No es ningún secreto —le había advertido—, sale en mi libro *Historia viva de la villa de Los Rosales*, página doscientos setenta, con una fotografía en blanco y negro de la fachada.

Pensaba acudir allí después de la siesta, enarbolando la primera edición de *La casa de ladrillos rojos* a modo de bandera blanca. Si no lograba su objetivo, regresaría al día siguiente, y todos los días, hasta agotar la paciencia de las Valiente.

Cerró los ojos. Una suave brisa se abría paso entre los visillos y le acariciaba la frente, como el aliento de una mujer enamorada. Estaba en medio de un sueño muy agradable cuando le sobresaltó el timbre del teléfono.

—¿Señor Ríos? —preguntó retóricamente la recepcionista—. Le paso llamada de la señorita Maya Millas, de parte de Estela Valiente.

Alonso Ríos, instintivamente, se incorporó de un salto. Se quedó sentado, apoyado en el cabecero y esperó en silencio hasta que escuchó hablar a su interlocutora.

—Buenas tardes.

Aquella era la voz de una mujer muy joven; le calculó menos de treinta años, con acento neutro, quizá de Madrid, y su tono era eficaz; como el de una secretaria acostumbrada a lidiar con los problemas de un alto ejecutivo.

—Mi nombre es Maya Millas y soy la asistente personal de doña Estela Valiente.

—No sabe cuánto me alegro de saludarla.

—Me imagino.

—¿Cómo me ha localizado?

—Gracias a Pereira.

—Me lo temía.

—Dice que pretende usted presentarse en casa de doña Estela.

—En efecto. Tengo un regalo para ella.

—Le recomiendo que no se le ocurra aparecer por allí sin ser invitado. Las hermanas Valiente son personas muy celosas de su intimidad.

—¿Qué propone?

—Reunámonos usted y yo primero.

—¿Esta tarde?

—Mañana. A las diez. En la terraza del Miranda.

Como hablaban a través de la centralita del hotel, Ríos no pudo saber si Maya le había llamado desde un teléfono móvil o desde uno fijo, y en cualquier caso, le fue imposible apuntar su número. Después de colgar se le ocurrieron mil preguntas: ¿cómo la reconoceré?, ¿qué debo hacer en el caso de que no aparezca?, ¿dónde podré localizarla?

Consultó las redes sociales y encontró algunas chicas con ese nombre. Una de ellas, guapa a rabiar, trabajaba como redactora en la revista *L'Idéaliste*. Ojalá fuera la mujer con la que acababa de citarse para desayunar. Pero no caería esa breva; probablemente la secretaria de una escritora huraña que prefería vivir encerrada en un viejo caserón antes que disfrutar de las mieles del éxito sería fea y amargada. Igual que su jefa.

Maya, desde un rincón apartado del jardín de la casa de las Valiente, apagó su móvil y sonrió para sus adentros. El plan era arriesgado, pero ingenioso. Haría creer a Alonso Ríos que sólo podría comunicarse con Estela Valiente a través de su persona de confianza: la leal y eficiente Maya Millas, a quien tendría que mantener informada de todos sus pasos y todas sus intenciones, si de verdad quería conseguir una reunión con la escritora.

Esta llamada secreta, a espaldas de las Valiente, fue el motivo por el que aquella tarde Alonso Ríos no hizo su temida aparición en la casa de las hermanas.

Poco antes de las diez, llegó Camino Aribau arrastrando una maleta con ruedas. Había preferido caminar desde la estación, a pesar de la oscuridad y la distancia. Con un espíritu como el suyo, aquella mujer era incapaz de reconocerse en la edad que marcaba su reloj biológico: colgando del hombro traía una raqueta de tenis dentro de una funda.

Se sentaron todas las brujas alrededor de la hoguera y fumaron juntas la hierba que les ofreció Camino. Para muchas de aquellas mujeres, oriundas de Los Rosales, esa fue la primera vez en sus vidas que se dejaron arrastrar por el devastador efecto de la planta prohibida. Viridiana Altozano, ya alterada desde antes, sufrió un espantoso ataque de tos, con taquicardias y llantinas. Maya se ofreció a llevarla de vuelta a su casa y, según les relató después a las socias del club de las cartas, tuvo que desvestirla, consolarla y velar su sueño durante un rato, antes de regresar al sitio de la casa de las hermanas.

Poco después de la medianoche, dieron por finalizada la guardia. Entendieron que a ningún acosador en su sano juicio se le ocurriría llamar a la puerta de su víctima a esas horas. Entonces se despidieron con estruendosos besos, hasta el día siguiente a las once en punto, o antes, si fuera necesario.

Maya durmió el sueño plácido de un bebé y cuando a las nueve de la mañana sonó el despertador, tardó unos segundos en recordar quién era, dónde estaba y cuál era el plan que la obligaba a levantarse de la cama con semejante dolor de cabeza. Tenía cercos morados bajo los ojos, el pelo revuelto y la mente desordenada y polvorienta, como si la noche anterior hubiera sobrevivido a una tormenta de arena.

Se asomó a la ventana y vio a Monteiro, dando forma a los arbustos con unas tijeras de podar. El chico se había comprometido en serio con el proyecto de jardinería, pensó.

Desde el otro lado del muro le llegaba un repiqueteo rítmico, que al principio confundió con un pájaro carpintero construyendo su nido y luego identificó con Camino Aribau pegando raquetazos en el frontón. Estaba claro que el organismo de aquella mujer se había vuelto inmune a los efectos de cualquier sustancia prohibida, por muy nociva que fuera.

Maya, en cambio, se tambaleaba todavía un poco cuando salió de su casa y se encaminó al Miranda para encontrarse con Alonso Ríos.

Lo divisó enseguida, sentado delante de un café con leche, detrás de un periódico y se estremeció, anticipando el duelo de pistoleros que estaba a punto de tener lugar en la plaza del pueblo.

Se colocó frente a la mesa, en posición de firmes, y se inclinó hacia la derecha para taparle el sol. Él, en cuanto notó la presencia de otro ser humano invadiendo su espacio, bajó el periódico y clavó sus ojos azules en los oscuros de ella. Primer golpe.

—Ya le he dicho a su compañera que no deseo tostadas ni cruasán, gracias —dijo con media sonrisa.

—Sabe perfectamente que no soy una camarera —replicó Maya, molesta.

Alonso Ríos fingió sorpresa. Se puso en pie, le ofreció a Maya una mano muy firme y un café o «lo que sea que desayunen las asistentes personales de las autoras españolas que han recibido el Premio Nobel».

Estaba claro que la ironía, y no el respeto, primaría en la batalla.

—En efecto —admitió Ríos—, no es usted una camarera, sino una joven redactora de *L'Idéaliste*.

Maya no pudo reprimir un ligero escalofrío de alarma, pero enseguida se repuso.

—Sus fuentes están obsoletas, señor Ríos —replicó con una ancha sonrisa de suficiencia—. Desde hace varias semanas trabajo para Estela Valiente en exclusiva. He pedido una excedencia en la revista para ayudarla a mantener a raya a individuos como usted.

—¿Como yo? —se burló él—. ¿Inteligentes? ¿Guapos?

—Modestos, Ríos.

—Mire que a mí a modesto no me gana nadie.

La auténtica camarera del Miranda, con su uniforme anticuado y sus dotes para el servicio de mesa, hizo entonces su aparición en escena rompiendo el tenso hilo que separaba a los contrincantes.

—Un café solo, por favor —bufó Maya.

—Y dos tostadas.

—Yo no quiero tostada.

—Son las dos para mí.

La camarera se alejó sin disimular su incomodidad. A partir de entonces les atendió un señor con bigote.

—Veo que no viene en son de paz —dijo Alonso Ríos—. Y es una lástima, porque, en este momento, el que tiene la sartén por el mango soy yo.

Maya se mordió la lengua. No sabía a qué se refería Ríos con esta insinuación, así que se lanzó a la buena de Dios.

—Pereira sostiene que quiere usted llevarle un regalo a Estela.

—Ajá —contestó el columnista y guardó silencio.

—¿Y piensa decirme de qué se trata? —replicó Maya.

—Preferiría que fuera una sorpresa.

—Estela odia las sorpresas.

Se hizo el silencio.

Llegados a este punto de empate técnico, Alonso Ríos retomó la palabra:

—Muy bien, Maya Millas. Yo también he leído a Eric Berne y toda su basura conductista. El juego ha terminado. Dígame qué propone.

—¿Que se largue por donde ha venido?

—Esa es la opción más improbable.

—No podrá hablar con Estela Valiente si no es a través de mí. Se lo aseguro.

—De acuerdo —claudicó Ríos—, entonces hágale llegar esta nota de mi parte.

Hurgó en el bolsillo de la chaqueta y sacó un papel doblado. Parecía antiguo. Se lo entregó a Maya sin hacer ningún comentario.

En ese momento les interrumpió el camarero con bigote. Traía la bandeja con la comanda, que colocó entre los dos.

Maya se abalanzó hacia su taza, se bebió el café de un trago, se quemó la lengua y la garganta, se levantó congestionada y, antes de girarse y desaparecer de allí con dignidad de estrella de cine, se dirigió por última vez a su enemigo.

—Ya tendrá noticias mías, señor Ríos. El café lo dejo pagado a la salida.

—¿Y quién se encarga de la propina? —se burló Ríos para asegurarse de ser él quien dijera la última palabra.

Maya bajó por la cuesta con el papel apretado en el puño y la sensación de que el corazón estaba a punto de estallarle.

Entró en su casa. La encontró apagada y silenciosa, pero, por algún motivo, tuvo la sensación de que, en su ausencia, alguien había estado revolviendo entre sus cosas. Un ruido en la cocina la convenció de que no estaba sola.

—¿Paco? —pronunció temblando.

No obtuvo respuesta.

Paco Monteiro no tenía llave y jamás se habría atrevido a entrar en la casa sin permiso, se dijo. Se asomó a la vidriera que daba al jardín y lo distinguió enseguida, podando los setos que cubrían parcialmente las vistas al jardín desde la ventana de la cocina. De vez en cuando golpeaba el cristal con el mango de las tijeras. Eso lo explicaba todo.

Maya respiró aliviada. De un tiempo a esta parte se estaba volviendo bastante paranoica.

Se sentó a la mesa, se bebió el agua abandonada en el vaso y por fin se atrevió a relajar el puño donde aún estrujaba el papel.

Estaba doblado en ocho, no en cuatro como había supuesto. Era una página grande, arrancada de un cuaderno de espiral y líneas impresas, como los que se utilizaban en los colegios de antes. Tenía los bordes amarillentos y una sola palabra escrita a lápiz en el centro: «Fin».

La letra, inconfundible —Maya la conocía bien, con su caligrafía picuda, el punto muy marcado sobre el palito de la i, la casi imperceptible inclinación de los caracteres hacia la derecha, el barroco diseño de la efe mayúscula y la ene minúscula terminada en tobogán—, era la de Estela Valiente.

Capítulo 18

Entrar en la casa de Los Rosales y experimentar *Retorno a Brideshead* en carne propia eran la misma cosa para Camino Aribau. Pero esta vez, al encontrar bajo sus altos techos al ejército de mujeres convocadas por Estela para defender el fuerte, le pareció que por fin empezaba el libro por el principio, y se sintió igual que Charles Ryder, cuando, aturdido por la guerra, se descubre de vuelta en la mansión de lord Marchmain y reconoce sus propios frescos decorando las viejas paredes.

Muchos de los libros que desbordaban las estanterías, los muebles, los poyetes de las ventanas o con los que se tropezaba al recorrer los pasillos y las diferentes estancias de la casa, se los había enviado ella misma a Estela a lo largo de los años. Algunos aún conservaban la tarjeta que solía incluir el sencillo resumen y el comentario apropiado para cada estado de ánimo, cada altibajo que sufría su autora amiga. Otros eran encargos. Libros difíciles de conseguir; descatalogados, muy específicos y de lectura minoritaria, que suponía necesarios para la exhaustiva documentación que precedía a cualquier escrito de Estela Valiente.

Subía la escalera cargando con su bulto de viaje y, aunque no era necesario, ya que llevaba más de cincuenta años ocupando la misma habitación para invitados al fondo del pasillo, se dejaba guiar por Alicia, por sus recomendaciones sobre el termostato del agua caliente, la contraventana que no encajaba bien o la balda del armario, ya te acuerdas, que se comba si la cargas con demasiado peso.

Agradecía el esfuerzo de su anfitriona, que cada año era mayor, y que nunca olvidaba el jarrón con las flores recién cortadas, el agua fresca en la mesita, la manta doblada a los pies de la cama y las bolsitas de lavanda en los cajones. Y su menuda conversación banal, sobre sus hijos y nietos, su refugio en Ibiza, su negocio, viento en popa, sus últimas lecturas o los achaques de Arpad; ese principio de artrosis, esa presbicia pertinaz, esa ligera pérdida de la memoria cercana.

Cuando Alicia salía de la habitación llevándose con ella la cháchara y la alegría, Camino deshacía la maleta sobre la cama, abría la ventana y dejaba entrar el aire frío de la sierra, con sus ráfagas trenzadas de tomillo y estiércol, de pino y hoguera, y sus sonidos quietos de cencerros y ululares. En el piso de abajo, Estela encendía la lumbre mientras se asaba un pescado en el horno. La mesa lista para las tres. El crepitar del fuego.

Aquella era la vida que había escogido Estela Valiente. Lejos de la gran ciudad, a salvo de las consecuencias perniciosas de la fama.

Cincuenta años atrás, a muchos les había resultado difícil de entender que después de salir de la cárcel, Estela renunciara voluntariamente a su libertad y se enclaustrara en Los Rosales. La querían encumbrar, alzarla sobre un pedestal y utilizarla como estandarte para sus nobles causas. Pero ella había desaparecido. Se había esfumado.

Tras la concesión del Nobel, Camino se vio obligada a emitir un comunicado en su nombre, explicando que la autora de *De puertas adentro* no acudiría a la entrega del premio en Estocolmo porque necesitaba un tiempo de reflexión y serenidad para poder escribir con la suficiente concentración. Preparaba una nueva novela basada en su experiencia carcelaria. Mentira.

Estela no paraba de llorar, abrazada a Alicia, a sus padres y a la propia Camino, que también lloraba, cada vez que volvían a su memoria las imágenes de su paso por la cárcel.

—¿Veían con frecuencia a Tony Cienfuegos en aquellos días?

—Tony Cienfuegos se encontraba entonces enfrascado en la tarea de escribir *La casa de ladrillos rojos*. Él residía en el ático que había heredado de su madre, frente al Retiro, y no salía de allí más que en muy contadas ocasiones. No recuerdo que acudiera a Los Rosales, no.

—A propósito de *La casa de ladrillos rojos*, se dice que Estela Valiente se sintió decepcionada por la fría dedicatoria de Cienfuegos.

—No sé de dónde salió ese rumor. No creo que su decepción tuviera que ver con la dedicatoria.

—Entonces, ¿qué fue lo que los separó?

—La vida, las adicciones de Tony, la famosa autobiografía... La suya fue una amistad muy larga; con épocas buenas y malas. Si Tony no hubiera muerto tan pronto, habrían retomado su relación. Estoy convencida. Se querían demasiado.

Durante años, habían tratado de olvidar aquellos trece meses que pasaron juntas en una cárcel para mujeres a las afueras de Madrid. Los recuerdos eran demasiado dolorosos. Ingenuamente creyeron que si evitaban pensar en ello, el tiempo arrasaría con todo y lo borraría de sus memorias. Pero ahora descubrían que la vida es un círculo que ha de cerrarse, como la puerta de una casa antes de abandonarla o la órbita de un planeta que gira alrededor de una estrella.

En cuanto las socias del club de las cartas se hubieron marchado, Camino y Estela subieron juntas al torreón, como quien sube al cadalso, para hacer frente, de una vez, a sus fantasmas.

Las cuatro ventanas estaban abiertas; cada una enmarcando un punto cardinal, un millón de estrellas. A su alrededor se amontonaban los cuadernos de tapas rojas; las cartas, los papeles. Tras el escritorio, la silla de madera y la vieja Olivetti, estaba el sofá. Ambas tomaron asiento y se recostaron en los montones de libros, vencidas, exhaustas, como dos indias comanches que se disponen a fumar la pipa de la paz.

Ninguna de las dos había sido especialmente guapa en su juventud. Camino era alta y desgarbada, y descuidaba su aspecto hasta el extremo. Vestía prendas holgadas, túnicas de algodón, faldas largas y camisas enormes. El misterio del arrebato amoroso de Arpad, en la orilla del Sena, seguía resultándole inexplicable. Si acaso, sostenía, podía deberse a la capacidad de todo artista de acariciar el alma de las personas e ignorar su envoltorio. ¡Qué tristes sonaban las cuerdas de su violín al otro lado de las rejas! ¡Qué desgarradora melodía, que volvía melancólicas a todas las presas y las hacía añorar su libertad perdida!

Algunas tenían a sus hijos pequeños con ellas y, mientras escuchaban la música de Arpad, los acunaban hasta que se quedaban dormidos, serenamente, en su regazo. Las demás lloraban lágrimas sanadoras, que arrastraban la rabia y el miedo, y limpiaban su espíritu encarcelado.

Camino amaba. Con los ojos cerrados, tumbada en su litera; la que compartía con Estela. Sentía las manos de Arpad en su cintura, su boca recorriéndole los labios, su aliento en el oído repitiendo te amo, *je t'aime*, su cuerpo entero transformado en sonido, en brisa, introduciéndose en ella a través de cada uno de los poros de su piel.

Mientras tanto Estela, discreta, salía de puntillas, esquivando a la carcelera con astucia de masái, y desaparecía al final del pabellón. Nunca regresaba antes de la madrugada. Había encontrado un refugio secreto en algún lugar de la prisión, al que se retiraba todas las noches mientras duraba el hechizo de Arpad.

Estela era menuda, ligera y, vista de espaldas, cualquiera la hubiera confundido con un muchachito imberbe, por su pelo corto, sus zapatones, y sus andares, siempre desafiantes. De frente, sus ojillos de roedor, sus orejas grandes, sus trasquilones. Y su apellido, Valiente, una desafortunada provocación para las reclusas más violentas y las funcionarias menos clementes.

La golpearon en una pelea de patio, pasó una temporada en la enfermería y otra en una celda de castigo. El director de la prisión acabó por memorizar su nombre, a fuerza de escuchar acusaciones y amenazas contra ella.

—¿Es cierto que Tony Cienfuegos jamás las visitó en la cárcel?

—Es cierto.

—Pero en su biografía él describe a la perfección la sala de visitas, e incluso reconstruye palabra por palabra alguna de sus conversaciones con Estela Valiente.

—Todo mentira. Estela le escribía cartas en las que le aseguraba que no le guardaba rencor por su comportamiento la noche de la detención y...

—¿A qué se refiere?

—Ya sabe, Cienfuegos sufrió un ataque de pánico. Colaboró con la policía, la delató.

Al principio Estela esperaba con ansiedad a que llegara el día de las visitas. Pensaba abrazar a Tony aunque estuviera prohibido; aunque recibiera a cambio un castigo ejemplar. La última imagen que tenía de él, grabada en la retina como a fuego lento, era el ovillo de llanto y excrementos en el que se había convertido su amigo, balanceándose en una esquina mientras a ella la esposaban y la empujaban escalera abajo. Necesitaba volver a verlo, con su cara de niño, sus manos menudas, el pelo limpio y la ropa de dandi.

Al no encontrarlo en la sala, ni ese primer día ni los que siguieron, Estela hizo el esfuerzo de penetrar en su alma y, allí, lo descubrió escondido entre las sombras. Avergonzado hasta el extremo, incapaz de volver a mirar de frente a la niña que en el patio del colegio enseñaba los colmillos por él.

Entonces, artesana, con delicadeza de dama sensible, pidió lápiz y papel para escribirle. Que lo perdonaba de corazón, como a un hermano, sin rencores ni asuntos pendientes, ni necesidad de pedir disculpas.

Pero las cartas enviadas desde la prisión pasaban un control férreo, ejercido personalmente por el director del centro, y sus palabras se convertían en una sucesión de tachones, antes de llegar a las manos de sus destinatarios. Así se lo hizo ver Alicia en uno de sus encuentros. Los papás —le dijo— prefieren que no les cuentes nada por escrito. Temen que te metas en un lío todavía peor, por las cosas que dices. Y tienen razón. Piensa, Estela, que estás aquí por escándalo público. No vayan a acusarte de reincidente.

—¿Te acuerdas, Camino, de cómo empezó todo?

—¿Esa locura de escribir con las uñas en las paredes?

—Sentía que me ahogaba, te lo juro. Las ideas se agolpaban en mi cabeza, pujando por salir de ella, y bajaban por mi torrente sanguíneo, envenenando mi cuerpo entero. Era como una corriente eléctrica que dirigía mis dedos. Necesitaba escribir, como otros necesitan respirar o comer para seguir viviendo.

—Entonces (a cambio de qué), conseguiste un cuaderno de tapas negras y hojas amarillentas; con patrón de rayas como los que utilizan los colegiales que aprenden caligrafía. Y (¿cómo lo hacías, amiga, quién sacaba punta a tu lapicero?) comenzaste el relato por el principio.

—Para Tony.

—Sobre Tony.

—Era la única manera de hacerle entender hasta qué punto lo conocía, lo comprendía y lo amaba. El retrato de su espíritu de niño perdido en esa casa de ladrillos rojos en la que murió su madre.

—Una obra maestra.

—Más suya que mía, Camino. Al fin y al cabo, era la historia de su vida. Mi regalo.

—Nunca debió aceptarlo. Se renuncia a algo así, Estela, si se tiene un mínimo de dignidad.

Capítulo 19

De noche y sin ruido. Una funcionaria malencarada las despertó violentamente: «Cojan sus pertenencias y síganme. Se van a casa».

Aún confusas por la hora y las formas, Camino y Estela se pusieron en pie. Camino recogió el montoncito de ropa doblada, la pastilla de jabón, el cepillo de dientes. Estela sólo el cuaderno de tapas negras que escondía celosamente bajo su almohada.

Las demás reclusas se desentendieron. Se dieron media vuelta en sus literas y regresaron a la libertad de sus sueños, mientras las «señoritingas» abandonaban el pabellón sin hacer ruido.

Nadie vino a despedirlas. Nadie las esperaba al otro lado de la puerta porque la orden de excarcelación inmediata había llegado por sorpresa, en medio de la noche, y hasta la mañana siguiente no se convirtió en el rumor primero, y la certeza después, que se extendió por la prisión igual que un virus: el de la envidia.

—Regresen pacíficamente a sus casas —les advirtieron—. No alienten las revueltas que han motivado y lleven, a partir de ahora, una existencia discreta, apartada de la vida pública.

Cuando la puerta de la cárcel se cerró a sus espaldas, de manera instintiva las dos echaron a correr. Atravesaron varias calles desiertas antes de desembocar en una avenida bien iluminada, por donde, de vez en cuando, pasaba algún vehículo al ralentí. Bajo el cerco amarillo de una farola se detuvieron a tomar aire. Entonces comprendieron que eran libres y se abrazaron, y el amanecer las encontró llorando, en la misma acera, incapaces de dar un paso adelante. Incapaces de mirar atrás.

—Vamos a mi casa —propuso Camino. Tenían miedo de separarse.

Arpad estaba asomado al balcón, abrazado a su violín como a un salvavidas, cuando las vio llegar por la calle estrecha. Se olvidó de vestirse y bajó a recibirlas en paños menores, el pelo revuelto, los pies descalzos. Subieron los tres a trompicones por la escalera y se derrumbaron en un sofá desvencijado.

El violinista preparó café. Las chicas frotaron los olores de su encierro con piedra pómez hasta que se sintieron limpias de llanto, de sudor, de mugre. Después durmieron un sueño plácido, mecido por la brisa que entraba por la ventana abierta del dormitorio.

Las despertó el aroma delicioso de la cocina francesa. El chef había vestido la mesa con un mantel de algodón y flores y había abierto una botella de vino en su honor. Las esperaba escuchando música, sentado a la mesa. Había escondido el anillo de compromiso en el suflé de vainilla. Cuando Camino lo encontró entre la espuma, Arpad se arrodilló ante ella y le pidió que fuera su esposa; la madre de sus hijos. No le importó que Estela asistiera, en calidad de testigo, al momento más importante de sus vidas.

Aún seguían besándose cuando ella, Estela Valiente, hizo mutis por el foro, vestida con una túnica blanca, y puso rumbo a la casa de ladrillos rojos donde vivía Tony Cienfuegos.

—Pero, si es cierto que Estela lo perdonó, ¿por qué no regresó al ático que compartían en Madrid? ¿Por qué se instaló en Los Rosales?

—Tenía el corazón roto, entiéndalo, y necesitaba alejarme de todo aquello. Volví a casa, como las golondrinas, a ocupar de nuevo mi viejo nido. Allí encontré el consuelo, la paz y el anonimato que necesitaba.

—¿Y después?

—Después... ya sabe. Los días van pasando, los meses, las estaciones...

Estela caminó desde Malasaña al Retiro como se camina por un sueño: sin notar el calor del asfalto en la planta de los pies. Apretaba el cuaderno contra su pecho y oía el latido de un corazón de papel que cobraba vida entre sus manos. Frente a ella, el edificio de seis plantas coronado por el ático, la escalera estrecha con su baranda de hierro, los azulejos a media altura, la penumbra y el eco de sus pisadas.

Trece meses antes había salido de allí a rastras, escoltada por cuatro agentes de policía, mientras los vecinos la espiaban a través de la mirilla. Aún recordaba el ruido de las cadenas y los pestillos que se iban cerrando a su paso. Ahora regresaba convertida en una persona diferente. Traía otro recién nacido entre los brazos; necesitaba contárselo a Tony. Eso y todo lo que había ocurrido dentro de los muros de la cárcel. Una novela en sí misma, tal vez la próxima obra de Estela Valiente, sobre sus días de encierro, de oscuridad y luz.

Tocó al timbre. Gritó: «¡Tony!». Y del interior del piso le llegó el silencio primero y después el lamento, animal, cavernario, de su amigo.

—Abre o echaré la puerta abajo, te lo advierto.

—Vete, Estela. —La voz de Tony era flaca. Voz de hambre, de criatura desquiciada.

Apoyó la espalda contra la madera barnizada de aquella puerta tan sólida. Se dejó resbalar hasta que acabó sentada en el suelo, con la cabeza entre las manos. Sabía que él, a su vez, había adoptado la misma posición al otro lado.

—¿Dónde has estado todo este tiempo? —preguntó temerosa, previendo la respuesta.

—Aquí, esperando —dijo Tony.

—¿Quieres decir que no has salido del ático en trece meses?

—No podía, Estela. Tenía miedo.

—Por favor, Tony, abre la puerta.

La visión del ermitaño fue espantosa. Durante la estancia de su amiga en prisión, Tony se había abandonado completamente. Lucía una barba rubia, larga y sucia, una melena deshilachada, su ropa eran harapos, su casa, un basurero. Olía a podrido, a animal encerrado.

—Pobre niño perdido —balbuceó al verlo convertido en un mendigo, tembloroso, alcohólico, desorientado.

La muerte de Nina Cienfuegos no había trascendido a los medios de comunicación. Sólo una pequeña nota en un periódico de sucesos señalaba que se había hallado el cadáver de una mujer en un céntrico piso de Madrid, asfixiada con un pañuelo de seda y atada al cabecero de la cama. Se trataba, decían, de la señora de Reinaldo

Cienfuegos, aquel indiano derrochador —¿se acuerdan?— que huyó de la noche a la mañana con su cargamento de dinero sucio, dejándola a ella sola y endeudada. Fue la comidilla de entonces, en el barrio de Salamanca donde residían. Habían pasado varios años. La pista se había perdido de ambos y, de repente, aparecía este cuerpo tan hermoso, asfixiado, violado, joven aún y misteriosamente vacío de vida. Se elucubraba con un posible asaltante o un amante ocasional, se indicaba que Nina vivía sola y no se hacía referencia a ningún familiar o amigo cercano de la víctima.

Estela recordaba aquel día como si fuera ayer: «La ha matado, Estela, la ha asesinado, ese hijo de puta. Y voy a por él». Tony estaba fuera de sí. Había ido a buscarla a su casa, en Los Rosales. Le confesó que llevaba un cuchillo de cocina escondido en un maletín y que salía hacia la estación, camino de Madrid, para vengar la muerte de su madre. Sabía que desde hacía un par de años Nina era la querida del secretario Álvarez, que le había comprado un piso junto al Retiro, que le hacía regalos caros y la mantenía a cambio de su completa y exclusiva sumisión sexual.

—No seas idiota, Tony —le advirtió Estela—. ¿Cómo piensas matar al secretario con el cuchillo de pelar patatas? ¿No ves que ese hombre vive rodeado de policías? Te detendrán y te llevarán a la cárcel. Eso si antes no te pegan un tiro.

—Le denunciaré y...

—Nadie te creerá.

—Entonces, qué, Estela. ¿Me quedo de brazos cruzados, como siempre? —Tony se llevó las manos a la cabeza—. Desde niño he sabido que mi madre sufría muchísimo. Los hombres que supuestamente la amaban también la maltrataban. Venía a verme en secreto y unas veces llegaba cubierta de golpes, otras de arañazos y cortes. ¡Y nunca hice nada! No salí a defenderla, no la protegí. Soy un cobarde, Estela, y voy a matar a Álvarez porque es mi deber.

—Tienes razón —admitió Estela, pensativa—. Ese malnacido no merece vivir. Pero no puedes acabar con él así. Piensa, Tony. ¿No hay otras maneras de hacerle la vida imposible? ¿No se te ocurre un plan mejor que el del cuchillo?

Lo invitó a entrar, le ofreció cigarrillos y vodka, y reprodujeron, sin planearlo, aquellas tardes de verano en las que, de niños, encerrados en el torreón, inventaban tramas sangrientas y perversas.

De allí surgió la idea, por ejemplo, de enviar al secretario Álvarez cartas anónimas y amenazadoras. De contratar un mercenario que le partiera las piernas, de prender fuego a su casa, de convertir cada minuto de su existencia en un infierno.

Después, Tony Cienfuegos se instaló en el ático frente al Retiro como un guerrillero en una torre de vigilancia. Se obsesionó con Álvarez de tal manera que cubrió las paredes de recortes, de fotografías que él mismo le tomaba armado con una cámara y un teleobjetivo. Envió material comprometedor a los periódicos: diapositivas del secretario aceptando un soborno. Lo chantajeó. Le advirtió que tenía imágenes de su encuentro sexual con una prostituta y que se lo mostraría a su mujer, a no ser que...

—¿A no ser que qué, miserable?

—A no ser que hagas todo lo que yo te diga.

Estela se trasladó a Madrid tres meses después del asesinato de Nina. Temía por la cordura de su mejor amigo. Y tenía razón.

Se ocupó de limpiar y airear el ático y de alimentar al loco.

—¿Qué quieres que haga, Cienfuegos?

—Quiero que me pagues, hijo de puta. Mucho dinero. Quiero que me conviertas en un escritor de éxito. Que me protejas, igual que protegiste a mi madre.

El primer relato firmado por Tony Cienfuegos se titulaba *A plena luz* y fue publicado por la revista *Ínsula*. Nadie supo explicar cómo aquel cuento, sobre un asesinato feroz, que se recreaba en la degeneración y la violencia, pudo burlar el control de la censura.

Estela hacía las tareas domésticas, acudía a la facultad, trabajaba en el periódico universitario, escribía en el pasquín clandestino que había fundado Camino Aribau donde advertía a las mujeres de entonces sobre su esclavitud no reconocida. Y cuando regresaba a casa, encontraba al lunático de Tony ideando nuevas maneras de eliminar a Álvarez.

Después vino el verano del alumbramiento feliz en Los Rosales. Aquellas lecturas divinas a la sombra del roble del jardín, con Tony jaleando sus palabras y Alicia temerosa, igual que de niñas, temblando de miedo por si sus padres los pillaban inventando guarrerías y barbaridades.

Luego el golpe en la puerta, la detención, la cárcel.

—¿Es cierto que fue el secretario Álvarez quien intercedió por ustedes ante el Tribunal de Orden Público?

—¡No, maldita sea! ¡Nadie intercedió por nosotras! ¡Ese tribunal no existía entonces! Álvarez murió al poco tiempo de nuestro ingreso en la cárcel. Nuestra liberación se debió al mensaje de *De puertas adentro,* que se extendió como la pólvora por todos los confines del mundo moderno, despertando conciencias, denunciando la situación en la que vivíamos las mujeres de aquella época en España.

—Entonces, ¿Tony Cienfuegos no hizo nada por ayudarlas? ¿No eran ustedes íntimos amigos?

Ante los ojos horrorizados de Estela Valiente, el ático se había transformado en la jaula de un animal salvaje. La confesión de Tony era cierta: no había salido de allí en los últimos trece meses.

A su alrededor, todo era suciedad y desorden. Había papeles por todas partes, fotografías tiradas por el suelo, platos sucios, botellas vacías y montones de ropa maloliente.

Estela avanzó cautelosa hacia el sofá de terciopelo rojo; la guarida del lobo. Allí, Tony había construido un refugio con cobijas y cartones; lo más parecido al nido de una rata. Le extrañó encontrar entre los cojines polvorientos una colección de fotografías impresas a buen tamaño, tomadas con un teleobjetivo profesional. Se acercó una de ellas a los ojos y lo que vio la llenó de espanto. Parpadeó.

—Tony, mi Tony —lo acarició—, cuánto lo siento.

La escena retratada por un avispado detective, desde la azotea de la casa adosada al edificio de ladrillos rojos, mostraba a Tony fornicando en la terraza del ático con uno de sus barbudos amantes ocasionales. Fotograma a fotograma, la película narraba la historia de dos hombres que se desnudaban el uno al otro y llevaban a cabo todo tipo de prácticas obscenas bajo la luna y las estrellas del Madrid de 1963, violando repetidamente la ley de vagos y maleantes, vigente en aquel momento.

—Me las arrojaron encima la noche en la que te detuvieron —sollozó Tony—. También me escupieron y me golpearon. Me dijeron que se trataba de un regalo de parte del secretario Álvarez y me advirtieron que si salía del piso, harían llegar copias a las autoridades. Ya sabes las consecuencias, amiga: loquero, aislamiento, escarnio público...

—Te escribí algunas cartas.

—No las recibí.

—Al principio tenía la esperanza de que lograras que Álvarez nos sacara de allí a Camino y a mí. Pero pasaban los días y no venías a buscarnos. Creí que te mortificabas por haberme delatado y por no haberme defendido la noche del arresto. Di por hecho que esa era la razón de tu abandono. Pero, al final, llegué a creer que no te importábamos en absoluto.

—Cómo pudiste...

—La prisión te vuelve loco, Tony. Allí dentro todo se vive con resentimiento y amargura. Tú, el niño mimado de las letras, la joven promesa, el Truman Capote español. Te imaginaba disfrutando del éxito sin acordarte de nosotras.

El ático apestaba, con los restos amontonados de comida y el olor corporal del eremita. Estela se colocó frente a él, tratando de ignorar el hedor, y de entre los pliegues de su túnica blanca hizo aparecer el cuaderno de tapas negras. Lo apretó por última vez entre sus brazos maternales y luego se lo entregó a Tony, como quien renuncia a un recién nacido y lo da en adopción. Fue una decisión instintiva y sincera. En sus ojos había lágrimas y en su cabeza, un torbellino.

—Durante mi encierro he escrito esta historia para ti —le explicó—. Se trata de una novela sobre una mujer joven y muy hermosa, que vive sola en un ático frente al Retiro. Allí recibe hombres y celebra fiestas. Se supone que es feliz. Pero en realidad sufre muchísimo, acordándose de su hijo, al que sólo puede visitar en secreto, a escondidas de sus amantes.

—¿Cómo se titula?

—*La casa de ladrillos rojos.*

—Y esa mujer que sufre, la protagonista de tu novela, ¿cómo se llama?

—Nina, Tony, se llama Nina.

Capítulo 20

No había que ser un genio para darse cuenta de que aquel papel doblado en ocho que llevaba escrita la palabra «Fin» con la letra inconfundible de Estela Valiente era un hallazgo literario de dimensiones colosales. Maya comprendió de inmediato que Alonso Ríos tenía en su poder la prueba que demostraba su teoría: Estela Valiente, autora de *De puertas adentro*, Premio Nobel de literatura, ermitaña huraña y escurridiza que había renunciado voluntariamente a la fama y no había publicado ningún otro libro en cincuenta largos años, había seguido escribiendo en secreto y había alumbrado al menos otra obra, que terminaba con la simple y universal palabra «fin».

Lo más probable era que se tratara de una novela. Pero también podía ser un ensayo, una pieza teatral o un guion de cine. Así de impredecible era la Valiente. Por el aspecto del papel —amarillento y con olor a humedad—, dedujo que procedía de sus años de juventud. También por la firmeza de la caligrafía y la línea con la que había subrayado aquella solitaria palabra trazada a lápiz.

Esto último hizo que se le encendiera una luz: Estela Valiente solía escribir a máquina. Así constaba en las biografías publicadas sobre ella. Primero en la aparatosa Underwood heredada de su padre, en la que aprendió a teclear junto a Tony Cienfuegos a la tierna edad de siete años, luego en la vieja Olivetti que aún conservaba, con la que respondía a las cartas de sus admiradores. Cuando firmaba de su puño y letra, lo hacía con un bolígrafo elegante, regalo de su hermana Alicia, pero nunca a lápiz. Únicamente durante su encierro carcelario, se había visto obligada a renunciar a esa y a todas sus otras costumbres.

Podía ser —se dijo— que la leyenda de su hipotética segunda novela, la que se rumoreaba que narraba la historia de sus días en prisión y que nunca vio la luz, fuera cierta. Que Estela, acosada por todos: las autoridades, los lectores, las editoriales, los tribunales suecos, las feministas, los periodistas, biógrafos y profesores universitarios, hubiera tomado la decisión de no publicarla, y que, por algún caprichoso giro del destino, hubiera terminado en las manos equivocadas.

La cuestión era que Alonso Ríos estaba en posesión de un auténtico tesoro. Y eso complicaba todavía más su situación.

Unos golpecitos en la ventana la sacaron de su ensimismamiento. Monteiro, con las tijeras de podar todavía en ristre, le decía adiós, hasta mañana, me voy para el periódico que se me ha hecho tarde. Ella le correspondió con una sonrisa y un ligero vaivén de la mano.

Consultó el reloj y constató que eran casi las once. Las chicas del club de las cartas estarían a punto de regresar al fuerte.

Al salir de casa se encontró con Consuelo y Viri, que bajaban la cuesta agarradas del brazo, tambaleantes por culpa de los adoquines, y se unió a su cháchara ligera. Viri estaba pálida y ojerosa y arrastraba su vergüenza como si fuera una bata de cola. No recordaba con claridad cómo había llegado a su casa la noche anterior, ni por qué demonios había decidido estrenar el camisón de seda color marfil que llevaba años reservando para su viaje a Nueva York, ni de dónde le brotaba tanta angustia.

—Anoche bebiste y fumaste —le recordó Consuelo.

Viri hizo memoria. Entre brumas se asomó al mirador de la casa de las hermanas y le vino a la cabeza la escena de su confesión. ¡Ay, madre! Le había contado a Maya Millas su secreto más íntimo y bochornoso. Y luego se había emborrachado y después había perdido definitivamente el control.

—Huy, perdón —se disculpaba Maya mientras ella vagaba en la neblina—, no sabía que el camisón era nuevo. Cogí el primero que vi y...

—En fin —suspiró—, corramos un tupido velo sobre todo lo que ocurrió anoche. Gracias, guapa, por ocuparte de esta vieja chiflada.

—Quién lo diría, Viridiana —la pinchó Consuelo entre risas—. Si tus alumnos supieran...

Ya las estaba esperando Camino Aribau al otro lado de la puerta, ávida de chismes y acción. Había tenido la idea de montar unos turnos de vigilancia, por parejas, en el torreón. Desde allí se veía muy bien la cuesta. Si a Alonso Ríos se le ocurría aparecer, tendrían el tiempo suficiente para tomar posiciones y resistir.

—Seremos como las campesinas de Palencia, que hicieron frente al ejército de Lancaster armadas con azadas y guadañas —proclamó.

A todas les pareció un gran plan aquella estrategia medieval femenina. Repartieron las cartas y la suerte decidió por ellas: Alicia con Maya, Estela con Viri, Camino con Consuelo..., y así hasta la hora de comer.

A las dos y media, Alicia anunció que la paella estaba lista y que se interrumpían las guardias hasta después de la siesta.

En la rotonda del mirador había puesto una mesa con platos de loza y centros de flores, servilletas de lino y jarras de sangría.

—Ni que fuera mi cumpleaños, hija —dijo Estela.

Alicia alzó su vaso:

—Brindo por mi hermana querida y admirada. La única mujer española ganadora del Premio Nobel de literatura. Este otoño se cumplen cincuenta años de la publicación de *De puertas adentro*... ¡Cómo pasa el tiempo! Y me acuerdo como si fuera hoy de tu parto feliz. Fue en esta misma casa, debajo del roble de la entrada. Escribías sin descanso, noche y día. Febrilmente, irremediablemente. Dabas a luz una obra de arte, Estela. Y algunas de las que estamos aquí fuimos testigos de tu hazaña. De cómo echaste abajo los cimientos de la vieja civilización y volviste a levantarlos, más fuertes, más justos, más dignos.

Estela se cubrió la cara con las manos.

—¡Por Estela! —gritaron todas al unísono. Y chocaron sus vasos y se abrazaron, y besuquearon a la involuntaria protagonista del homenaje.

Hacía una tarde de brisa y chicharras. Una de las primeras de calor. Aún brotaban lilas frescas entre las secas y algunos rosales habían florecido. Del valle llegaba el tintineo de los cencerros y lucía un sol cálido, que era una manta suave y confortable. Repartidas por las sombras del jardín, fumaron en silencio, hablaron en susurros y se abandonaron al sueño.

A Maya la despertó Alicia con una taza de café recién hecho.

—Nos toca guardia —le advirtió, llevándose el dedo índice a los labios.

El jardín parecía un campo de tiro arrasado por el ejército enemigo. Resultaba conmovedor imaginar a aquellas inofensivas jubiladas emprendiéndola a pedradas contra Alonso Ríos.

Alicia la precedía, peldaño a peldaño por la escalera que llevaba hasta el torreón. La madera crujía en algunos tramos, pero la sensación era regia, como de estar subiendo a la cúpula del Vaticano.

Quién iba a imaginar —se dijo Maya— que acabaría entrando en el torreón con permiso y derecho, en lugar de tener que colarse como una vulgar ladrona, a robar los escritos secretos de Estela Valiente.

La puerta estaba entreabierta. Del interior de la habitación brotaba una luz rojiza, palpitante, reflejo del sol del atardecer sobre las tapas rojas de un montón de cuadernos, enmarcados por una librería de madera oscura. Aquel era el corazón de la casa. Las cuatro ventanas eran las aurículas y ventrículos. El resto era latido, vida, corriente sanguínea.

—Aquí es donde Estela pasa la mayor parte del tiempo —murmuró Alicia—. Sentada a ese viejo escritorio. Fíjate qué silla tan incómoda. Mira qué desorden.

Abrió la ventana que daba al norte, por donde entró una corriente de aire fresco, que se llevó por delante un par de cuartillas mecanografiadas.

Maya se agachó a recogerlas. Leyó algunas frases al azar.

—Mi hermana escribe a todas horas —dijo Alicia—. Es una locura. Todos estos cuadernos rojos están llenos de sus historias y relatos. Menos mal que no lo sabe nadie. Sus admiradores echarían la casa abajo.

—¡Pero esto es absurdo! —protestó Maya, aún boquiabierta—. ¿Es que no lo ven? La obra de Estela Valiente no puede quedar en secreto. ¡Debería ser patrimonio de la humanidad!

Alicia no pudo contener una carcajada.

—Intenta convencerla tú —dijo—. Camino y yo ya nos hemos dado por vencidas.

A un lado del escritorio se amontonaban algunos álbumes de fotos.

—Esos son sus libros de recortes. ¿Te he contado que a Estela le encantan los misterios? Colecciona las páginas de sucesos, hace cábalas, toma notas, y al final, si los casos se resuelven, los archiva, como si fueran expedientes de la policía. ¿Quieres ver el de la asesina de las cartas de amor?

Inclinadas sobre el escritorio, abrieron el dosier por la primera página. Allí estaba el recorte del periódico local, con la necrológica redactada por Monteiro. Estela había subrayado algunas palabras y había apuntado otras en los márgenes.

Las iniciales, M. P., estaban rodeadas por un círculo del que partía una flecha que señalaba un nombre: «Marta Poza».

Después había un montón de cuartillas llenas de anotaciones. Estela era metódica. Utilizaba diferentes colores para llamar la atención sobre tal o cual detalle. También recuadros, flechas, letras mayúsculas y círculos. Cada vez que aparecían las palabras «cuchillo de cocina», Estela las subrayaba en rojo.

Maya pasó la vista por aquellas hojas de papel. Bonito resumen de su investigación científica. Todo el sumario estaba resumido en frases cortas, concisas y de vez en cuando aparecía un artículo, una fotografía, la etiqueta de los quesos o la cuenta del Miranda.

Al cabo de un rato, Alicia perdió el interés por el álbum y se dedicó a recoger y ordenar las cartas y los libros que estaban tirados por el suelo. Maya tomó asiento en la silla de Estela. Le intrigaba el resto del contenido de aquel cuaderno que no terminaba en la entrevista con Lola Bautista —como era de esperar—, sino en un capítulo inconcluso, titulado «Sancho Herrera».

El nombre de la tercera y última víctima de la asesina de las cartas de amor estaba escrito en mayúsculas, dentro un círculo rojo y unido con una gruesa línea de trazo firme al de Tony Cienfuegos. De la mediana entre ambos partía una tercera línea que apuntaba a un nombre de mujer: Nina.

—La madre de Tony Cienfuegos se llamaba Nina, ¿verdad? —preguntó Maya, con el ceño fruncido.

—Sí. Nina. Antonina —confirmó Alicia.

—¿Y qué relación tenía con Sancho Herrera?

—¿El de las perlas?

Maya levantó la vista del cuaderno. Alicia continuaba colocando libros en las estanterías del fondo, como si tal cosa. Como si no acabara de revelarle un dato importantísimo.

—Pero, Alicia, ¿es posible que tengan ustedes información sobre el tal Herrera y no la hayan compartido conmigo?

—Ah, ¿no te lo ha contado Estela?

—No.

Alicia cruzó la habitación y cerró la ventana. Dijo que empezaba a refrescar, que no hay que fiarse del sol de mayo, que es muy traicionero. Después se enfrentó al estupor de su interlocutora, con una sonrisa angelical, inocente y engatusadora.

—Se le habrá ido el santo al cielo —se excusó—. Con todo este asunto de Alonso Ríos anda un poco distraída, entiéndelo.

Maya le cedió el sitio en la única silla del torreón y, sin apartar la vista de ella, tomó asiento en el viejo sofá, apoyado contra la pared.

—Oye, no me mires así, que pareces la directora del parvulario —protestó Alicia—. No hay mucho que contar, la verdad —le advirtió—. Esta mañana mientras desayunábamos, Estela y yo le hemos contado a Camino lo de vuestra investigación. Cuando hemos pronunciado el nombre de Sancho Herrera, ella ha recordado una vieja historia sobre Nina Cienfuegos y un collar de perlas. Qué cosas, nosotras no habíamos caído hasta que ella lo sacó a relucir.

—¿No decían que Sancho Herrera presumía de haber heredado un cofre lleno de perlas? —la interrumpió Maya.

—Por ahí va el asunto —confirmó Alicia, asintiendo—. Él mismo lo pregonaba a los cuatro vientos. Que se lo había legado una tía lejana que había emigrado a América y tal y cual. Pues resulta que la madre de Tony le compró tres docenas de perlas para hacerse un collar. Nadie sabía cómo se ganaba la vida entonces la buena de Nina, aunque había rumores que... en fin. En aquella época vivía sola en Madrid; Reinaldo Cienfuegos la había abandonado, y se decía que recibía hombres en un apartamento que había alquilado en el centro. Al pueblo no venía jamás. Fue Tony el que cerró el trato con Herrera. Total, que Nina pagó un dineral por aquellas perlas, y cuando las llevó a engarzar, le dijeron que eran falsas.

—Me lo imaginaba.

—Tony quiso recuperar el dinero, pero Sancho Herrera lo amenazó con llevarles a juicio. Él sostenía que sus perlas eran auténticas y los acusaba a Nina y a él de querer engañarlo. Decía que habían cambiado las perlas buenas por las malas y no estaba dispuesto a devolverles ni una peseta.

—Y Nina no quiso denunciarle —comprendió Maya.

—No. Habría tenido que responder a muchas preguntas incómodas, supongo.

Maya asentía, mientras su cabeza ataba cabos. Sancho Herrera era el eslabón perdido en la cadena que unía a Tony Cienfuegos con las tres víctimas de Marta Poza y con la propia asesina, claro. Bautista lo había acosado cuando eran niños, Olmedo bebía los vientos por él y Herrera lo había estafado.

—Todo apunta a Tony Cienfuegos —murmuró en voz alta sin darse cuenta.

—¿Cómo dices?

—Digo que el nombre de Tony está por todas partes.

—Así es —asintió la Valiente—. Siempre andaba como piojo por costura. Se enteraba de todo, la comadreja. Desde que era un mocoso parecía una vieja chismosa. Se dedicaba a sembrar cizaña, extender rumores e inventar embustes. No tenía muchos amigos en Los Rosales, no.

—¿Por eso se trasladó a Madrid?

—Por eso y porque su madre apareció muerta en el ático del Retiro. ¿Te he hablado de ese lugar? Está en lo alto de un edificio antiguo, de ladrillos rojos. Tony lo heredó de Nina y Estela, de Tony. Allí es donde mi hermana se refugia siempre que huye a Madrid.

—La casa de ladrillos rojos... —comprendió Maya—. La que da título a la primera novela de Cienfuegos.

—La misma.

El aire empezaba a pesarle en los pulmones. El torreón se estaba volviendo un lugar opresivo, lleno de secretos. Maya se puso de pie y se acercó a la ventana —Alicia, ¿le importa que abra un poco?—, notaba que las piezas comenzaban a encajar en algún remoto lugar de su cabeza. Tony, Estela, la novela, la asesina..., todos flotaban en círculo a su alrededor.

El sol se había teñido de color melocotón y las nubes eran de algodón de azúcar. La ventana que daba al este apuntaba directamente al jardín de la casa de las monjas. Desde arriba contempló su viejo tejado, el ventanuco de la buhardilla, el jardín renacido, las flores nuevas. Se asomó, tomó aire, respiró. Y fue entonces cuando vislumbró una figura humana que se movía entre las sombras del salón. ¿Qué, quién...? Alguien había entrado en su casa.

Agudizó la vista, entrecerró los ojos, y entre cortina y cortina, descubrió el rostro de Alonso Ríos, observándola, sonriente, sentado a la mesa de su comedor.

Capítulo 21

Entró en su casa precedida por una corriente de indignación que la empujó violentamente contra la desfachatez de Alonso Ríos. El individuo la recibió sentado a la mesa del comedor, las piernas en alto, los brazos detrás de la cabeza, como si estuviera tomando el sol en una playa del Caribe. Hasta se había servido un vaso de agua de la nevera.

A su alrededor había desplegado, en perfecto desorden, los cuadernos de notas, los libros, los apuntes. Toda su investigación sobre Estela Valiente había quedado al descubierto, lo mismo que su falsa ocupación y sus auténticas intenciones. Alonso Ríos —él mismo era consciente de ello— tenía la sartén por el mango. Por eso seguía sonriendo, ladeando levemente la cabeza y mordiéndose el labio inferior, con un insufrible aire de superioridad, a pesar de que Maya había irrumpido en la casa rugiendo como una fiera y amenazando con denunciarle a la policía por allanamiento de morada.

—Los dos sabemos que no hará usted nada de eso.

Ríos estaba en lo cierto. Maya no arriesgaría lo que tanto esfuerzo le había costado conseguir. Pero tampoco estaba dispuesta a darle acceso libre a su trabajo. Con rabia de dientes y muelas se lanzó a poner a salvo lo que todavía quedaba en pie, ignorando la presencia de Ríos y su olor a agua fresca de colonia.

—No se inquiete —se burló él—. Ya he echado una ojeada a sus notas y no he encontrado nada interesante. ¿De verdad piensa escribir un libro basándose en tres o cuatro conversaciones privadas y en un par de invitaciones a jugar al mus?

Maya siguió amontonando cuadernos y recogiendo papeles durante un buen rato. Él, sin cambiar de postura, se puso a tararear una alegre cancioncilla mientras observaba el desasosiego de ella, cargando con aquellos documentos por el pasillo. Finalmente Maya desistió de su empeño, arrastró una silla y se sentó a menos de medio metro de su adversario.

—Muy bien —reconoció—, me has pillado.

—¿Ahora nos hablamos de tú?

—Claro. Ahora estamos en igualdad de condiciones, ¿no?

—Bueno —carraspeó Ríos—, no puedo estar de acuerdo con esa afirmación. Entiéndeme; yo soy un escritor consagrado y tú..., en fin, digamos que estás empezando.

Qué ganas le dieron a Maya de tirarle el agua encima y ver cómo se le apagaban los humos; cómo se le empapaba la camisa de sastre, los pantalones recién planchados, los mocasines de ante.

—Eres un tipo despreciable, Ríos. Eso es lo que eres.

Pereira había llegado puntual al Miranda —justo cuando las campanas de la iglesia daban las tres—, para encontrarse con Ríos, y mientras le esperaba había pedido una limonada, patatas fritas y aceitunas. Le traía un ejemplar de *Historia viva de la villa de Los Rosales,* tal y como le había prometido la víspera, en la que había incluido una —cariñosa— dedicatoria escrita a pluma, con su letra puntiaguda, que ocupaba toda la primera página del libro y le remitía a diversos pasajes de este, donde había hecho anotaciones a propósito de su consulta. Muy ufano, había dado comienzo su perorata —esta vez con datos contrastados y fechas documentadas— sobre la fundación de la villa a mediados del siglo XIV, por el ilustre conde du...

—¿Conoce usted a Maya Millas? —le había interrumpido Ríos sin la menor consideración.

Pereira se había visto obligado a cambiar de tema con la celeridad de un estudiante de oposiciones en un examen oral. Sí, conocía a Maya Millas, la joven periodista de *L'Idéaliste,* que se había trasladado a Los Rosales con la intención de escribir una serie de reportajes sobre ciertos crímenes acontecidos en la sierra. Había alquilado la llamada «casa de las monjas», precisamente la finca vecina a la de las hermanas Valiente; una casona grande y destartalada, construida a principios del siglo XIX por don Dámaso Valiente, ilustre prohombre de la villa; ingeniero de caminos e impulsor de numerosas obras públicas, nombrado hijo predilecto de Los Rosales y abuelo paterno, para más señas, de las hermanas Valiente, que al estallar la guerra cedió esa y otras propiedades a diversas instituciones de carácter benéfico y social, y...

—Ya, ya, Pereira, gracias por la clase de historia, pero volvamos a Maya Millas. ¿Es cierto que trabaja como asistente para Estela Valiente?

No. Rotundamente no. Estela Valiente nunca había necesitado más asistencia que la de su hermana Alicia, ni más colaboración que la de su editora Camino Aribau, para mantener a raya a sus numerosos acosadores —ya sabe: periodistas, biógrafos, presidentes de asociaciones literarias, otorgadores de premios y gran público en general—, ávidos de sus atenciones para beneficio propio. Estela era una maestra en el arte de proteger su intimidad.

—La joven, como le digo, es periodista y prepara un artículo de investigación sobre los crímenes de la asesina de las cartas de amor. A Estela Valiente sólo la une una reciente amistad basada en la vecindad y en su afición común por las tramas policiacas.

»Ya que planea usted escribir un libro sobre nuestra ilustre autora, le diré que la dama posee unas incuestionables dotes detectivescas, y que si en lugar de haber nacido aquí, en Los Rosales, hubiera visto la luz en uno de esos pintorescos pueblos ingleses de los de vicaría y nombre ficticio, pongamos por caso St Mary Mead, se habría hecho llamar Miss Marple y habría resuelto un sinfín de misterios. En numerosas ocasiones ha colaborado —discretamente, ya se imagina— con Monteiro y conmigo en la elaboración de la página de sucesos del periódico. Si le interesa, puedo mostrarle unas cuantas crónicas redactadas por mí, pero documentadas por ella, con algunas de sus ingeniosas anotaciones, que he conservado entre mis papeles. No es buena idea, en cambio, que se persone usted en su casa. No se lo recomiendo. Con la proximidad del cincuentenario de la publicación de su laureada novela, anda algo alterada. Ya le he dicho que Estela Valiente es una persona muy celosa de su intimidad. En su lugar, le propongo que asistamos, en calidad de oyentes, a la reunión del comité de festejos. Quisiera presentarle al alcalde y al concej...

—Le agradezco el ofrecimiento, Pereira, pero tengo otros planes para hoy.

Y de este modo, gracias a la locuacidad de Pereira, Ríos había descubierto el pastel: Maya Millas lo había engañado como a un tonto y ni siquiera se había molestado en inventarse una identidad falsa. Su intención —se conoce— era enterarse del motivo de su llegada a Los Rosales. Entonces, sin mediar explicación alguna, había dejado al viejo periodista con la palabra en la boca y se había puesto en camino hacia la casa de las monjas, la cual había localizado de inmediato gracias a la página doscientos setenta de *Historia viva de la villa de Los Rosales* y a Google Maps.

Una vez allí, había accedido sin mayor problema a la finca y al interior del caserón. Le había bastado con empujar con algo de fuerza la puerta de la cocina, desvencijada y combada por los años y la humedad. Se había servido un vaso de agua helada, se había sentado a la mesa del comedor, había curioseado todo lo que había querido y, después de un buen rato, había levantado la vista hacia la casa vecina con la esperanza de cruzar su mirada con la de la impostora Millas. Al fin la había descubierto observándole desde la ventana del torreón, con el rostro desencajado y los ojos fuera de sus órbitas.

Un par de minutos más tarde se hallaban frente a frente, a tan sólo medio metro de distancia. Le enternecía la furia con la que la chica apretaba los puños, la manera en que se agitaba su pecho, bastante atractivo, por cierto, al ritmo de su respiración, y la cadencia atropellada de sus palabras. ¿Nos tuteamos? ¿Nos insultamos?

—No soy más despreciable que tú, cielo. Yo no he alquilado la casa vecina a la de Estela Valiente y he fingido una inocente amistad con ella para sonsacarle información. Al menos, yo voy de frente.

Maya guardó silencio. Ríos tenía razón.

—Es cierto que al principio...

—Tampoco he grabado sus conversaciones para transcribirlas después. Ni le he mentido a todo el mundo con la historia esa de las cartas de amor, ni he puesto por escrito el secreto bochornoso de una tal Viridiana, ni me he aprovechado de la bondad de Alicia Valiente para llegar a Estela.

—Pero le has enviado un anónimo. ¿Te parece correcto atemorizar de ese modo a una mujer indefensa?

Ríos soltó una carcajada.

—No se trata de ningún anónimo —aclaró—. Estela Valiente sabe perfectamente quién soy y para qué he venido. Lo que ignora, amiga, es quién eres tú. Y yo voy a contárselo hoy mismo.

—¡No! —exclamó Maya, sin poder disimular su angustia. Luego se rindió—. Por favor, no lo hagas —le rogó—. Le darías un disgusto terrible. Aunque no te lo creas, he llegado a tomarle mucho afecto. Sé de lo que estoy hablando. Si Estela llegara a enterarse de cuáles eran mis intenciones...

—¿Eran?

—Mira, Ríos, como eres un hombre sin escrúpulos, es posible que no entiendas lo que voy a contarte. Pero te lo voy a decir de todos modos: es cierto que al principio estaba dispuesta a todo con tal de escribir mi libro. Pero las cosas han cambiado. He decidido que no publicaré nada sin su consentimiento. Lo que pretendo ahora es conseguir que me dé su permiso.

El periodista guardó silencio. Seguía clavando en ella sus ojos hipnotizadores. Su mirada era la de una serpiente antes de abalanzarse sobre su presa.

—Te tengo —dijo. Y sin mediar palabra, marcó un número en su teléfono móvil. En medio de la quietud de la casona, Maya escuchó la voz de Alicia al otro lado de la línea: «Casa de las hermanas Valiente, ¿con quién hablo?».

Maya le arrebató el aparato y lo lanzó violentamente contra las baldosas del suelo. La pantalla se rompió en mil pedazos. Alicia colgó asustada. Alonso Ríos negó con la cabeza.

—No podrás evitarlo —le aseguró—. A no ser que...

—¿Qué?

—A no ser que colabores conmigo y con mi investigación. Tú tienes acceso a las hermanas y podrías conseguirme una cita con Estela. Si haces eso por mí, creo que estaría dispuesto a guardarte el secreto.

Se levantó pesadamente de la silla y se agachó a recoger los restos de su teléfono. Se volvió entonces hacia Maya, que permanecía inmóvil, petrificada en su sitio, y se despidió de ella con una leve inclinación de la cabeza.

Salió de la casa de las monjas sin hacerse notar. Del otro lado del muro de piedra, llegaron hasta él las voces alegres de las amigas de Estela, probablemente enzarzadas en algún juego de jardín como el croquet o la petanca. Todavía faltaba un buen rato para la hora de cenar y ya se adivinaba el aroma de algún guiso procedente de la cocina.

En lo alto de la cuesta se cruzó con el cartero, al cual dedicó un amable buenos días y una sonrisa. Su plan estaba en marcha.

Maya lo vio alejarse de su casa y desaparecer de escena, con una mezcla de alivio e indignación. También ella saludó al cartero, cuando pasó frente a su ventana. Y lo siguió con la vista mientras se dirigía a la casa de las hermanas.

Llamó a la puerta y después de un rato Alicia salió a abrirle, no sin antes comprobar desde dentro que no hubiera moros en la costa.

—Soy yo, doña Alicia, perdone que hoy venga tan tarde, pero es que me habían avisado de que debía entregarles un paquete esta mañana y resulta que no ha llegado a la oficina hasta hace unos minutos. Creo que es un libro.

—¿Quién lo envía?

—Un tal Alonso Ríos. Aquí lo pone. Va dirigido a su hermana Estela. Dice: «Urgente, muy frágil, trátese con sumo cuidado».

Capítulo 22

Así que el omnipresente Alonso Ríos le enviaba un paquete a Estela. Alicia, a solas en el torreón, sujetaba el sobre acolchado con cierta aprensión, sin saber muy bien qué hacer con él. ¿Abrirlo? ¿Destruirlo?

Unos días atrás, coincidiendo con la espantada de su hermana a Madrid y preocupada por su estado de nervios, había leído la carta que ella le dirigía a aquel desconocido. Se refería a él como «tertuliano célebre», lo acusaba de estarla acosando y le amenazaba con denunciarlo, si él insistía en «hacer pública esa absurda historia suya». Esa había sido la primera vez en su vida que Alicia se había topado con el nombre de Alonso Ríos y en aquel momento no le había concedido más importancia que la de costumbre: el clásico oportunista que intentaba sacar provecho de la fama de su hermana. Aunque cartas como aquella no eran frecuentes, ocurría de vez en cuando que Estela perdía la compostura ante algún sujeto demasiado insistente. Sin embargo, ahora se percataba, «Alonso Ríos» era también el nombre que su hermana iba balbuceando en el camino de vuelta del Miranda la noche de su peor borrachera; el individuo por el que había preguntado Maya antes de partir hacia la casa de los Bautista y el causante de aquel zafarrancho de combate.

¿Pero qué era exactamente lo que temía Estela? ¿Cuál era esa «absurda historia suya» que tanto la angustiaba?

El paquete que acababa de entregarle el cartero no tenía un aspecto demasiado amenazante. Se trataba de uno de esos envoltorios acolchados que se usan para enviar libros. Lo único que lo diferenciaba de los innumerables sobres que llegaban a diario a la casa de las hermanas era esa advertencia extraña sobre su fragilidad. Ni que fuera de porcelana.

Alicia lo examinó con muchísimo cuidado durante un buen rato, hasta que llegó a la conclusión de que se trataba sencillamente de un libro, sin más misterio. Entonces tomó por fin la decisión de abrirlo, transgrediendo de ese modo las leyes no escritas de la confianza entre hermanas. Entendía —y había ejercido el derecho durante toda su vida— que se trataba de una situación límite, un estado de excepción en toda regla, vaya, y que en esas circunstancias ya se sabe: «Queda suspendida la vigencia de ciertos derechos fundamentales; como, por ejemplo, el del secreto de las comunicaciones, pudiendo intervenirse, si así fuera necesario, cualquier transmisión postal, telegráfica o telefónica». ¡Ajá!

Con la ayuda de un abrecartas de plata que había pertenecido a su padre, rasgó el cartón y de su interior surgió la pesadilla: una primera edición de *La casa de ladrillos rojos*, como si no bastara con el ejemplar que día sí, día también, se ocupaba de esconder entre los miles de libros que invadían las paredes, los muebles y los suelos de su casa. Una pieza más que añadir a las obsesiones de su hermana.

Hojeó aquellas páginas amarillentas, casi ancianas, escritas por Tony Cienfuegos en el ático del Retiro durante los meses en los que Estela estuvo presa. A puerta cerrada, sin el valor, ni la humanidad de acudir un solo día a visitarla. Demasiado concentrado en la primera novela coherente de su vida. Que nadie moleste al genio, que nadie lo distraiga.

Como su opinión era irrelevante, se la había callado durante casi cincuenta años. Ya lo decía la señora coneja, la madre de Tambor, el compañero de aventuras de Bambi, y gran filósofa: «Si al hablar no has de agradar, es mejor callar». Pero la verdad era que *La casa de ladrillos rojos* siempre le había parecido una traición a la memoria de Nina Cienfuegos. ¿A qué hijo se le ocurre escribir una historia sobre su propia madre, y luego va y la publica, y reconoce abiertamente que se inspiró en ella para crear el personaje central de la novela, esa mujer de vida alegre que recibe hombres en el ático de su amante? ¿Era necesario profundizar en las miserias de Nina? ¿Había que describir los golpes, las perversiones sexuales, las adicciones, los pensamientos suicidas?

—Nunca se confirmó oficialmente la causa de la muerte de Nina Cienfuegos. Hubo varias versiones: causas naturales, accidentales, suicidio... En su autobiografía, Tony Cienfuegos apunta directamente al secretario Álvarez como autor material de una supuesta muerte por asfixia, consecuencia de un juego sexual llevado al extremo. En su opinión, ¿qué ocurrió aquella noche en la casa de ladrillos rojos?

—Creo que Nina no merecía acabar de aquel modo.

—¿Asesinada?

—Vilipendiada.

—¿Y qué me dice de la teoría del asesinato de Álvarez unos años después?

—Esa y otras patrañas similares que aparecen en la autobiografía a la que se refiere son fruto de la confusión mental de Tony Cienfuegos en los últimos años de su vida, pero no se corresponden con la realidad.

—Estela, ya me ha respondido con esta misma frase hace unos minutos.

—¿De veras? ¿Palabra por palabra?

La casa de ladrillos rojos tenía un efecto demoledor en el ánimo de Estela. Y su lectura compulsiva era lo mismo que una droga dañina, que primero causa un ilusorio placer y después una muerte lenta. Por eso Alicia odiaba tanto aquel libro y se empeñaba en apartarlo de la vista de su hermana. Pero el maldito siempre regresaba. Se libraba de las llamas del infierno y volvía a casa, como un alma en pena. El espíritu de Tony atrapado para toda la eternidad entre dos tapas de cartón, como castigo por su deslealtad hacia aquella madre tan pésima que le tocó en la vida. Alicia tomó asiento en la silla incómoda y mecánicamente fue pasando, una a una, las páginas del libro.

Era, en efecto, una primera edición bien conservada, aunque con numerosos apuntes en los márgenes. El librero, en una nota adherida a la contracubierta, aseguraba que el ejemplar había pertenecido a la mismísima Carmen Martín Gaite y que dichas anotaciones habían sido hechas por la célebre autora.

Y mira por dónde, a Alicia aquello le hizo ilusión.

Se remontó del tirón al año setenta y dos, con sus imágenes en tecnicolor, los pantalones de pana y los jerséis de cuello vuelto. Aquel otoño en el que llovió tanto que la casa de Los Rosales parecía un pazo gallego y los árboles se negaban a desprenderse de sus hojas amarillas.

Debajo de un paraguas, detrás de la cancela, las jóvenes Estela y Alicia Valiente vieron llegar a las Martín Gaite y fue como mirarse en un espejo que reflejara universos paralelos. Ana María y Carmen, risueñas y alocadas, boina la una, sombrerito impermeable la otra, botas de agua, bombones de licor, parloteaban como cotorras mientras hervía el agua para el té, en la cocina de mamá. Habían emigrado de Salamanca para vivir la vida y se habían refugiado en la casa de sus padres, en El Boalo, a media hora escasa de Los Rosales, porque Anita, con las raíces al aire, empezaba a ponerse pocha. «Esta es más de campo y yo más de ciudad. Somos como los dos ratones del cuento», había dicho Carmiña, la de la mirada nostálgica. A pesar de ser sólo seis años mayor que Estela, le habían sucedido tantas cosas que... tenía una hija adolescente con la que compartía sueños en Madrid y otro hijo en el cielo, Miguel, al que no había podido acunar más que doce meses por culpa de una meningitis traidora. Y un marido que había dejado de serlo, amistosamente, dos años antes. Y un montón de amigos escritores, ensayistas, artistas, tramoyeros, titiriteros. Y el Premio Café Gijón, y el Premio Nadal, y cuatro novelas, y un ensayo, y en ese momento andaba liada con dos trabajos al tiempo: una novela de retahílas —venga a tirar del hilo— y un estudio sobre los usos amorosos del siglo XVIII en España.

Anita, documentalista en la ONU, contaba mil historias sobre su etapa europea. Decía que Ginebra era un remanso de paz, con su lago y su vaquita, pero, ¡ay!, esa estación de tren de la que partían las ilusiones: París,

Viena, Italia, a tiro de piedra. ¡Ay, el Grand Palais, el Musée D'Orsay! ¡Ay, la ciudad de Venecia y sus canales! ¡Ay, el palacio de la emperatriz Sissi y los cafés, y la tarta Sacher, y los mercadillos navideños!

La conversación se volvió el cuento de nunca acabar. La cocina, un templo, un guateque. Como fuera llovía a cántaros y en el salón se habían refugiado los papás, pasaron media tarde sentadas a la mesa de madera donde se amasaba el hojaldre, bebiendo ron con Coca-Cola y fumando Gitanes, hasta que, en un momento dado, Carmen le pidió a Estela que le mostrara el famoso torreón del que tanto hablaban los periódicos; donde había instalado su máquina de escribir y sus recuerdos. Quería sentir el espíritu de la escritura, ya me entiendes, y asomarse al mismo balcón que ella y, tal vez, hojear alguno de sus libros de compañía. Como Alicia y Anita no despegaban la hebra ni para respirar, subieron las dos a solas por aquella escalera tan aristocrática que ennoblecía a todo el que la utilizaba. Permanecieron encerradas en el torreón un buen rato y, cuando regresaron a la cocina, Estela había perdido el color.

Aquella noche, después de despedir a las Martín Gaite y verlas desaparecer al final de la cuesta, Estela se recluyó en su dormitorio y se negó a bajar a cenar, a pesar de que mamá había hecho empanada. Alegó que se le había revuelto la tripa, con tanto ron y tanta cháchara.

Después de aquella tarde, a pesar de lo mucho que Alicia insistió en devolverles la visita a sus alegres vecinas de la sierra, nunca volvieron a reunirse con Calila y Anita. Pasaron los años y los acontecimientos. El nombre de Carmen Martín Gaite creció hasta convertirse en leyenda, y cuando murió, en el verano de 2000, lloraron las dos la pérdida de una amistad que no supieron cultivar. Alicia quiso ir al entierro, multitudinario y emocionante en El Boalo. Estela le preguntó a santo de qué, a estas alturas, si Ana María ya no se va a acordar de ti.

Y ahora, después de tanto tiempo, llegaba a sus manos aquel libro con anotaciones. Una reliquia. Alicia lo acarició suavemente, como quien recibe la visita de un viejo amigo. Tal vez Alonso Ríos no fuera una amenaza, después de todo. Regresó el paquete a su puesto, en lo alto del montón de cartas, y volvió a cerrar el sobre con una gota de pegamento invisible. Cuando Estela subiera a responder el correo, se llevaría una agradable sorpresa, pensó. Y volvió al jardín donde Consuelo acababa de proclamarse vencedora absoluta de petanca, ante la frustración de Camino, que siempre había sido muy competitiva.

—Tienes una sorpresa arriba, un paquete que te va a traer buenos recuerdos —le susurró a su hermana al oído—. Lo acaba de dejar el cartero.

Estela, de naturaleza curiosa e impaciente, le cedió el puesto a Alicia en la partida de revancha y subió al torreón para ver de qué se trataba el misterio. Cuando se encontró con el nombre de Alonso Ríos en el remite de aquel sobre acolchado, notó que el corazón se le paraba entre latidos. Rompió el envoltorio y se encontró de frente con *La casa de ladrillos rojos*, firmada por Tony Cienfuegos y comentada por Carmen Martín Gaite con su letra inconfundible, urgente, de persona que escribe para poder respirar.

Ahí estaban las anotaciones que comentaron juntas, a puerta cerrada, esa lejana tarde de lluvia en el torreón, en la que su mentira fue descubierta por aquella sabia infalible.

—Este libro lo has escrito tú, a mí no me engañas.

—¿Podrás guardarme el secreto?

Era inconcebible —sostenía Martín Gaite— que un hombre, por muy desarrollado que estuviera su lado femenino, comprendiera hasta ese punto los motivos de una mujer. Mira este párrafo. Mira esta línea de pensamiento.

—Bueno, ya sabes que Tony es...

—¿Y la descripción de la soledad de Nina y el desgarro por el hijo abandonado? ¿No es, al fin y al cabo, el mismo dolor que late en *De puertas adentro*? ¿No es la misma novela? ¿No eres tú, Estela, la niña que sobrevive en ambas?

Ahí estaban los recuadros y las llamadas de atención, ahí los párrafos gemelos, la misma falta de ortografía, esa tilde equivocada, signo de identidad, firma inconsciente.

—¿Por qué, Estela?

—Por miedo, Carmiña, a la fama, ya sabes, sus obras y sus pompas. Y porque esta historia no es mía. La he robado, ¿entiendes? Y se la he devuelto a su legítimo propietario.

—Pero Tony Cienfuegos no es el autor. Eso es mentira.

Tony, macilento, derrotado, sólo le preguntó cómo se llamaba la protagonista de la novela. «Nina, Tony, se llama Nina». Luego tomó el cuaderno entre sus manos, lo abrazó como si quisiera resucitar el espíritu de su madre y se columpió aferrado a él, de delante atrás, hasta que se hizo de noche y Estela se marchó del ático para no volver.

Unos meses después, otro Tony, bien vestido, afeitado, parlanchín y dicharachero, aquel *enfant terrible* de las letras modernas, escritor maldito, Baudelaire español con armario de Wilde y alma de Byron, se presentaba ante los medios de comunicación con su primera novela bajo el brazo: *La casa de ladrillos rojos*, en la que contaba la historia de su madre, Nina Cienfuegos, tristemente fallecida a la misma edad que Marilyn, en la flor de la vida, joven y bella para siempre.

Capítulo 23

—Hubo un antes y un después en la vida de Tony Cienfuegos y el punto de inflexión fue su primera novela, *La casa de ladrillos rojos*. A partir de entonces, Cienfuegos dio el salto al panorama artístico internacional y se estableció en Nueva York. ¿Fue entonces cuando su relación se enfrió?

—Oiga, habíamos acordado que esta entrevista no se centraría en él y no hace usted más que preguntarme por Tony.

Estela se había encerrado en el torreón y aporreaba su máquina de escribir, cuando mamá abrió la puerta para anunciarle que Camino Aribau estaba al teléfono, qué desorden, hija, no sé cómo puedes trabajar en medio de este caos.

—¿Te has enterado, Estela? —la increpó su editora en cuanto oyó su voz al otro lado de la línea.

No. Estela no sabía de qué le estaba hablando Camino. Acercó un taburete al buró donde reposaba el teléfono y, durante los siguientes minutos, escuchó en silencio el discurso indignado de su amiga.

Tony, respaldado por una prestigiosa editorial norteamericana, había convocado a los medios de comunicación, a las siete de la tarde, en el salón real del hotel Ritz de Madrid, para presentar su primera novela, *La casa de ladrillos rojos*. Una obra enmarcada en la llamada novela estructural, con influencias anglosajonas, pero sin olvidar el latente retrato social que blablabla...

Se había disfrazado de escritor atormentado, con sus gafas de falso miope, su cigarro encendido y su camisa blanca de mangas anchas. Y de esta guisa había aparecido ante las cámaras, sumamente compungido, como si estuviera a punto de echarse a llorar. Sí, esta historia es íntima y dolorosa. Sí, está inspirada en la vida de mi madre, Nina Cienfuegos. Sí, ha sido un ejercicio de valentía por mi parte, una catarsis, necesaria y desgarradora.

En condiciones normales, ni la trama ni el desenlace, ni esa sutil lectura entre líneas, ni esa insinuación, ni esa metáfora habrían podido esquivar la censura; pero tratándose de Tony Cienfuegos, ya se sabe: es conveniente hacer un poco la vista gorda en aras de la modernidad. Nuestro ingenioso escritor maldito, aplaudido por la comunidad internacional y publicado por la muy prestigiosa universidad de Columbia, merece un trato especial, si bien la novela será considerada contraria a la moral y al buen gusto, y prohibida a los menores de edad, y no será comentada ni leída en lugares públicos.

Tony asentía sin dejar de fumar. Todavía no se había convertido en el autor excéntrico y escandaloso que llegaría a ser con el tiempo. Sólo se vino arriba cuando su editor anunció que la Paramount había adquirido los derechos de la obra para adaptarla al cine. Una conocida estrella de Hollywood encarnaría a Nina Cienfuegos y la trama se trasladaría a Nueva York, donde existen numerosos edificios de ladrillos rojos y muchachas como aquella: sofisticadas y algo alocadas. Le faltó decir que en la versión cinematográfica, Nina resultaba ser una prostituta de lujo, nada sutil, y que en lugar de un hijo tenía un gato, al que abandonaba bajo la lluvia y luego rescataba, entre lágrimas, en la escena final.

Probablemente a Tony le disgustó profundamente la transformación licántropa de su *alter ego* en un felino. Sobre todo porque siempre había detestado los gatos, y más los pelirrojos, como el de la película. Pero Estela no pudo saberlo, ya que, después de aquella noche, Cienfuegos salió de su vida y no regresó en muchísimo tiempo.

Se estableció en la ciudad de los rascacielos. No en un edificio de ladrillos rojos, sino en una casita amarilla, en Brooklyn, desde donde cada mañana ponía rumbo a la universidad para recibir lecciones de periodismo moderno. Uno de sus profesores, Jack, o John, o algo así, se convirtió en su amante y se trasladó al semisótano en el que convivieron serenamente, discretamente, mientras Cienfuegos escribía los relatos de ficción que enviaba periódicamente a la revista *Ínsula*, los artículos para *The New Yorker* y las críticas de cine y literatura que publicaba en la sección cultural de *The New York Times*.

Al mismo tiempo, y a raíz del rotundo éxito de *La casa de ladrillos rojos*, su autor irrumpió con fuerza en la escena social. Entró a formar parte del exclusivo mundo de la alta sociedad mimetizándose con el entorno como un camaleón en un campo de flores multicolor. Se convirtió en el niño mimado de Hollywood y escribió varios guiones para varias películas que no pudieron ser proyectadas en España por su «contenido infame y contrario a la moral», pero que sí llegaron a Francia y fueron apreciadas por muchas personas que atravesaron la frontera de Hendaya sólo para verlas. Estela y Alicia entre ellas.

Cada vez que estrenaban una de las comedias románticas de Tony, las dos hermanas emprendían viaje en tren desde Los Rosales: maleta de lona y cuaderno de tapas rojas, cigarrillos, petaca escondida entre la ropa y pasaporte sellado. Hacían noche en San Sebastián y cruzaban al día siguiente a Biarritz, donde había un cine elegante al que la gente acudía vestida de gala, a escandalizarse primero y cenar después. Regresaban alborotadas y divertidas. Algo más sabias, más cosmopolitas y menos rústicas de lo que partieron.

Gracias a estas escapadas, a los libros prohibidos que Camino lograba hacerle llegar a casa cambiándoles las tapas y disfrazándolos de obras de la literatura clásica, a las conversaciones con los estudiantes que subían hasta la sierra, a la correspondencia diaria con sus lectores y a las visitas frecuentes al periódico local donde debatía con el joven Pereira sobre las últimas noticias del mundo, Estela Valiente sobrevivía intelectualmente a su destierro voluntario en Los Rosales.

—¿No añoraba la ciudad, Estela?

—Nunca. Ni la añoro ahora. La ciudad está a media hora en tren. A tiro de piedra. En cambio, esta «zona de confort» en la que habito no tiene comparación con nada. Mi vida aquí es una butaca frente a la chimenea, una manta sobre las piernas, un libro entre las manos, un cigarro en la boca y una copa de vodka que nunca se vacía.

—¿Cuántos años pasó sin saber nada de Tony?

—Nueve.

La despertó el timbre del teléfono, irritante como el llanto de un bebé a media noche, y era Camino. Le dijo: Estela, ¡el Nobel! ¿Qué Nobel?

Después la llamó el secretario del jurado, en persona, en inglés, para comunicarle que la academia sueca la había reconocido como escritora que sobresale por sus aportaciones en el campo de la literatura; más concretamente por su novela *De puertas adentro* y su contribución universal a la lucha por la igualdad entre hombres y mujeres, y que esperaba que aceptara el premio y acudiera a recogerlo personalmente, a la gala que se celebraría el 10 de diciembre en Estocolmo. Fue como si la bomba atómica hubiera caído de lleno en su «zona de confort» y la hubiera reducido a millones de partículas de polvo interestelar.

A la fiesta que se armó aquel día en su casa siguió la que trajo consigo Camino, y después, la que organizaron las feministas, los intelectuales, los universitarios, y todo aquel que en el año 1973 demandaba una mayor autonomía de pensamiento, palabra y obra. El nombre de Estela Valiente se enarbolaba como la bandera de la libertad, se aplaudía la decisión del jurado sueco y se esperaba con ansiedad el discurso que pronunciaría la autora ante los miembros de la academia, que sería retransmitido por todos los medios de comunicación del mundo sirviendo de altavoz a la joven España que...

Pronto, el camino que bajaba del pueblo y que terminaba en la casa familiar se llenó de activistas, periodistas y curiosos. Estela tuvo que salir a saludar varias veces. Alicia repartió bombones y descorchó botellas de champán, igual que si dirigiera una administración de lotería y hubiera caído el gordo en su garito; con la misma emoción y los mismos brincos, y el mismo confeti y las serpentinas.

Un destacado político de entonces hizo su aparición una mañana y se fotografió junto a Estela en la puerta de la casa de Los Rosales, con la excusa de transmitirle oficialmente la felicitación del decimotercer gobierno de España y la del jefe del Estado, por supuesto.

También se informó de algunos disturbios acontecidos en las noches que siguieron a la noticia. Una mujer fue herida en un ojo y un estudiante sufrió una grave contusión durante una descarga policial. Hubo también quienes criticaron la decisión de la Fundación Nobel tildándola de oportunista y denunciaron que la literatura de Valiente, su novela única, vaya, carecía de la suficiente calidad artística para merecer un reconocimiento de tamañas dimensiones. Ni estaba a la altura, ni lo estaría jamás, de un Juan Ramón Jiménez o un José Echegaray, dónde iba a parar. Y de no ser porque existía una discriminación positiva hacia el género femenino y sus ambiciones, no se habría tenido en cuenta a una escritora que...

Todo aquello fue minando la estabilidad emocional de Estela, hasta el punto de hacerle perder el apetito y el sueño. Paseaba en camisón por la casa a unas horas intempestivas, fumando y bebiendo como una desquiciada y sin ganas de hablar con nadie. Los papás se preocuparon seriamente. Alicia pidió a los que habían acampado en la cuesta que, por favor, volvieran a sus casas, que Estela necesitaba silencio para asimilar eso tan grande que le estaba sucediendo, y que el bochinche de las guitarras y panderetas a todas horas no le estaba ayudando en absoluto a recuperar la calma.

Entonces, cuando más confusa y desorientada estaba la Valiente, apareció Tony Cienfuegos.

Asomada al torreón por la ventana del este, lo reconoció por su cabeza rubia, prominente, y su abrigo de pelo de camello heredado de su madre. Por el pañuelo de seda, la pajarita roja, y por el tono agudo de su nueva manera de hablar, tan afectada.

Alicia lo acompañó por el camino de gravilla hasta la casa.

Hacía frío, ya era mediados de noviembre. Estela, si hubiera sido una comadreja, se habría escondido en su madriguera y jamás habría vuelto a salir del agujero.

Tony llamó a su puerta con los nudillos.

—Estela, cariño, ábreme.

—Mejor vete.

Pero nueve años de silencio habían transformado la rabia en añoranza y el rencor en algo parecido a la compasión. Así que Estela acabó abriéndole la puerta, los brazos y el corazón. Le invitó a entrar y, sin que Alicia ni los papás interrumpieran su encierro, pasaron la noche juntos, solos, enclaustrados en aquella diminuta habitación del torreón, inundada de libros y papeles.

—No creas que no me alegro por ti —le dijo Tony—. Aunque te confieso que te envidio una barbaridad. No por el Nobel, que algún día ganaré yo el Pulitzer, o el Cervantes, ya lo verás, sino por ser mujer. Eso facilita muchísimo las cosas. Ahora todos los premios los ganan las mujeres. Además, estoy convencido de que mi madre hubiera preferido tener una niña —suspiró—. Me hacía trenzas, ¿sabes?, de espiga. Me pintaba las uñitas. Y me embadurnaba con sus cremas hidratantes, antiarrugas. Luego me llenaba la cara de besos y me dejaba las marcas de su barra de labios por todas partes.

»Si hubiera nacido mujer, me habría buscado un millonario que me mantuviera. Conozco unos cuantos que me lo han propuesto, que lo sepas. Pero ninguno está dispuesto a hacerlo públicamente. Quieren que sea un secreto. Un sucio y sórdido secreto. Y así no. Ni hablar.

»De haber sido una niña, se me habrían abierto las puertas de Hollywood. Habría sustituido a Marilyn en el subconsciente colectivo, porque habría sido rubia y voluptuosa, y un poco tonta.

—Las puertas de Hollywood ya se te han abierto, que yo sepa. Los tienes a todos rendidos a tus pies.

—¿Eso piensas? ¡Qué equivocada estás, Estela! Para ellos no soy más que un bufón. Un juguete de usar y tirar. Creen que no me doy cuenta de que se ríen de mí a mis espaldas. Pero yo, guárdame el secreto, llevo un diario en el que apunto todo lo que me cuentan: infidelidades, traiciones, vicios, chantajes, fraudes... soy como una bomba de relojería, amiga, y el día que la haga estallar, temblarán los cimientos del *star system*.

—¿Es que piensas publicar ese diario?

—¿No acabo de decirte que algún día me darán el Premio Pulitzer?

—No lo hagas, Tony. Esas personas, por mucho que los detestes, son los únicos amigos que te quedan. Te invitan a sus fiestas, navegas en sus barcos, disfrutas de sus mansiones, sus diversiones, sus vidas... Confían en ti. Te cuentan sus intimidades.

—¡Soy el vertedero de sus intimidades! Se descargan del peso de sus malas conciencias vomitando sus vergüenzas sobre mí.

Mientras hablaba, Tony fumaba unos cigarrillos americanos en una boquilla larga, de porcelana blanca. Se había amanerado mucho durante los años de su silencio.

—Nunca me diste las gracias por mi regalo —le reprochó Estela.

—¿Qué regalo?

—*La casa de ladrillos rojos.*

—Eso no fue un regalo. Fue un favor que te hice yo a ti.

—Me la robaste, Tony.

—Te hice el favor de parirla. Tú jamás te habrías atrevido a publicarla. No después de haber estado en la cárcel. ¿Por qué si no llevas diez años sin escribir nada?

—Te equivocas. Escribo todos los días. A todas horas. Es como una pesadilla, Tony. Las ideas me estallan dentro de la cabeza, no me dejan vivir, ni ocuparme de otra cosa, ni distraerme con nada. Soy una escritora compulsiva.

—¿Y cómo es que no has publicado todo eso que escribes?

—Porque no quiero acabar convirtiéndome en alguien como tú. Por eso no voy a ir a Estocolmo. No dejaré que me fotografíen, ni que me acosen, ni que se aprovechen de mí. Yo sólo quiero que me dejen en paz.

—Te propongo una cosa, Estela.

—Me lo imagino.

—Te alquilo mi vientre. Yo daré a luz a tus hijos. Para mí la fama y para ti la paz. ¿Trato hecho?

CAPÍTULO 24

Ni en sus peores pesadillas hubiera imaginado Maya que acabaría atrapada en su coche con la única compañía de Alonso Ríos y sus insoportables aires de superioridad. Que si menudo calor, que si el aire acondicionado me da dolor de garganta, que si no te importa que fume, que no aceleres tanto, que frena, tuerce, gira, pasa, ten cuidado, adelanta, para...

La próxima vez —y esperaba que jamás hubiera una próxima vez— irían en tren. Cada uno en un vagón.

La cuestión era que este viaje resultaba fundamental para la investigación. Después de una larga jornada encerrados en la casa de las monjas, durante la cual había puesto en común con Ríos toda la información de la que disponía sobre Estela Valiente, ambos habían llegado a la misma conclusión: debían continuar investigando el caso de la asesina de las cartas de amor. Ese misterio era como una droga para la escritora. Su punto flaco.

En el torreón, Maya había tenido acceso al cuaderno de notas en el que Estela había rodeado con tinta roja el nombre de Tony Cienfuegos y había dibujado tres flechas que lo apuntaban directamente a él. Tony era el vértice donde confluían la asesina, las víctimas y las cartas de amor. En consecuencia, era necesario encontrar esas cartas y utilizarlas como moneda de cambio para lograr que Estela accediera a reunirse con él.

Esa misma tarde, Alonso Ríos se había puesto manos a la obra y había hecho un millón de llamadas con la pantalla rota de su teléfono móvil. Tenía contactos hasta en el infierno, el sinvergüenza.

Así, rozando la medianoche, después de haber molestado al juez titular, al procurador del caso —ambos jubilados e insomnes—, al agente judicial y al encargado del almacén donde en el noventa y tres, tras sentenciarla a cadena perpetua, se habían archivado las pruebas contra Marta Poza, había conseguido una cita para el día siguiente a primera hora de la mañana en el archivo territorial de la Comunidad de Madrid, ubicado en la calle González Dávila número 20 del barrio de Vallecas. Un viaje de placer, vaya.

Aparcaron el coche en el camino de las Hormigueras. Eran las siete y media de la mañana y los funcionarios no empezaban su jornada laboral hasta las ocho. El encargado los estaba esperando delante de la puerta pintada de verde. Ríos lo saludó con un apretón de manos y a Maya le pareció distinguir el color de los billetes que se intercambiaron disimuladamente.

Después de eso, todo fueron facilidades: el expediente estaba en su sitio y la fotocopiadora encendida. A las ocho menos cuarto, Ríos y Millas abandonaban el edificio y regresaban al coche.

—Te invito a desayunar en el Miranda —dijo Alonso, satisfecho.

—Es lo menos que puedes hacer, después de utilizarme como chófer.

—¿Te das cuenta de lo que tenemos entre manos? —prosiguió, ignorando su comentario—. El sumario completo: las pruebas, la investigación, la declaración de los testigos...

—Y la carta.

En efecto. Entre el montón de papeles incriminatorios contra Marta Poza, había aparecido una carta de alto contenido erótico firmada con sus iniciales. No habían tenido tiempo para detenerse en su lectura, pero sí para echarle un vistazo y toparse con la descripción detallada de cierta práctica sexual que prometía placeres indescriptibles para los amantes.

—¿Quieres que te la lea mientras conduces?

—Bueno.

—Pero no te vayas a excitar, que estás al volante.

Alonso sacó la fotocopia y carraspeó.

—Lo que voy a hacerte no podrás olvidarlo nunca. Lo recordarás cuando me beses y cuando me digas adiós. Y yo estaré pensando en ti. En tus dedos intro... ¿sigo?

—Sí.

—...duciéndose en mi cuerpo, de la manera como te enseñaré. Y mientras, yo comenzaré a untar tu... ¿sigo?

—¡Que sí! Oye, Ríos, ya somos mayorcitos para esto, ¿no crees?

—Ya. Pero es que cuanto más leo esta carta, más atractiva me pareces.

Maya frenó en seco.

—Vamos a dejar las cosas claras, Alonso Ríos —le advirtió—. Yo no estoy aquí por gusto, entiéndelo. Tal vez creas que no hay nadie más irresistible que tú en el mundo, pero resulta que a mí, personalmente, me pareces repugnante, asqueroso, insufrible y vomitivo. ¿Está claro?

—Clarísimo —murmuró él, devolviendo la fotocopia a su carpeta—. Recibo tu más sincera repulsa. Ya van dos.

Maya volvió a poner el coche en marcha.

—Y enciende de una vez el aire acondicionado, que hace un calor insoportable.

—Estamos acalorados, sí.

—¡Ay, cállate de una vez, Ríos, o te bajas del coche y haces el resto del camino a pie!

Al llegar al hotel de Alonso, pidieron que les subieran el desayuno a la habitación. Estaban impacientes por conocer los detalles del caso y además preferían que nadie los viera juntos en público: Pereira solía tomar el café de media mañana en la terraza del Miranda y las socias del club de las cartas pululaban por la plaza a todas horas.

Maya echó un largo vistazo al dormitorio. Limpio y ordenado. Las contraventanas estaban abiertas y a través de los visillos entraba una luz suave, agradable. Olía ligeramente a mentol y a lilas. Sobre el escritorio, Ríos había amontonado algunos libros. El ordenador ocupaba un discreto rincón en la mesa de noche, junto al teléfono.

—¿Sueles escribir en la cama?

—Suelo hacer muchas cosas en la cama.

Maya tomó asiento en la única butaca, tapizada a juego con las cortinas, en tono verde agua. Alonso volteó la silla del escritorio para enfrentarse a su interlocutora.

—Bueno —dijo—, ¿cómo vamos a proceder? ¿Leemos cada cual en silencio o prefieres en voz alta?

—Adoro el silencio, Ríos. Pásame la carpeta.

El relato policial sobre el asesinato de Juan Bautista recreaba la escena del crimen tal y como la había descrito la joven Lola: la víctima había sido hallada en la cocina de su domicilio, con un cuchillo clavado en la espalda y la cara hundida en un plato de lentejas. Entre las cenizas de la leña, en la chimenea, habían aparecido los restos calcinados de una cuartilla de papel escrita a mano. En la casa no encontraron huellas dactilares, pero sí una pestaña, que fue identificada como perteneciente a una mujer de unos cincuenta años de edad. Hubo que esperar hasta comienzos de los noventa para poder realizar pruebas de ADN sobre la pestaña en cuestión y descubrir que coincidía con el de la piel aparecida bajo las uñas de Sancho Herrera.

Maya pasó por encima los detalles de la investigación. No había testigos ni sospechosos. Fue el mugido desesperado de las vacas lo que alertó a los vecinos, que llamaron a la policía. Hasta ahí, nada nuevo.

El informe sobre Sancho Herrera describía una escena sangrienta: el cadáver había aparecido desnudo, flotando en la piscina de su chalé, y había sido tanta la hemorragia que el agua se había teñido de rojo y el cuerpo había perdido el color. La cuchillada estaba en el bazo. La causa de la muerte, en este caso, había sido el ahogamiento por sumersión. La asesina —que probablemente se encontraba dentro de la piscina en el momento del crimen— había atado las muñecas de su víctima con cinta aislante y, después de apuñalarlo, le había inmovilizado, trepándole por el cuerpo, rodeándole la cabeza con las piernas e impidiéndole salir a la superficie a respirar. Flotando en el agua habían hallado numerosos restos biológicos pertenecientes a una mujer de unos cincuenta años de edad. Había signos de violencia. Bajo las uñas del finado habían encontrado trozos de piel en descomposición.

Esta vez no se hablaba de ninguna carta, pero en el informe posterior, el de 1993, ya se identificaba a la asesina como Marta Poza y se la apodaba «la asesina de las cartas de amor» haciendo referencia a las otras dos muertes que se le atribuían. Como móvil del crimen se señalaba el robo de un maletín lleno de perlas que una cuñada de Herrera juraba haber visto con sus propios ojos y que la víctima escondía en un lugar secreto. La leñera, para más señas.

Llamaron a la puerta. Alonso Ríos se levantó, cruzó la habitación y abrió con una sonrisa galante que se le quedó helada en la cara cuando comprobó que no se trataba de la joven camarera del Miranda, sino del señor con bigote que solía atenderle últimamente.

El desayuno llegaba en el momento preciso. Tanto Alonso como Maya necesitaban un descanso y un café.

—Tenías razón en una cosa —dijo el columnista entre sorbo y sorbo—, la carta erótica fue determinante para incriminar a Marta Poza. ¡Qué tonta! Dejó su firma en la escena del crimen. La acusación demostró que estaba escrita de su puño y letra, rubricada con su nombre real y sellada con la saliva de su propia lengua.

—¿Pero dónde la encontraron? —Maya no pudo controlar su impaciencia.

—¿No has llegado al capítulo de Olmedo? Pues promete ser el más interesante. Al pobre hombre lo encontraron hecho un desastre, con los genitales embadurnados de mostaza.

—¿De mostaza?

Instintivamente, ambos clavaron la vista en el frasco de cristal que acompañaba al de la salsa de tomate, junto al plato de huevos con salchichas que había pedido Alonso.

—Claro. Tal y como decía la carta: «Yo comenzaré a untar tu...».

—¡Ah, ya! —exclamó Maya, antes de que Ríos terminara la frase—. Es que todavía no he leído la carta. La dejo para el final.

—¿Siempre dejas lo bueno para el final?

Alonso Ríos se reclinó en su silla y la miró de un modo que la hizo estremecerse.

—No empieces, Ríos.

—Lo que pasa es que me intriga esta historia de la mostaza. La verdad, nunca se me había ocurrido que algo así pudiera ser erótico. Lo encuentro irritante, más bien, ¿no crees?

—No tengo ni idea de qué cosas te irritan.

—¿Te digo algunas?

Maya, molesta, se levantó de la butaca y se dirigió al balcón.

—Necesito tomar aire. Eres insoportable.

—Eso ya me lo has dicho.

La habitación de Alonso Ríos se asomaba a la plaza y, desde aquel pequeño mirador, se contemplaba la iglesia, la fuente, el quiosco de prensa y la terraza del Miranda. Maya cerró los ojos y respiró con fuerza el aire limpio de la sierra. Cuando volvió a abrirlos, descubrió a sus pies a Pereira, parapetado detrás de un periódico, tomando café con tostadas, como era su costumbre, en una de las mesas del fondo.

Instintivamente se echó para atrás, corrió las cortinas y se giró hacia el interior de la habitación, en busca de refugio. Si el viejo periodista levantaba la vista y la sorprendía allí, sería inevitable que llegara a una desacertada conclusión: creería que el prepotente de Ríos había logrado seducirla y...

—¡¿Qué coño estás haciendo con la mostaza?!

Alonso Ríos había abierto el frasco de cristal que contenía la sustancia amarillenta y había metido dentro el dedo índice. Sin apartar los ojos del asombro de Maya, lo sacó embadurnado de mostaza y lo lamió con gusto.

—Está buena —respondió él—. ¿Quieres un poco?

Había llegado el momento de la verdad, pensó Maya, o le arreaba una patada entre las piernas y salía de la habitación dando un portazo, o le demostraba al vanidoso ese de qué material estaban hechas las mujeres modernas e independientes como ella. Bájate los pantalones, idiota, y vacíate el bote de mostaza encima, como si fuera crema Nivea, verás qué risa.

Pero Alonso Ríos no hizo nada de eso. Se acercó a Maya, le apartó el pelo de la cara, le dijo que era la mujer más bonita del mundo, que estaba loco por ella desde el día que vio su fotografía en internet, que llevaba días deseando besarla, que sentía mucho ser tan torpe, que en realidad era consciente de que así no se iba a ninguna parte, porque, lo creyera Maya o no, eso de ligar se le daba fatal.

Después le acarició la nuca, le besó la frente, la punta de la nariz, los labios. Y Maya, estupefacta, sintió un placer intenso, como de semillas picantes recorriéndole el cuerpo, mientras las manos de Alonso Ríos se enredaban en su pelo.

Era cierto. Alonso sabía hacer muchas cosas en la cama.

—¿Quieres que te lea la carta en voz alta? —propuso Maya a eso de las cuatro de la tarde, desnuda entre las sábanas.

—Siempre que después no me claves un cuchillo —respondió Alonso, antes de volver a besarla.

Capítulo 25

Iba a llamar al timbre, pero no fue necesario. En el mismo instante en que Maya alcanzaba la puerta de la casa de las hermanas, esta se abrió de par en par y por ella salió Monteiro, algo agitado. Le explicó que llegaba tarde al periódico y subió corriendo por la cuesta como alma que lleva el diablo. Maya atravesó el camino de gravilla a paso ligero, impaciente por encontrarse con Estela. Había traído consigo la carpeta en la que había metido una copia de cada uno de los documentos referentes al caso de Marta Poza exceptuando la carta, que permanecía oculta en la habitación de Alonso Ríos a la espera de ser utilizada más tarde como moneda de cambio.

—¿Por qué tienes tanto interés en reunirte con ella? Ya sabemos que *La casa de ladrillos rojos* fue escrita por Estela. De eso no hay duda. Con lo que ya has descubierto, podrías perfectamente publicar tu libro y sería un bombazo.

—Es una cuestión personal, Maya. Necesito preguntarle una cosa que sólo nos incumbe a ella y a mí. Es algo que sospecho, pero que no puedo demostrar.

—¿Y esa «cosa» no la sabe nadie más que Estela?

—Creo que no. Me temo que, a estas alturas, todos los que conocían el secreto ya están muertos.

Alicia estaba en la cocina, preparando una tila. Saludó a Maya con un abrazo tembloroso y le dijo algo así como gracias a Dios que estás aquí, no sabes el disgusto que tiene Estela, se ha encerrado en el torreón y dice que no va a salir de ahí en toda su vida.

—¿Pero qué ha pasado ahora?

Desconcertada y estremecida, Alicia le contó que mientras ella estaba recogiendo el desayuno, había aparecido Monteiro y había preguntado por Estela, que estaba arriba respondiendo cartas. Entonces —qué tendrían que decirse el chaval y mi hermana—, habían mantenido una conversación a puerta cerrada. Hablaban en voz baja. Por mucho que una apretara la oreja contra la puerta, no se escuchaban más que susurros. Al cabo de un par de minutos, Monteiro había bajado trotando por las escaleras y ella había subido al torreón, a ver qué pasaba, y ya ves, no quiere contarme nada de nada, pero está hecha una fiera.

—¿Ha avisado a Camino?

—¡Qué va! Esa duerme como un lirón. Yo creo que toma pastillas o algo. ¿Le quieres subir tú la tila a Estela, a ver si a ti te abre la puerta?

Maya tomó una bocanada de aire antes de golpear con los nudillos la entrada de la gruta. Una voz de ultratumba la mandó a paseo.

—Estela, soy Maya. Le traigo una tila y una sorpresa: he conseguido acceder al sumario de Marta Poza y traigo fotocopiados todos los papeles del juicio. Le aseguro que esto es muy sabroso. ¡Ya podemos reconstruir paso a paso todo lo que ocurrió!

El dragón se movió pesadamente por la habitación. Con la cola verde, cubierta de escamas, iba derribando objetos a su paso y le salía fuego por los orificios nasales. Con los ojos inyectados en sangre y el pelo revuelto, parecía la Hidra de Lerna, la mitológica Medusa o la buena de Medea en plena catarsis, cuando se avino a abrir la puerta y clavó la mirada en el susto de Maya.

Se apartó para que la chica pudiera entrar en el cuarto. Después cerró la puerta de golpe, le arrebató la carpeta, se inclinó sobre el escritorio y comenzó a leer en silencio, ignorando la presencia de la mujer petrificada a sus espaldas. Maya contuvo la respiración mientras Estela pasaba las páginas, marcando frases aquí y allá, asintiendo con la cabeza, gruñendo a veces, apuntando fechas y nombres en su cuaderno de notas.

Durante más de media hora permaneció concentrada, sin levantar la vista de los papeles. Maya, sentada en el sofá, con la espalda apoyada en la librería, se bebió la tila cuando notó que empezaba a enfriarse.

Era cierto. El relato más cruento del informe policial era el que describía la escena del crimen de Darío Olmedo. El cuerpo había aparecido en la cama de su domicilio, flotando en un charco de sangre y mostaza. Tenía los genitales en carne viva —el escozor debía de haber sido insoportable— y los ojos fuera de sus cuencas. Sobre la espalda se habían contado más de diez puñaladas propinadas con saña, con el cuchillo de pelar verduras de su propia cocina. Por el estado del cuerpo y algunos signos de violencia característicos de ciertas prácticas homosexuales, en un primer momento se pensó que se trataba de un crimen pasional cometido por algún salvaje con gustos sadomasoquistas, pero más tarde se identificaron las huellas dactilares y otros restos orgánicos encontrados en la habitación con los de una mujer, de unos cincuenta años, cuya descripción encajaba con la de la autora de los crímenes de Juan Bautista y Sancho Herrera.

A partir de ese momento se comenzó a hablar de una peligrosa asesina en serie, que cometía espantosos crímenes en la sierra de Madrid, y se informó a la población para que extremara las precauciones.

Entonces los vecinos instauraron una especie de toque de queda, los niños jamás salían solos de casa y se sospechaba de cualquier alma solitaria que vagabundeara por las calles, las granjas o los montes. La comisaría de policía recibió cientos de avisos. Se movilizaron las asociaciones civiles, se cerraron a cal y canto puertas y ventanas y se originó una protesta ciudadana para denunciar la falta de diligencia de las autoridades que durante meses, y después años, fueron incapaces de hallar la identidad de la asesina de las cartas de amor; mucho menos de atraparla, juzgarla, condenarla o meterla entre rejas.

El informe policial constaba de una descripción minuciosa de la escena del crimen, con fotografías polaroid, y de una detallada clasificación de todas las pistas. Estela se detuvo en cada una de ellas: el vaso ensangrentado, la fusta, las esposas, la barra metálica...

Maya se fijó en que la escritora, muy concentrada en su tarea, iba elaborando un listado en su cuaderno. Finalmente, exhaló un suspiro largo y profundo y cayó en una especie de trance, con la mirada perdida en el horizonte azul que se veía desde las ventanas.

—Tenía un ejemplar de *Entre barrotes* en la mesita de noche —murmuró de pronto, en un susurro.

—Sí. Ahí fue donde encontraron la carta —señaló Maya—. Estaba escondida entre las páginas.

—¿La conservó la policía? —Estela permaneció inmóvil, con la vista clavada en el cielo—. Me refiero a la carta. ¿La has leído?

—Sí. —Maya tomó aire—. Es una carta extraña. Erótica, sí, explícita, pero muy coherente y bien escrita. Es un relato que describe, con todo cúmulo de detalles, una relación sexual que resulta perversa y excitante a partes iguales. Hay deseo, dolor, placer y... mostaza. Sinceramente, Estela, Marta Poza tenía grandes dotes de escritora. Podría haberse ganado la vida publicando novelas pornográficas en lugar de asesinando gente.

—¿Mostaza? —exclamó Estela de repente—. ¡Enséñamela!

—No puedo —replicó Maya—. La tiene Alonso Ríos. Dice que está dispuesto a entregársela, pero sólo si accede a reunirse con él.

—No me hace falta leer esa carta —replicó Estela, girándose de repente y clavando la mirada en el susto de Maya—. La escribí yo misma.

Acto seguido se puso en pie, abrió la puerta y le pidió a la chica que saliera por donde había entrado, que la dejara sola y no volviera a molestarla jamás.

—Estoy furiosa, triste y decepcionada —le dijo—. Me has mentido, has traicionado mi confianza y has querido aprovecharte de la amabilidad de mi hermana para obtener material para tu libro. ¿Que cómo lo sé? Gracias a Monteiro. Le pedí que entrara en tu casa y echara un vistazo a lo que estás escribiendo. Una biografía, me acaba de decir. «Una biografía sobre usted, su hermana Alicia, las amigas con las que juegan a las cartas, y también sobre Tony Cienfuegos». «¿No está trabajando en un reportaje sobre Marta Poza?», le he preguntado yo. «No —me ha respondido él—, se trata de un libro sobre usted, Estela». «Me lo temía, Paco», le he dicho.

—¿Se lo temía?

—Desde el día en que llegaste y te instalaste en esa horrible casa de las monjas. Por eso contraté a Monteiro, para que te vigilara.

Maya sintió que el corazón se le encogía en el pecho. Trató de encontrar las palabras mágicas con las que explicar a Estela que nada es tan sencillo como parece, que jamás fue su intención hacerle daño, pero no las encontró, ni en su cabeza, ni en ninguna parte.

—Vete, Maya. Y no vuelvas nunca.

—Alonso Ríos dice que puede probar que *La casa de ladrillos rojos* la escribió usted. Y yo sospecho que también escribió *Entre barrotes.*

—¡Camino! —Estela, sujetando la manilla de la puerta, comenzó a llamar a su editora a gritos.

—¿Qué pasa? —retumbó la voz de Alicia desde la cocina.

—¡Alicia, dile a Camino que venga corriendo y se lleve de aquí a esta embustera, que no quiero verla más!

Maya se incorporó lentamente y avanzó cabizbaja hacia la puerta.

—No hace falta que llame a Camino —dijo al pasar junto a Estela—, conozco la salida.

Adiós admirada, adiós querida, adiós apasionante y misteriosa dama de las letras. Adiós para siempre, Estela Valiente.

Descendió por la espaciosa escalera de madera, médula espinal de la casa de las hermanas, y al llegar al final abrazó a Alicia, que se tambaleó del susto. ¿Qué pasa, Maya? ¿Pero qué pasa? Camino se asomó a la barandilla, recién levantada, el pelo revuelto y el camisón arrugado. «Déjala ir», le dijo antes de desaparecer de nuevo en la oscuridad de la primera planta. Sus pasos, ligeros, dirigiéndose al habitáculo del torreón, fue lo último que escuchó Maya antes de precipitarse al jardín y hacer añicos, en su huida, el cordón de cristal que durante unos días la había mantenido unida a la gran Estela Valiente.

Camino alcanzó la torre en el justo momento en el que su amiga trastabillaba, caía al suelo y se golpeaba la cabeza con la esquina del escritorio. Una gota de sangre rodó por su cara, hasta alcanzar la comisura de la boca, dibujando un cauce siniestro que parecía una sonrisa triste.

—¡Ay, Camino! —le dijo con un hilo de voz—. Tenías razón. Creo que esta historia está llegando a su fin.

—¿Alguna vez le confesó Tony Cienfuegos haber sido el autor del asesinato del secretario Álvarez?

—Me dijo que lo había apuñalado con el cuchillo de las verduras, sí. Pero no le creí. Esa y otras patrañas similares que aparecen en la autobiografía a la que se refiere son fruto de la confusión mental de Tony Cienfuegos en los últimos años de su vida, pero no se corresponden con la realidad.

—¿Otra vez, Estela? Ya me ha respondido tres veces con esa misma frase.

—Edite la entrevista, hombre. Para eso están los periodistas, ¿no?

CAPÍTULO 26

«Camino, guapa —le había pedido Estela—, tráeme un vodka con hielo y vístete que nos vamos de visita». Alicia se quedó en casa, con ganas de acompañarlas, pero tenía la salsa de tomate a medias y era una pena que se echara a perder. Además, las chicas del club de las cartas estaban a punto de llegar y tampoco era cosa de bajar la guardia ahora, no fuera a invadirles Alonso Ríos después de tantos días de resistencia. Estaba muy intrigada por lo que acababa de ocurrir entre su hermana y Maya. La chica se había marchado casi sin despedirse, pálida y vacilante, como si hubiera visto un fantasma. Habría salido corriendo detrás de ella, si no fuera porque la salsa de tomate, ya se sabe.

Además, nada más irse Maya, había entrado Camino en la cocina, con la manga del camisón manchado de sangre. Había dicho: «¡Un vodka, rápido!», y la había tranquilizado de inmediato, asegurándole que Estela estaba bien, que sólo se había golpeado ligeramente la frente con el canto de la mesa.

Poco después había bajado su hermana, vestida como la reina de Inglaterra para una de sus recepciones en el jardín de Buckingham, y le había parecido que caminaba más resuelta que nunca, como si acabara de quitarse un gran peso de encima. Habían fumado juntas mientras esperaban a Camino, un par de cigarrillos viejos que encontraron en un cajón, y Estela le había insinuado que muy pronto les daría, a ella y a las chicas de las cartas, una sorpresa de las de órdago.

Entonces había irrumpido Camino, con su falda de flores y su sombrero de paja, preguntando por las llaves del coche; se había tomado un café frío, de pie, y había vuelto a salir, bamboleándose, con Estela del brazo, camino del garaje. No podría jurarlo, pero a Alicia le había dado la impresión de que esas dos estaban borrachas: tenían la risa floja y la lengua suelta, y al salir por el portón habían arañado el coche con una rama del roble y ni siquiera se habían bajado a comprobar los daños.

—¿Has avisado a Paco? —le pareció que iban diciendo mientras desaparecían por lo alto de la cuesta.

Anita Romero, la abuela de Monteiro, les abrió en paños menores: una faja de corsetería y calcetines ejecutivos. Camino y Estela se abrieron paso hasta la sala, donde los pájaros reclamaban su alimento, piando como locos.

—¿Cómo se encuentra esta mañana, Anita? —la saludó Estela, forzando un poco la voz, para hacerse oír por encima del jaleo. Olía a sábanas sucias y tabaco rancio. Camino abrió de par en par la ventana que daba a la iglesia y se asomó a la calle empinada por la que ya bajaba Paco Monteiro, corriendo a toda prisa.

—Tirando, maja —respondió la anciana—. No oigo, no veo, y el azúcar por las nubes.

En esta ocasión la televisión estaba apagada, pero del interior de la casa brotaba una música atronadora procedente de un aparato de radio que retumbaba por todas partes. Anita Romero se estiraba los calcetines, tratando de cubrir sus rodillas huesudas. Tenía algunos rulos de velcro enredados en el pelo y pinzas entre los rizos.

Paco Monteiro abrió con su propia llave. En el salón, los jilgueros revoloteaban dentro de su jaula, Camino y Estela parecían las protagonistas de una novela victoriana y su abuela, semidesnuda, parloteaba en el sofá.

—Ya estoy aquí, perdonen la tardanza —se excusó.

—Gracias por responder al teléfono y venir tan deprisa, Paco —replicó Estela—. No sabes lo importantes que son para mí esas cartas. Créeme que jamás te pediría un favor como este, si no fuera porque realmente significan muchísimo.

Monteiro se agachó para aproximarse a la oreja de Anita Romero, le apartó un mechón rebelde de la cara y exclamó:

—¡Abuela! ¿Se puede saber dónde guardas las cartas de Marta Poza?

—Pues donde siempre, hijo, en la caja de la costura. ¿Las queréis ver?

—Sí, por favor —suplicó Estela—. Necesito comprobar una cosa.

Anita Romero, su faja y sus calcetines de licra salieron melodramáticamente del salón. Mientras tanto, de fondo, Carlos Gardel interpretaba un tango argentino a un volumen demencial.

Cuando regresó, se había puesto un vestido negro y se había arreglado el pelo. En las manos traía un bote de latón, de los antiguos de Cola-Cao, y en la cara una sonrisa nostálgica.

Tomó asiento en una butaca desvencijada, suspiró y golpeó la tapa del bote hasta que logró abrirla. Entonces volcó su contenido encima de la mesa: hilos, tijeras, dedales, botones, alfileres, caramelos, llaves, monedas y papeles se derramaron en su regazo como el contenido de una piñata extravagante. De entre la maraña de objetos, la mujer señaló un pequeño fajo de cuartillas arrancadas de una libreta pequeña.

—¡Ea! —exclamó triunfante—, aquí tenéis las cartas. Os advierto que son una guarrería —añadió—. ¡Menuda pájara!

Estela desdobló el papel que la otra le tendía y, en cuanto echó un vistazo a la caligrafía de Marta Poza, colegiala de primaria que mezclaba sin sentido mayúsculas y minúsculas, letras torcidas, frases inconexas y torpemente ensambladas, supo que sus sospechas eran fundadas; que la asesina de las cartas de amor no era la autora de las misivas, sino únicamente su copista, y sintió un torbellino en el estómago y un desgarro de culpa.

—Lo que me imaginaba, Camino —confirmó—. La Marta Poza que yo conocí no podía haber escrito nada coherente. Era casi analfabeta. —Echó la cabeza hacia atrás, en un gesto de profundo disgusto—. Por mucho que me resistí a que Tony me contara lo que le había hecho aquella noche, al final, tuve que oírselo narrar con todos sus sórdidos detalles. Le embadurnó el cuerpo de mostaza y le pasó la lengua por cada uno de los pliegues de la piel, ¿sabes?

—¿Y a él le gustó?

—¡Tony tenía quince años, por Dios santo! Todavía no tenía ni idea de lo que le gustaba o le dejaba de gustar. Pero jamás olvidó aquella experiencia, no. El recuerdo era recurrente; volvía una y otra vez a su cabeza, como un columpio. De algún modo le excitaba rememorar su primera noche de sexo.

—Entonces, ¿crees que el autor de las cartas fue Tony?

—No es que lo crea, Camino, lo sé a ciencia cierta, porque las escribimos juntos, como si fuera un juego. Una sucia costumbre que teníamos de niños.

—¿Escribíais guarrerías?

—Sí, y las quemábamos después en una hoguera que encendíamos en un rincón del jardín.

De repente, la casa de Anita Romero, con todos sus muebles, su televisor pasado de moda y la jaula de los jilgueros, comenzó a dar vueltas muy deprisa alrededor de la cabeza de Estela, y del torbellino que resultó, surgió el ático del Retiro, igual que lo recordaba en la época de la universidad, con el sofá de terciopelo rojo y las paranoias de Tony revoloteando como plumas entre los cojines.

Ella entraba en casa cargando con los libros de texto y él la recibía medio borracho, todavía en pijama y sin duchar. Le abría los brazos para que se sentara a su lado y le leía los relatos que había escrito en la soledad de la mañana, le pedía consejo, los reescribían y los editaban juntos, hasta que encontraban su forma definitiva y entonces los metían en un sobre y los enviaban a las revistas literarias, con la esperanza de recibir una buena noticia: la promesa de su publicación o la felicitación de un crítico famoso.

—Voy a mandarle una carta al secretario Álvarez —le confesó uno de esos días Tony Cienfuegos con voz de lunático—. ¿Quieres que te la lea?

—Adelante.

El chico recitó de memoria los párrafos que describían, paso a paso, lo que sucedió esa noche del final de su niñez, en un motel de carretera, excitado y confundido por la lascivia feroz de Marta Poza.

Estela se sentó a su lado y lo acarició hasta que se quedó dormido. Entonces tomó pluma y papel y redactó, esta vez con la coherencia que a Cienfuegos le faltaba, la versión definitiva de la carta con la que su amigo pretendía perturbar la paz y la cordura del asesino de su madre.

—Gracias, Anita. Gracias, Paco —dijo Estela, y por toda despedida posó su mano, por turnos, en el hombro de la abuela primero y del nieto después, antes de marcharse de allí seguida por Camino.

Estela puso el motor del coche en marcha, pero después de pensarlo un poco volvió a girar la llave y se desinfló. Soltó de golpe todo el aire de sus pulmones. Se echó para atrás.

—Todo encaja, maldita sea.

—¿Me lo cuentas? —pidió Camino.

CAPÍTULO 27

—¿Qué está haciendo aquí esta loca?

Estela había tenido un mal día en la universidad. Una compañera de clase la estaba esperando al final del pasillo para proponerle que participara en la fundación de un periódico clandestino que pensaba distribuir secretamente entre las alumnas. Se trataba de un pasquín revolucionario, político y sobre todo feminista, en el que se denunciaría el trato vejatorio y machista que recibían las mujeres en la universidad. La chica se llamaba Camino Aribau. Era una fumadora empedernida, algo desgreñada, que se sentaba al fondo de la clase, rodeada siempre de un grupo de alumnas tan conflictivas como ella. Solían interrumpir a los profesores en medio de sus exposiciones, para protestar por todo lo que consideraban discriminatorio o abusivo. «Enseñar no es adoctrinar», decían. «Menos propaganda y más libertad», proclamaban. Y los catedráticos las expulsaban de clase sin miramientos.

Habían formado un grupo de presión, encabezado por la activista Aribau, que se reunía a diario en el aparcamiento de la facultad, debajo de un sauce llorón. Acudían a manifestaciones, repartían propaganda y habían bautizado el viernes como «el día sin sostén», para deleite de sus compañeros de curso.

Estela Valiente, nieta de Dámaso Valiente, ilustre prohombre de la villa de Los Rosales, ingeniero de caminos e impulsor de numerosas obras públicas, no tenía la menor intención de mezclarse con esas escandalosas feministas. Su rutina consistía en asistir a clase por la mañana, estudiar en la biblioteca por la tarde y cuidar de su amigo Tony, que acababa de perder a su madre en sórdidas circunstancias. No tenía tiempo, ni ganas, ni necesidad de andar complicándose la vida con cuestiones como esas que me cuentas, ¿cómo me has dicho que te llamabas, Camino, no? Y prefería que la dejaran en paz, si no era mucho pedir, porque, además, ella no compartía sus ideas. No creía que existiera un trato desigual para las alumnas; en la facultad sólo había recibido muestras de respeto por parte tanto de profesores como de alumnos.

—Eso es porque eres fea —le había soltado Camino Aribau.

—Y tú un marimacho —le había respondido Estela, antes de salir corriendo, indignada, de vuelta a casa.

Deseaba refugiarse en el abrazo de Tony, que estaría echándola de menos en el sofá rojo, y en su lugar se encontró con la desagradable sorpresa de Marta Poza despatarrada sobre la alfombra.

—¿Qué está haciendo aquí esta loca?

Habían pasado quince años desde aquella primera y única vez que se había enfrentado a los ojos grandes y las piernas flacas de Marta Poza, pero jamás había podido olvidarla. No desde que Tony le contó la sucia historia esa de la mostaza embadurnando sus vergüenzas. Aquella cara de viciosa se le había quedado grabada en la memoria y ahora volvía a la vida, en forma de animal salvaje que gatea por la alfombra profiriendo maullidos.

—Hemos tomado anfetaminas —balbuceó Tony con la mirada perdida—. ¿Quieres probar?

Por supuesto que no. Estela abandonó a Marta Poza en lo alto de la escalera y después pasó la noche sujetando la cabeza de Tony mientras él vomitaba.

—No quiero volver a verla, ¿me oyes?

—Yo tampoco, te lo juro.

Y Tony cumplió su palabra. Aquella fue la última vez que Estela se cruzó con Marta, pero no con sus efectos secundarios. A partir de aquel día, las drogas se convirtieron en una amenaza constante, en el veneno que poco a poco fue intoxicando su amistad con Tony y terminó por separarlos definitivamente, cuando ya no había vuelta atrás.

¿Siguieron viéndose Marta y Tony a espaldas de Estela? ¿Era ella quien le administraba al enfermo primero las aminas, después los barbitúricos y, por último, la cocaína?

La noche en la que Tony le leyó la carta que pensaba enviarle al secretario Álvarez, en su sangre bullía un cóctel de medicamentos mezclados con alcohol. Estela lo acarició como a un gatito callejero, hasta que mansamente se fue quedando dormido en su regazo.

—¿Por qué no te casas conmigo y practicamos el amor libre, como Sartre y Simone de Beauvoir? —le propuso Tony con los párpados cerrados.

«Todo encaja», había comprendido Estela aquella mañana, tras despedirse de Anita Romero, cincuenta y tres años después de tropezarse con Marta Poza en el ático del Retiro.

Camino, que, a fuerza de compartir silencios con Estela, sabía cuándo era mejor no decir nada, escuchó el relato sobrecogida, pero callada, copiloto prudente del viejo Lancia de las Valiente, mientras daba caladas largas a sus Gitanes.

El «accidente doméstico» que acabó con la vida del secretario Álvarez en el otoño del sesenta y tres no ocurrió en su domicilio de la calle Serrano de Madrid, como sostenía la compungida viuda, sino en la habitación alquilada de un piso del centro donde el depravado se citaba con mujeres ávidas de emociones fuertes. Lo encontraron con un cuchillo de cocina hundido en la espalda, los ojos vendados y las muñecas esposadas, pero dijeron que había fallecido en el cuarto de baño de su respetable hogar, un golpe fatal con la esquina del lavabo.

En su autobiografía, Tony Cienfuegos alimentaba la hipótesis del crimen pasional. «El amante de mi madre —decía— era violento y cruel. Se excitaba maltratando a las mujeres con las que mantenía relaciones carnales, y un día se encontró con la horma de su zapato. Una de esas mujeres acabó con su vida clavándole el cuchillo de las verduras en la espalda. ¿Se lo merecía? —se preguntaba Cienfuegos retóricamente—. Yo mismo le habría asestado aquella puñalada, créame».

—Entonces, Estela, ¿qué me dice, fue Tony Cienfuegos el autor material del asesinato del secretario Álvarez, como insinuaba en su autobiografía, o no lo fue?

—No. No lo fue. Yo he pasado muchos años creyendo equivocadamente que sí, porque él mismo lo daba a entender. Pero ahora le puedo asegurar que la asesina de Álvarez fue Marta Poza, una vieja conocida de Tony, que logró despertar la libido del secretario gracias a una carta erótica en la que le prometía todos los placeres del infierno.

—¿Quién escribió esa carta?

—La redactamos juntos Tony y yo. Inventar guarrerías y luego quemarlas era un viejo juego al que nos aficionamos de niños. Creo que Tony convenció a Marta para que sedujera al secretario y para que lo asesinara después.

—¿A cambio de qué?

—Pues de drogas, de dinero para comprarlas... ¿de qué iba a ser?

Volvió a hacerse el silencio en el interior del Lancia. Estela se había perdido en sus recuerdos y Camino, serenamente, veía caer las piezas del rompecabezas y colocarse en perfecto orden.

En medio de su narración, Estela se detuvo a tomar aire. Dame una calada, Camino, enciende otro, anda. La carta era siempre la misma. Copiada una y otra vez por la mano impasible de la asesina. «Querido Darío / Querido Juan / Querido Sancho: lo que voy a hacerte no podrás olvidarlo nunca».

—Así que la primera víctima de Marta Poza fue el secretario Álvarez —comprendió por fin Estela, envuelta en una densa nube de humo—. Se salió con la suya. Se fue de rositas. Supongo que eso la animó a seguir matando. Quién sabe —suspiró—, probablemente hubo muchos más asesinatos entre aquel primero y el de Juan Bautista. Piensa que entre uno y otro pasaron más de veinte años. —Inspiró con fuerza. Se mareó un poco—. Lo que me pregunto, Camino, es si la relación de las tres víctimas de Los Rosales con Tony fue casual o no. Creo que ahí estuvo su error: en asesinar a tres vecinos del mismo pueblo en un lapso tan corto de tiempo. Eso convenció a la policía de que se trataba de un caso de asesinato múltiple. En cuanto estuvo disponible la prueba del ADN, atraparon a Marta Poza.

—¿Crees que Tony estaba al tanto de las actividades de Marta?

—Creo, más bien, que ella rendía tributo al hombre que la inició en este mundo. No sé. —Estela se llevó las manos a la cabeza, se vino abajo—. La carta erótica apareció entre las páginas de *Entre barrotes* —murmuró—. Como si uno y otra fueran la misma cosa.

—¿Tengo que recordarte, amiga, lo que hizo Tony con tu novela? ¿Cómo la transformó en una historia sórdida y escandalosa?

—Ese era su don, Camino, convertir en mierda todo lo que tocaba.

Desde el lugar donde habían aparcado el Lancia se veía la puerta de la casa de Anita Romero. Pasados unos minutos, Monteiro salió a la calle y comenzó a subir trabajosamente por la cuesta.

—¡Paco! —lo llamó Estela desde el coche dando un grito—. ¿Vas al periódico?

El chico subió al vehículo dócilmente, se acomodó en el asiento trasero y de nuevo pidió disculpas por el comportamiento errático de su abuela.

—¿Estará Pereira en el despacho? —le preguntó Estela.

—Supongo —respondió Monteiro—. A estas horas suele regresar del Miranda. Desayuna allí todos los días, ¿sabe?

Con un rasponazo en el retrovisor y el motor renqueando como un veterano de guerra en un desfile militar, el automóvil, con sus tres ocupantes a bordo, se internó en la muy respetable villa de Los Rosales, camino del edificio donde se ubicaba la delegación del periódico local.

«Tengo una historia que contarle, amigo Pereira —iba murmurando Estela—. Una vieja historia que si ha de salir a la luz, es mejor que sea a mi manera».

Capítulo 28

Alonso Ríos estaba asomado al balconcito de su habitación del Miranda, esperando ansioso la llegada de Maya con buenas noticias. Esta vez el anzuelo era irresistible. Estela Valiente accedería por fin a reunirse con él y confirmaría las sospechas que lo obsesionaban desde el día en que encontró el viejo cuaderno dentro de una caja procedente del desván de su hermana. Si lograba arrancarle la verdad a Estela, podría terminar, de una vez, el libro que tanto tiempo y tantos desvelos le estaba ocasionando. Lo publicaría coincidiendo con el cincuenta aniversario de *De puertas adentro*, una carambola del destino muy afortunada, y probablemente recibiría algún premio importante, dado el interés que despertaba la figura de Estela Valiente entre la intelectualidad. Organizaría la presentación de su libro en el hotel Ritz, rememorando el día en que Tony Cienfuegos, amparado por la ingenuidad de su editorial americana, se apropió de *La casa de ladrillos rojos* y convenció a media humanidad de que aquella novela magistral la había escrito él durante un periodo de creatividad compulsiva, encerrado a cal y canto en su ático del Retiro. Pensaba invitar a Estela, claro que sí. Soñaba incluso con poder entrevistarla en directo, durante el acto de lanzamiento, y escribir juntos una página sorprendente de la historia literaria española. Maya Millas, la joven y atractiva reportera de *L'Idéaliste*, participaría también en la velada. Le pediría que llevara un vestido sugerente, de esos que incitan a las fantasías más golosas, con un escote vertiginoso, y una abertura lateral por la que asomarían sus piernas largas y sus zapatos de tacón de aguja. Ella sería la encargada de moderar la charla. Incluiría su nombre en los agradecimientos del libro, o incluso en la dedicatoria: «Para Maya Millas, con cariño y gratitud».

Por fin, al final del camino, vio aparecer la figura de Maya entre las sombras. Se echó para atrás. A pocos metros de su balcón estaba Pereira tomando un café con churros. Hacía un momento, el ilustre cronista de Los Rosales lo había saludado desde abajo, educadamente, agitando la mano derecha hasta casi interrumpir la actividad del riego sanguíneo. «Ah, buenos días, Pereira», le había respondido él haciendo un leve movimiento de la cabeza.

No era conveniente que el viejo zorro atase cabos; la gente de provincias tiene buen olfato para los chismorreos. Cerró las contraventanas de su habitación y esperó refugiado dentro la llegada de Maya con buenas noticias.

Ella utilizó la llave que él mismo le había entregado por la mañana, al terminar el maratón de amor: las veinticuatro horas más agotadoras y placenteras de su vida, quién lo iba a decir, disfrutando del cuerpo de Maya, de sus habilidades sorprendentes, de su conversación alegre, de su picardía... hasta se habían atrevido con el truco de la mostaza, qué tontería, y habían ensuciado las sábanas, las almohadas y el edredón. Por cosas como estas, Ríos aborrecía las colchas de tapicería que siguen existiendo en algunos hoteles. Le daban un asco que...

Luego se habían duchado juntos, él se había ofrecido a enjabonarle el cuerpo a Maya y ella se lo había permitido. Le había dicho que nunca se había sentido tan limpia. Que había descubierto pliegues en su piel que desconocía hasta entonces.

Maya abrió la puerta y lo miró con la cabeza ladeada. Eran casi las once y Alonso seguía en albornoz. Sostenía una copa de champán en cada mano; se acercaba a ella, seguro de su éxito, dispuesto a celebrar la buena marcha de su plan.

—Me ha mandado a la mierda —dijo Maya, desinflándose.

Cerró la puerta a sus espaldas, se sentó en el borde de la cama y le contó, entre suspiros, que Monteiro, el muy cabrón, había entrado en su casa y había descubierto sus intenciones. Que Estela se había puesto hecha una fiera; que no quería volver a verla.

—¿Y qué hay de la carta?

—Dice que no le hace falta leer la puta carta. Que la escribió ella misma.

Alonso Ríos se bebió el champán de un trago y se dejó caer en la butaca.

—¡Necesito hablar con Estela Valiente! ¿Me oyes? —bramó—. Y voy a lograrlo sea como sea, aunque tenga que entrar en su casa a la fuerza.

—Tiene un ejército de jubiladas vigilando el perímetro —replicó Maya, desanimada—. En cuanto aparezcas por allí llamarán a la policía. ¿Quieres acabar en la página de sucesos del diario local?

La conspiración llegó entonces a un punto muerto. Ninguno de los dos era capaz de anticipar lo que vendría después. Se hizo el silencio, llamaron a la puerta. ¿Servicio de habitaciones? ¡Vuelva más tarde, caray!, se oía el tictac de un reloj, las campanas de la iglesia dieron las once.

—Se me ocurre... —dijo Maya.

Alonso, igual que un perro de caza, levantó las cejas y esperó atentamente durante un minuto que se hizo muy largo.

—¿Qué? —la apremió—. ¿Qué se te ocurre?

—Estoy pensando en el muro que separa la casa de las monjas de la casa de las hermanas. No es muy alto, ¿sabes? Podríamos saltar al otro lado, utilizando una escalera y una buena cuerda. Por la noche se quedan solas Estela, Alicia y Camino. No hay perro, ni vigilante nocturno. La cristalera, la que da al mirador, tiene una ventana pequeña cerca de la manilla de la puerta, que podríamos romper fácilmente. Entraríamos por allí. Yo conozco bien el interior de la casa: la escalera, el corredor y el camino hasta la habitación de Estela. Camino duerme como un lirón. Por lo visto, toma pastillas. Alicia no pega ojo en toda la noche, pero su dormitorio está al otro lado del pasillo. En cuanto a Estela... —Maya perdió el ritmo, se vino abajo—. Estela, lo más probable es que haya bebido. Mucho.

Alonso Ríos se frotó las manos.

—Le daremos un susto de muerte —dijo—. Espero que no grite. —Después se sirvió otra copa de champán y se acercó seductoramente a Maya—. Nos quedan unas cuantas horas hasta que se haga de noche —calculó—. ¿Qué quieres que hagamos hasta entonces?

Lo de la escalera no revestía el menor problema. Monteiro había llevado al jardín una de pintor, para poder podar la copa de los arbustos que trepaban por el muro.

La cuerda la compró Maya en la ferretería de la calle larga. La anudaron juntos y se sintieron como dos ladrones de guante blanco.

Horas más tarde, amparados por la oscuridad de la noche sin luna, bajaron en silencio por la cuesta y entraron en la casa de las monjas, que los recibió fría y desangelada. Desde el ventanuco de la buhardilla comprobaron que ya no quedaba ninguna luz encendida en la casa de las hermanas y entonces, animados por una enorme excitación, llevaron adelante su plan.

Apoyaron la escalera en el muro por la parte del final del jardín, la más distante de la casa, y dejaron caer la cuerda al otro lado. Primero Alonso, después Maya, se descolgaron por ella y aterrizaron en un macizo de lilas en flor. Subieron sin hacer ruido por el camino que atravesaba el jardín y dejaron atrás primero la piscina en la que Estela y Alicia solían nadar con sus gorritos de goma, después el frontón en el que se desahogaba Camino a raquetazos y por último la pradera verde presidida por el roble, bajo cuyas ramas había visto la luz el famoso libro *De puertas adentro*, valedor del Premio Nobel de literatura.

Alonso se detenía cada pocos metros a tomar aire y también a imaginar cómo sería la vida cotidiana de las hermanas Valiente en aquel refugio. Así, con los ojos de la fantasía, vio a Alicia cortando flores para colocarlas en un jarrón a la entrada de su casa, a las socias del club de las cartas jugando al póker en el mirador, a Tony Cienfuegos colgado como un mono, cabeza abajo, de una rama del roble y a Estela Valiente escribiendo a la sombra, en su anticuada máquina Olivetti.

La silueta del edificio se le vino encima como un fantasma conocido. Tenía ante sí el viejo caserón decimonónico, con su torreón y sus ventanales, su mirador, su terraza y su cubierta a dos aguas, de brillantes tejas verdes. En el jardín olía a campo en primavera, a lilas y a rosas, y a brotes jóvenes, a tierra húmeda.

Maya le indicó, con un gesto de la mano, dónde se encontraba la pequeña ventana junto a la puerta acristalada del mirador. Alonso se envolvió el puño en un paño muy grueso y, de un golpe seco, hizo añicos el vidrio. Contuvieron la respiración, esperaron un poco por si el ruido de cristales había alertado a alguna de las tres mujeres que dormían plácidamente en el interior de la casa y, al no encontrar respuesta alguna, siguieron adelante con su plan. Abrieron la puerta, se colaron dentro y encendieron la linterna que habían traído consigo.

Alonso, extasiado, dirigió el haz de luz hacia las paredes cubiertas de libros, los muebles vetustos, los montoncitos de volúmenes desperdigados por todas partes. Se entretuvo acariciando los lomos de aquellos miles de tomos que abarrotaban la casa, mientras Maya, impaciente, le insistía para que siguiera avanzando.

Del corazón de las tinieblas partía la escalera de la que tanto le había hablado Maya. La cicatriz que horadaba la casa, como el cauce de un río seco, y por ella subieron, peldaño a peldaño, hasta el primer piso.

Frente a ellos apareció la puerta del dormitorio de Estela, cerrada a cal y canto, como era su costumbre.

Esta vez fue Maya la encargada de hacer girar el pomo de la puerta y de empujarla suavemente hasta que estuvo lo suficientemente abierta como para pasar dentro. Notaba las manos de Alonso guiando sus caderas, acercándose los dos poco a poco a la cama donde la escritora dormía el sueño del justo, el del que no teme despertar para enfrentarse al día.

—No está —susurró Maya, que sostenía en ese momento la linterna—. Mira, Alonso, la cama está vacía.

—La colcha está puesta. Como si no pensara dormir aquí esta noche —señaló él.

—Sígueme —le indicó Maya, haciéndole un gesto con la mano.

Avanzaron a tientas guiándose por la baranda, hasta el rellano de la escalera del torreón.

—Probablemente esté escribiendo arriba —aventuró en voz baja.

Subieron despacio, apoyándose el uno en el otro. El silencio era absoluto.

Una vez ante la puerta, Alonso giró el manubrio y entró con decisión.

—Nada.

—Enciende la luz.

Echaron un vistazo a su alrededor.

—Se han llevado los libros —observó Maya—. ¡Esto es una locura! Te juro que esta repisa de aquí estaba repleta de cuadernos y ahí, en ese rincón, había un montón de álbumes de recortes. ¿Dónde está la máquina de escribir? ¿Dónde sus cartas, sus plumas y tinteros?

El torreón parecía más pequeño que antes, vacío de todo lo que hasta entonces lo hacía latir. Sólo quedaban el pequeño escritorio a un lado y la silla de madera, abandonados a su suerte sobre la alfombra polvorienta. Las estanterías estaban desiertas, las cuatro ventanas cerradas y los vientos apaciguados. Daba pena, porque parecía que alguien le había arrancado el corazón a la casa de las hermanas.

CAPÍTULO 29

Pereira tenía la respuesta. Ni siquiera pareció sorprenderse cuando Alonso Ríos y Maya Millas irrumpieron sin previo aviso en su despacho, a primera hora de la mañana, antes de su café diario en el Miranda. Parecía que los estuviera esperando.

—Siéntense, por favor —les invitó, haciendo un gesto magnánimo con la mano.

—¿Dónde están las Valiente?

Pereira se encogió de hombros.

—En paradero desconocido —dijo—. Pero permítanme que les ponga en antecedentes. Tomen asiento, no se queden ahí de pie, mirándome de ese modo, como si yo fuera responsable del asunto.

La delegación del periódico local en Los Rosales estaba creada a imagen y semejanza de su titular. Consistía en una única habitación presidida por una mesa sólida de madera, un cenicero de cristal y cientos de miles de documentos, recortes y papeles, muchos de ellos expuestos en los paneles de corcho que decoraban las paredes. Olía a tabaco seco y a colonia anticuada. En el lado de la mesa que ocupaba Pereira, había una máquina de escribir. En la esquina opuesta, un ordenador portátil y una pequeña impresora. A su derecha estaba el teléfono y en una repisa junto a la puerta, un televisor de los de tubo catódico. Un fax, en desuso pero enchufado a la red eléctrica, reposaba en silencio, arrinconado y cubierto de polvo en un rincón oscuro.

Esos objetos y las dos sillas giratorias en las que tomaron asiento Maya y Alonso componían toda la decoración del despacho que compartían Pereira y su ayudante, Monteiro, que todavía no había llegado al periódico porque tenía a su abuela enferma, con una subida de azúcar de las de padre y muy señor mío.

La cuestión, señores, era que las hermanas Valiente habían desaparecido de la noche a la mañana. Y no sólo ellas, sino todo el grupo de jubiladas que formaban parte del llamado «club de las cartas», una sociedad secreta, permítanme la expresión, que se reunía un par de veces por semana con vaya usted a saber qué propósito. Por lo visto, bebían, apostaban al póker y... o al menos eso se rumoreaba en el pueblo.

Faltaban de sus respectivos hogares: Viridiana Altozano, Consuelo Calderón y otras cuatro respetables damas del pueblo, retiradas y achacosas. ¿Habían sido abducidas por los extraterrestres? No. Simplemente, habían decidido emprender un largo viaje de placer.

—No nos haga perder el tiempo, Pereira —se enfadó Alonso Ríos—. Díganos de una vez dónde está Estela Valiente.

—Siento mucho no poder serles de más utilidad —se lamentó el viejo periodista—. Lo único que sé, porque ayer mismo me lo confió Estela para que nadie fuera a preocuparse sin motivo, es que se han marchado al extranjero y que no piensan regresar hasta que pase el aniversario de su libro *De puertas adentro*, que, como bien saben los dos, se celebra el próximo otoño. Estela no desea recibir atenciones por parte de la prensa, las instituciones académicas o las autoridades civiles. Quiere proteger su intimidad, ya la conocen, y cree que si se queda en Los Rosales, se convertirá en centro de interés, cosa que le disgusta profundamente.

—Esta mujer no sabe gestionar la fama —opinó Ríos en voz alta.

—Al contrario, amigo —replicó Pereira—. Estela Valiente ha tenido muy claro durante toda su vida lo que quería hacer con la fama: renunciar a ella. Y eso ha hecho. La ha rechazado como se rechaza una herencia incómoda, o a un pretendiente insufrible. Le ha cerrado la puerta, la ha dejado fuera, le ha dado la espalda, la ha repudiado...

—Ya le vale con los símiles, Pereira.

El día anterior, después de la visita a Anita Romero, Estela y Camino habían mantenido una larga conversación con Pereira a puerta cerrada en el despacho del periódico. Monteiro no había sido invitado a la reunión, pero, a cambio, Estela le había entregado las fotocopias del sumario del caso de la asesina de las cartas de amor, para que pudiera armar una crónica sobre lo acontecido en la sierra durante aquellos oscuros años ochenta. Además, le había prometido que esa misma tarde le haría llegar los cuadernos que había ido reuniendo a lo largo de toda su vida, con recortes, fotografías y entrevistas, sobre los crímenes de Marta Poza y sobre muchos otros casos sin resolver. Había material suficiente para escribir una serie, o una novela, lo que más le divirtiera al muchacho. Y si lo hacía bien —le había recomendado—, debía presentarse a un premio de periodismo, porque, Paco, tú tienes mucho talento, hijo, y no deberías enclaustrarte en Los Rosales a tu edad, sino salir a ver mundo.

Mientras Estela y Camino hablaban con Pereira, las chicas del club de las cartas las estaban esperando en la casa de las hermanas, muy intrigadas por la tardanza y por la advertencia de Alicia: «Que Estela le había insinuado que muy pronto les daría a ella y a las chicas de las cartas una sorpresa de las de órdago».

Pasadas las dos de la tarde —la salsa de tomate empezaba a enfriarse—, Consuelo, desde el torreón, vio acercarse el Lancia con Estela y Camino a bordo. Se organizó una comida al aire libre, en la mesa plegable, bajo el roble, porque, en efecto, Estela tenía algo importante que contarles.

—Siempre he querido conocer Suecia —les confesó—. Al menos, desde hace cuarenta años. Y creo que ha llegado el momento de hacer realidad ese sueño. Deseo navegar por sus costas, conocer todos sus ríos, sus lagos, sus archipiélagos, explorar el mar Báltico y la isla de Gotland, llegar hasta Laponia para ver el sol de medianoche, alquilar una cabaña en Smaland, montar a caballo, comer arenques y, por supuesto, peregrinar a Estocolmo y recorrer la monumental sala de conciertos donde se entrega el Premio Nobel. Pero no me gustaría viajar en solitario —añadió—. Estoy harta de la soledad. Quiero que me acompañéis todas vosotras, amigas.

Las socias del club de las cartas se miraron boquiabiertas las unas a las otras, sin dar crédito a lo que acababan de oír.

—Yo invito —continuó ella sin perder el aplomo—. Vosotras no tenéis que preocuparos de nada más que de hacer las maletas. Estaremos fuera unos seis meses, así que llevaos toda la ropa que necesitéis, las medicinas, los pasaportes... y tú, Viri, acuérdate de traer el camisón ese nuevo, que al final se te va a apolillar. Ya tendrás tiempo de comprarte otro para Nueva York.

—Estelita, guapa —se atrevió a interrumpirla Alicia—. ¿Te has vuelto loca? ¿Nos estás invitando a pasar seis meses en Suecia, o te estoy entendiendo mal?

—Me estás entendiendo de maravilla, Ali. ¡Nos vamos a vivir aventuras!

Un silencio roto por la brisa entre las hojillas del roble y el sonido lejano de las campanas de la iglesia se extendió entonces por la mesa. Parecía que todas las chicas de las cartas estuvieran conteniendo la respiración a la vez.

—¿Y cuándo nos iríamos? —carraspeó tímidamente Viri.

—¡En el tren de las siete! —respondió Estela, triunfal—. Esta noche dormiremos en Madrid y mañana almorzaremos en Estocolmo. ¿Qué os parece?

Lástima de salsa de tomate. Nadie probó bocado después de semejante proposición. Al principio, mientras se les rompían los esquemas, permanecieron inmóviles y calladas. Pero poco a poco se fueron recomponiendo, como edificios nuevos levantados sobre cimientos a prueba de seísmos, y les salieron torres, almenas y azoteas desde las que se asomaron al horizonte. ¿Quién dijo que la vida terminaba a los ochenta? Al contrario. Ninguna tenía más compromisos que los adquiridos consigo mismas: hacer la casa, comprar el pan, cuidar del jardín y pasear lo suficiente como para mantenerse en forma.

Las echarían de menos —claro que sí— los hijos, los nietos, unos pocos vecinos y algunos gatos y perros a los que habría que buscar acomodo, pero serían sólo seis meses. Y después regresarían a sus vidas apacibles y sencillas, listas para enfrentarse a otro largo invierno en la encantadora villa de Los Rosales. Harían punto y seguido, borrón y cuenta nueva. Volverían rejuvenecidas, con miles de anécdotas que contar en la plaza. Conocerían mundo, disfrutarían de una segunda juventud inesperada. Así era la vida. Generosa y sorprendente.

—¿Dónde hay que apuntarse? —exclamó Viridiana Altozano, portavoz espontánea de todas las demás.

Entonces, impulsadas por una corriente mágica irresistible, corrieron a sus casas para preparar el equipaje, resolver sus dos o tres asuntos urgentes y peregrinar a la estación, arrastrando sus pesadas maletas. Se formó un pequeño revuelo a las siete en punto, porque no había quien callara a aquellas mujeres y porque coincidieron con la llegada de un tren procedente de Madrid, repleto de escolares, y con sus familias, que los esperaban en el andén. Además, se necesitaron varios mozos y unos cuantos voluntarios para subir el equipaje a bordo. ¿Qué llevaban las señoras dentro de aquellas maletas que pesaban tantísimo? ¿Piedras? No, señor revisor, son libros. Estamos trasladando una biblioteca, ¿sabe?

—Así que este es el famoso ático del Retiro —exclamarían las socias del club de las cartas cuando Estela hiciera girar la llave en la cerradura y las invitara a pasar dentro.

—Ajá. Nada interesante que ver aquí —replicaría ella—. Dejad las maletas por ahí y vámonos al hotel, que tenemos una mesa reservada para cenar a las diez.

Luego volvería a cerrar la puerta a sus espaldas. Y confinaría dentro todos los recuerdos de su juventud. El sofá rojo de terciopelo donde solía recostarse Tony, la azotea en la que se emborrachaban juntos, la patada en la puerta y los hombres armados que la apresaron, los mismos que golpearon a Tony hasta hacerlo ensordecer, la alfombra por la que se arrastraba Marta Poza, aturdida por el LSD, y antes, la cama en la que el secretario Álvarez asfixió a Nina Cienfuegos con un fular de seda, las perlas que rodaban por el suelo mientras ella moría, la pluma con la que Estela reescribió la carta erótica y el desfile de amantes ocasionales de Tony. Todos embalsamados y recluidos dentro del ático, observando, como fantasmas domésticos, las siete maletas que acababan de llegar: siete maletas de flores, de lona, de cuero... viejas y desportilladas, abandonadas en el centro del salón, cargadas con cientos de libros y cuadernos de tapas rojas.

—Entonces, Estela, ¿me está diciendo que las dos únicas novelas de Tony Cienfuegos fueron escritas por usted?

—Así es.

—¿*La casa de ladrillos rojos*...?

—La escribí durante mi estancia en la cárcel. Narra la historia de Nina Cienfuegos, una mujer maltratada, asesinada en plena juventud por uno de sus amantes.

—¿Y *Entre barrotes*?

—También es mía. Aquella fue mi novela más querida, la más difícil de parir. Pero odié la versión que salió publicada. Tony la transformó en una basura inmoral y sucia. Me robó los recuerdos y los convirtió en pesadillas.

—¿Y los famosos relatos cortos de Cienfuegos, sus ensayos, sus críticas literarias y sus guiones de cine...?

—Para todas esas cuestiones, Tony era un maestro. Sin embargo, jamás fue capaz de escribir una novela coherente. En fin, cada cual tiene su talento. El mío son las novelas. El de él, los escándalos.

—¿Podemos saber cuántas novelas ha escrito a lo largo de estos cincuenta años, Estela?

—Veinticuatro, amigo.

—¿Y qué piensa hacer con ellas?

—Publicarlas, claro.

Maya Millas y Alonso Ríos sentían que una profunda grieta empezaba a abrirse en el fondo de sus estómagos: un terremoto de intensidad nueve en la escala Richter, un tsunami de dimensiones colosales que arrasaría pueblos y anegaría campos, una explosión de lava volcánica que reduciría a cenizas todo su mundo.

Estela Valiente se había esfumado dejándolos huérfanos y desamparados. Ni el libro de Maya recibiría sus bendiciones, ni las sospechas de Alonso serían confirmadas por la escritora.

—Y lo que es peor —anunció el burlador burlado en voz alta—, ahora hemos quedado a merced de los editores: de sus planes de negocio, de sus fondos editoriales. Volverán a publicar *De puertas adentro* y recibirán innumerables estudios, biografías y hasta novelas inspiradas en la vida de Estela Valiente. Nuestro trabajo pasará desapercibido en medio de la vorágine.

Habían salido corriendo de la delegación del periódico local y se habían refugiado en la habitación del Miranda. Pero ahora las paredes estaban más juntas y el techo más bajo. Maya tenía la sensación de que el suelo se inclinaba peligrosamente hacia la plaza y temía que, de un momento a otro, las contraventanas se abrieran y por ellas cayeran los dos, en plancha sobre la mesa del desayuno de Pereira. Se clavarían los cristales del vaso de limonada. Se desangrarían sobre la taza de café.

—Entonces, debemos adelantarnos a todos ellos —se le ocurrió a Maya—. Pongámonos a trabajar. Seamos los primeros. Entre los dos podríamos escribir la biografía más sorprendente de todos los tiempos. Piénsalo, Alonso, sabemos más que nadie.

—Tú no sabes nada —replicó Alonso Ríos bruscamente, volviéndose hacia Maya con ojos de serpiente—. Lo poco que conoces sobre Estela Valiente te lo he contado yo. Y te recomiendo que no hagas el ridículo publicando una birria de libro sobre una historia que ignoras.

Maya frunció el ceño. Notó que la cabeza le daba vueltas, como si acabaran de comunicarle un diagnóstico demoledor y su esperanza de vida se hubiera reducido a cero. ¿Era posible que el hombre con el que acababa de pasar las mejores horas de su vida estuviera mostrándole, sin disimulo, su verdadera naturaleza depredadora? ¿Se había dejado morder por un vampiro?

—¿Qué pretendes decir con eso, Alonso?

—Te propongo un trato: yo escribo el libro y tú me ayudas con la documentación. Te prometo que incluiré tu nombre en los agradecimientos. Es posible, incluso, que te mencione en la dedicatoria.

Maya no era capaz de procesar lo que estaba oyendo.

—No hay trato que valga —balbuceó indignada—. ¿Quién te crees que eres, Ríos? ¿Un Tony Cienfuegos de pacotilla? Pues no, señor. Yo no seré la tonta que escribe lo que otros publican. No soy Estela Valiente, ¿entiendes?

—Entonces, márchate. Necesito silencio y tranquilidad para escribir mi libro. Te deseo suerte con el tuyo, si es que de verdad vas a intentarlo.

Maya salió del cuarto dando un portazo. Atravesó la recepción del Miranda hecha una furia y, al pasar bajo la ventana de la habitación de Alonso Ríos, creyó escuchar el sonido rítmico de las teclas del ordenador sobrevolándola amenazantes como los pájaros de Hitchcock a Tippi Hedren.

—¡Maya! —le gritó él desde el balcón, tal vez arrepentido, cuando ya su figura se perdía a lo lejos, entre los árboles.

—¡Que te den por saco! —le respondió la voz de Maya al rebotar en el campanario de la iglesia.

Capítulo 30

El crucero fluvial *Juno* se deslizaba perezoso por el canal de Göta, atravesando frondosos bosques de álamos y abedules, y espantando bandos de gansos salvajes y barnaclas cariblancas que levantaban el vuelo y sobrevolaban la cubierta, con el espíritu de Nils Holgersson entre las alas. Había partido tres días antes del puerto de Estocolmo, con su tripulación de mujeres, sus camarotes anticuados y su encantador sabor a novela de Agatha Christie. De vez en cuando, se detenía en algún pueblo pintoresco, de esos con embarcadero de madera y casitas de muñecas. Y por eso le llevaba tanto tiempo recorrer el sur de Suecia, desde el mar Báltico hasta el lago Vänern —menos de doscientos kilómetros en cinco días—, para desesperación de Camino y disfrute de Estela, que todas las mañanas tomaba asiento en una silla de lona y madera, abría una novela deliciosa por cualquier página al azar, encendía un cigarrillo —señora Valiente, por enésima vez le recuerdo que está prohibido fumar a bordo— y se dejaba mecer por la corriente del río. Una serpiente sigilosa, hipnótica, que se dirigía al puerto de Gotemburgo, donde ya las esperaba su siguiente aventura: la aldea de cabañas de colores a la orilla del lago, donde se alojarían durante varios días, rodeadas de vacas lecheras, fresas silvestres y cestas de pícnic.

A primera hora de la mañana era aconsejable arroparse bien con una manta; sobre todo si va a permanecer quieta en la cubierta, señora, ahora le traigo una, de lana de oveja merina, y cuidado con el té, que está muy caliente. ¿Seguro que no le apetece un bollito de canela recién hecho? Las otras aún dormitaban, o remoloneaban entre las sábanas de sus camas de barco, a pesar de que el sol se abría paso a través de las escotillas de sus camarotes. Las paredes estaban tapizadas de seda, los muebles eran de caoba, y en el diminuto cuarto de baño había un espejo enmarcado y un lavabo encerrado en una cajita de música. Además, las chicas del club de las cartas preferían desayunar cómodamente en el comedor, con mesa y mantel, cortinas de terciopelo y alfombra mullida, junto al resto de los pasajeros, con los que habían hecho muy buenas migas y a las que habían enseñado a jugar al póker.

Jamás se había visto en Suecia jugadoras tan trasnochadoras e inagotables como ellas, ni apuestas tan cuantiosas, ni trampas tan bien hechas. Aquellas respetables damas podrían muy bien haberse dedicado al oficio de tahúr.

Camino, en cambio, dedicaba sus mañanas a pasear por la borda, realizar ejercicios gimnásticos en la cubierta superior y charlar con la capitana en el puente de mando. Algunas veces bajaba a la terraza de proa para encontrarse con Estela y, sentadas las dos en sendas sillas de palo y loneta, fumaban juntas a escondidas, se tragaban el humo y tiraban las colillas al río.

—Buenos días, escritora.

Ambas sabían que aquella mañana era especial. Tanto Estela como Camino eran conscientes de que una bomba atómica estaba a punto de estallar y, sin embargo, hacían como si nada.

—¿Qué lees?

Estela le mostró el cuaderno de tapas rojas que había dejado caer en su regazo.

—*Entre barrotes*, claro.

Tomó asiento junto a su amiga y le tendió la mano. La otra se agarró a ella como un escolar a su madre el primer día de clase.

—Hoy es el gran día —suspiró.

—Así es.

—Pero aquí no lo notaremos, ¿verdad?

—Aquí estamos a salvo, Estela. Ni siquiera hay cobertura.

—Ni televisión, ni periódicos...

—Nadie sabe dónde estás. No te preocupes.

La escritora cerró los ojos, tomó aire, y el cuaderno rojo rodó por sus rodillas y cayó al suelo, junto a sus pies. Camino hizo amago de agacharse a recogerlo.

—Déjalo estar —murmuró Estela—. No me sueltes.

Camino encendió un cigarrillo y dio una larga calada. Se llenaron sus pulmones de humo, el cuerpo recuperó su calor. Fumaron un rato en silencio. Hasta que ya no fue posible contener la nostalgia y esta terminó por derramarse inundándolo todo.

—¿Te acuerdas, amiga, de nuestra primera noche en prisión? —dijo Estela con un hilo de voz—. ¿Cómo sonaba de triste el violín de Arpad al otro lado de la tapia?

Estela Valiente, treinta y dos años, falda plisada de tela escocesa y gafas para leer, salió esposada del ático de Tony Cienfuegos, escoltada por cuatro policías de uniforme, y fue introducida en un furgón que recorrió las calles de la ciudad dormida hasta las afueras y se detuvo delante de los muros de hormigón de una prisión para mujeres, en la confluencia de dos arterias urbanas, a unos veinte kilómetros al sur de Madrid. Durante los angustiosos minutos de camino, había amanecido entre nubes y el cielo se había vuelto de color rosa, pero Estela no había podido ver más allá de sus pestañas. Le dolían las imágenes que aún flotaban en su retina: Tony convertido en un manojo de babas y llanto, sin atreverse a mirarla a los ojos, avergonzado por no haberla defendido, dejándola ir sin hacer nada.

El furgón pasó el control y se dirigió al pabellón principal, una construcción rectangular horadada por las ventanas de las celdas y cubierta de barrotes. La fachada estaba pintada de albero. Parecía un palomar visto desde dentro.

Según se acercaban al edificio, Estela reconoció las caras y las manos de centenares de mujeres asomadas a las rejas. Luego aprendió que siempre que escuchaban la sirena del furgón las presas se lanzaban a las ventanas para recibir a las recién llegadas con un homenaje de silencio.

En una sala muy blanca, una funcionaria le dio la bienvenida con un gruñido y le pidió que vaciara sus bolsillos. Estela no llevaba ningún objeto encima.

—Tiene derecho a comunicar su situación a su familia o a su abogado —le advirtió—. Puede utilizar el teléfono.

Le temblaban los dedos cuando marcó el número de la casa de Los Rosales. Rogó al cielo que respondiera Alicia; no los papás.

—¿Dígame? —La voz cantarina de su hermana la trasladó al pie de la escalera. La imaginó en bata, recién levantada, la dulce Alicia, preparando el desayuno, calentando la leche en un cazo al fuego, con las zapatillas de andar por casa y el pelo revuelto.

—Ali... —No pudo evitar echarse a llorar.

—¿Estela? ¿Eres tú? ¿Qué te pasa, cariño, estás llorando?

El relato del toquido en la puerta y el susto de los policías llevándosela esposada escalera abajo resultó demasiado largo para la carcelera.

—Vamos, no se entretenga tanto —la apremió—. Dígale dónde está y punto.

—Estoy en la cárcel, Alicia. Necesito que llames a un abogado y te enteres de cuál es el motivo de mi detención. No les cuentes nada a los papás de momento. No quiero que se lleven un disgusto si no es necesario. Todo esto debe de ser un error. Yo no he hecho nada.

—Eso dicen todas —se burló la carcelera, perdiendo la paciencia y arrebatándole el aparato.

Acto seguido, la llevó hasta una habitación sin ventanas y le pidió que se desnudara. Sobre una silla, doblada con matemática precisión, estaba su nueva vestimenta: una bata gris de manga larga abotonada hasta el cuello.

—Puede conservar su ropa interior y sus camisas —le dijo—, y si tiene frío, se le permite llevar un jersey debajo del babi, o una rebeca sobre los hombros.

Por último, la condujo a través de varios pasillos, hasta el pabellón donde estaban las celdas. Como aún era temprano, todas las puertas estaban cerradas y el silencio era absoluto. Abrió con una llave muy pesada la tercera celda a la derecha y la empujó dentro.

—¡Camino!

Camino Aribau, la fortaleza, estaba a punto de derrumbarse dentro de su bata gris. Se cubría la cara con las manos y, sentada como estaba en el colchón inferior de la litera, con la espalda arqueada y los hombros hundidos, no parecía la misma mujer que ayer mismo le había lanzado un beso desde el balcón del piso que compartía con su novio francés, Arpad, en el barrio de Malasaña. Aquella era una princesa enamorada, de melena indómita y risa alegre. Esta, una criatura indefensa, asustada y cautiva.

—¿A ti también, Estela? —le dijo, y en su voz había un dedal de alivio mezclado con la angustia.

Fue Camino quien puso al corriente a Estela de la situación. A ella la habían detenido un par de horas después de la medianoche. Habían entrado en su casa de una patada, mientras dormía abrazada a Arpad. Dos policías se la habían arrebatado por la fuerza. Él se había llevado los golpes que deberían haber sido para ella.

—¿Pero de qué nos acusan?

—A ti de escándalo público. A mí, además, de conducta indecente, publicación ilícita, distribución de una obra prohibida y de no sé cuántas cosas más.

Estela se sentó a su lado. Instintivamente se abrazaron, como dos náufragas sobre una balsa a la deriva y entonces, estridente, sonó la sirena que anunciaba un nuevo día. Las siete en punto. Ruido de muelles, toses y protestas. La que no esté lista en cinco minutos se queda sin desayunar. Chirridos de rejas, carreras por el corredor, formación en el patio de abajo.

Asomadas a la barandilla del primer piso, Estela y Camino observaron desde arriba el bullicio de una colmena de innumerables abejas. Todas grises.

—Han pasado cincuenta años, Camino, y todavía no se me ha olvidado aquel olor a Zotal que lo impregnaba todo: la ropa, las sábanas, las paredes... hasta la comida sabía a desinfectante. ¿Te acuerdas de la Patro?

—Como si fuera hoy. Con esos brazos musculosos, de estibador de muelle, y el bigote.

—Se nos acercó la primera mañana, qué cabrona, para meternos el miedo en el cuerpo.

—Que había un fantasma.

—En el lavadero.

—Que nos visitaba de noche y nos observaba mientras dormíamos.

—Capaz de atravesar paredes y rejas.

—Y chuparnos los sesos.

—Pero no había contado con el violín de Arpad.

—El que espantaba todos los miedos.

Cuando se llevaron a Camino, a trompicones por la escalera, Arpad sintió que le separaban el corazón del cuerpo. Había recibido un golpe en la cabeza, propinado probablemente con una de las porras que blandían los policías que acababan de echar su puerta abajo, y se había mareado, vencido por el dolor. Ella, sin tiempo más que para calzarse y echarse una túnica por encima de su desnudez, profería groseros insultos y parecía que le saliera espuma por la boca.

—Señorita, o se calla o la callamos —le advirtió el más viejo, amenazándola con el arma.

La condujeron esposada, con las manos inmovilizadas contra la espalda, hasta el furgón policial que esperaba en la acera. Arpad, asomado al balcón, le juró a gritos que la encontraría y la traería de vuelta a casa. Lo dijo en francés, con una ternura tan desgarradora que los vecinos creyeron que se trataba de una discusión entre amantes.

Después se enfrentó a la burocracia y la desinformación durante horas eternas. Nadie sabía nada. El turno de noche no tenía acceso a los expedientes. Los mandos dormían, los jueces dormían, tome asiento en el banco y ya le avisaremos cuando nos digan algo. O váyase a su casa y espere a que le llamen por te... ¡Ah!, que no tienen teléfono.

Con un ojo morado y un corte en la frente, se volvió invisible.

A media mañana, decidió ir a pedir ayuda a Estela y Tony, sus dos únicos amigos en Madrid.

Recorrió un buen trecho hasta el edificio de ladrillos rojos coronado por aquel ático desde el que tantas veces se había asomado a la colcha de *patchwork* del Retiro y subió trabajosamente la escalera. En cuanto vio la puerta abierta y la cerradura rota, supo que allí también hallaría un drama.

En efecto, en un rincón del salón, columpiándose adelante y atrás, como en un balancín, descubrió a Tony Cienfuegos, abrazado a sus rodillas flacas. A sus pies, vómito y orina, encontró unas fotografías groseras, de dos hombres fornicando a la luz de la luna.

Como el muchacho estaba en trance y era incapaz de responder a sus preguntas, lo metió vestido en un baño de agua helada.

—¿Dónde está Estela? ¿Adónde la han llevado?

Tony recuperó el habla, pero no la cordura. Sólo decía disparates. «Lo voy a matar —repetía como un mantra—. Voy a asesinar a Álvarez».

Después de un rato, Arpad se dio por vencido. Lo abandonó en el sofá de terciopelo rojo y salió del ático con la sensación de haber perdido un tiempo precioso. Pero antes de marcharse llamó por teléfono a casa de

Estela. Le respondió Alicia y le dijo que su padre iba para allá, con uno de los mejores penalistas de Los Rosales.

—La Moderna —le explicó— es una cárcel para mujeres, recién inaugurada al sur de la ciudad. Las han llevado allí a las dos. Están juntas, Arpad. No desesperes. Pronto volverán a casa, ya lo verás.

Pero pasó el día más largo de su vida y Camino no regresó. La segunda conversación con Alicia transcurrió entre lágrimas.

—Prisión preventiva, sin fianza, a la espera de juicio —le anunció—. Pueden pasar meses hasta que las dejen salir. Es horrible, Arpad. No sé qué hacer.

A pocos metros del penal había un promontorio llamado el cerro del Colgado, que sobresalía por encima de los pinos. Lo descubrió Arpad aquella misma noche, merodeando por las inmediaciones de la prisión, armado con su violín y arrastrando su pena. Sentía frío en el alma, así que encendió una fogata con las cortezas secas de los árboles y comenzó a tocar. Y compuso, esa noche, la melodía más triste de su vida.

—¿Oyes eso, Estela? —se asombró Camino, ya con el pijama de rayas puesto, tumbada insomne, boca arriba, en el camastro superior de la litera—. ¡Es el violín de Arpad!

Saltaron juntas al ventanuco y, asomadas a las rejas, vieron la luz del fuego, a unos cientos de metros de la cárcel, y les pareció la bombilla de un faro que, desde la costa, les indicaba el camino a casa. Entonces, el monte se hizo océano y la prisión, velero. La luna, redonda y blanca, se abrió paso entre las nubes.

—Mañana nos sacarán de aquí, ya lo verás —afirmó Estela con las esperanzas renovadas—. Mi padre con su abogado, Tony con su mentor, o Arpad con su violín.

Camino permaneció en pie, agarrada a la reja, hasta que amaneció, el fuego se apagó y la música se desvaneció. Estela, en cambio, durmió un sueño apacible, acunada por la nana del violín, y cuando sonó la sirena de las siete, creyó que había pasado la noche en el torreón de Los Rosales.

CAPÍTULO 31

El régimen de visitas era muy estricto. Una vez por semana. Veinte minutos contados. Sin contacto físico. Lo más parecido a un convento de clausura que Estela había experimentado jamás.

Camino recibía a Arpad con su mejor sonrisa. Bien peinada y recién duchada, y él la contemplaba embelesado, como si en lugar de aquel olor a desinfectante ella destilara perfume de alelíes. No se decían muchas cosas. Se hablaban, más bien, con los ojos. Aprendieron a acariciarse sin tocarse. Él se metía bajo su falda. Ella le abría la camisa y recorría cada milímetro de su piel. Y luego sentía el calor del cuerpo de Arpad en la punta de los dedos. También descubrieron que podían besarse sin rozar los labios y que no les hacía falta la lengua para saborearse. Al final, de la misma manera, llegaron a amarse sólo con el pensamiento. Y nadie podía prohibirles eso.

Estela se abrazó a Alicia en cuanto la vio el primer día y se quedó sin visita. «Se lo habíamos advertido», la regañaron de vuelta a su celda.

El segundo, esperaba encontrar a Tony, y en su lugar aparecieron los papás, demudados y tristes. Le contaron que el asunto se estaba complicando, según les había explicado su abogado, por el cariz político que estaba tomando la cosa. La noticia de su detención había puesto en pie de guerra a sus compañeros de la universidad. Habían convocado una manifestación que había sido secundada por varios cientos de alumnos.

—Los antidisturbios cargaron contra la gente. Hubo heridos, Estela. Las imágenes han salido por la televisión y han provocado una enorme indignación a nivel internacional. Os habéis convertido en adalides de la revuelta estudiantil, hija. Dicen que sois feministas. ¡Ay!

—La cuestión es que, de momento, hasta que pase todo este lío, no parece que vaya a celebrarse el juicio.

—Y dice el abogado que lo más probable es que os declaren culpables. Es más, teme que os impongan una condena ejemplar.

El tercer día volvió Alicia, con las manos vacías y sin respuestas. Que no sabía nada de Tony. Que no estaba con sus tías en Los Rosales y que en el ático del Retiro no le abría nadie. Parecía que se hubiera esfumado. ¿O tal vez lo habían detenido también a él? ¿Estaría Tony Cienfuegos preso en otra cárcel? Porque no había publicado ningún relato más en la revista *Ínsula,* ni había vuelto a aparecer por el café.

—¿Te has enterado, Estela, de lo del secretario Álvarez? Resulta que se ha matado. De la manera más tonta. Resbaló en el cuarto de baño y se abrió la cabeza con el pico del lavabo. ¿Puedes imaginarte algo así? —Estela tamborileó con los dedos en la mesa. Necesitaba un cigarrillo y una copa de vodka—. ¿No te parece increíble que un hombre tan poderoso, tan elegante, tan...?

—Era un hijo de puta.

—¡Qué dices, Estela, por Dios! Llevas tres semanas en la cárcel y ya hablas como una delincuente.

Entre el turno de costura y el de lavandería, disfrutaban de un descanso de doce minutos exactos, que las otras aprovechaban para fumar en el patio. Ella pidió lápiz y papel para escribir a Tony: «Sé perfectamente que estás encerrado en el ático. Y sé lo que has hecho. No puedo decir que me alegro, porque sería mezquino, pero al menos espero que hayas encontrado la paz y el consuelo. Ven a verme, Tony. Te echo de menos. No te imaginas cuánto».

Otra vez los papás, el cuarto día. Un mes ya de encierro y sin fecha para el juicio. En esta ocasión trataron de distraerla con historias de la sierra. Le contaron que unas chicas de Madrid habían llamado a la puerta preguntando si esa era la casa de la escritora. «El libro de su hija está removiendo conciencias —les dijeron—. Cuando vayan a verla, denle las gracias de nuestra parte».

—Estamos orgullosos de ti, Estela —reconocieron con lágrimas en los ojos—. Al principio, no nos atrevíamos a leer tu novela, pero al final lo hemos hecho. Juntos. Delante de la chimenea. Y creemos que es una obra maestra.

—Alicia no opina lo mismo.

—Entiéndela, ella es demasiado sensible para todas esas desgracias que cuentas.

Por fin llegó la hora de presentarse ante el tribunal. Cuando entraron en la sala, esposadas y vestidas con la ropa que les habían traído de casa, Camino y Estela no parecían las mismas chicas alegres y despreocupadas que habían sido siempre. Estaban mucho más delgadas, pálidas y sumisas.

Entre el público había algunos periodistas, unos pocos amigos, los papás, Alicia, Arpad y la silla vacía que debería ocupar Tony Cienfuegos.

—Visto para sentencia —declaró el juez, dando un golpe con el martillo en la mesa.

A Camino la condenaron a tres años de prisión por los delitos de escándalo público, conducta indecente, publicación ilícita y muchos otros cargos. A Estela a dos, por ser la autora del libro.

—Pues al final no ha sido para tanto —se atrevió a insinuar el abogado cuando les comunicó a los papás la resolución judicial.

A partir de ese día, una desolación muy profunda se adueñó de Camino Aribau. Ella, que jamás perdía el ánimo, comenzó a caminar con la cabeza gacha. Cumplía a duras penas con sus obligaciones en el taller de costura, que consistían, básicamente, en remendar por las tardes las mismas batas grises que se deshilachaban por las mañanas. Pronto perdió el apetito y las ganas de batallar. A la hora del patio, se quedaba sentada en un escalón a la sombra, sin hablar con nadie. Y lo único que le alegraba el ánimo eran las notas del violín de Arpad al llegar la noche.

Por eso, cuando la Patro, aquella grosera reclusa con sobrepeso y pelusa en el mentón, se arrellanó a su lado y le echó el brazo encima como buscándole el pecho por dentro de la bata y Camino —que en su sano juicio jamás habría permitido semejante ultraje— permaneció inmóvil y alelada, Estela se lanzó a por ella desde la otra esquina del patio. Sin mediar palabra, tomó carrerilla, cruzó el cuadrilátero al galope y le arreó una patada a la Patro en toda la cara. La gorda cayó hacia atrás, levantando una nube de polvo al desplomarse, con una brecha abierta y borbotones de sangre entre ceja y ceja.

La celadora, que en ese momento andaba despistada trapicheando con el tabaco, sólo tuvo tiempo de hacer sonar el silbato una vez, antes de recibir ella misma una tunda de golpes procedentes de las presas que, amparadas por la confusión, vieron abrirse ante sus ojos el cielo de la venganza. El patio de recreo se convirtió en el escenario de una batalla campal entre guardianas y reclusas. La algarabía se hizo barahúnda, volaron zapatos y dientes. Hubo contusiones, torceduras y fracturas. Y sólo la llegada de un contingente de oficiales uniformados, armados con cachiporras, logró devolver la normalidad al penal.

—Ha sido la señoritinga esa —acusaron las otras presas a Estela, señalándola con el dedo—. Parecía una mosquita muerta, la cabrona.

La Patro se apretaba la frente con la palma de la mano.

—¡Me ha *descalabrao*! —lloraba entre gritos de dolor.

Estela, un labio hinchado y escupiendo sangre por la boca, fue reducida por un hombretón bigotudo que logró ponerle las esposas después de un forcejeo de película.

—Prepárate, Valiente, para un castigo cojonudo —le iba diciendo la carcelera por el pasillo que llevaba al despacho del director.

Al final del corredor había una puerta discreta, con una placa que anunciaba el cargo encima del manubrio.

—Adelante —ordenó una voz masculina desde dentro del despacho cuando la guardia llamó con los nudillos.

—Le traigo a la interna Valiente.

Al fondo, a contraluz, Estela distinguió una sombra, de espaldas a ellas.

—Déjela aquí y vuelva a buscarla en una hora —dijo aquel hombre de voz profunda.

La mujer obedeció. Al salir del despacho, lanzó una mirada esquiva a la presa. A Estela le pareció que se reía por lo bajo.

Quedó pues a merced del alcaide. Paralizada y muda en aquel lugar extraño e inesperadamente cálido. Echó un vistazo a su alrededor. Olía ligeramente a cera para muebles y a agua de lavanda.

La claridad del día entraba por la ventana, iluminando cientos de invisibles partículas de polvo que flotaban en el aire. Las paredes laterales estaban recubiertas de madera, y la madera, a su vez, estaba completamente invadida de libros. Los había encuadernados; nobles libros de alta alcurnia, y también ediciones baratas, y colecciones enteras de diversos tamaños, y pequeños volúmenes escritos en francés. Había una enciclopedia entera, ocupando los estantes más altos, y una escalera de pintor, apoyada contra ellos.

Al otro lado de la mesa de trabajo, alguien había colocado un par de butacas de cuero con remaches de metal. Una comodidad incompatible con la función que debían cumplir.

—Tome asiento, por favor —dijo la voz y esperó hasta que escuchó los pasos inciertos de Estela sobre las baldosas aproximándose al butacón y después el sonido de su cuerpo al cumplir la orden.

Entonces, la silueta de aquel hombre, que parecía estar leyendo distraídamente un documento junto a la ventana, se irguió y se giró sobre sus talones.

—Así que usted es la famosa Estela Valiente —dijo. Y clavó dos inmensos ojos azules en los negros de Estela.

En efecto, en la mano derecha sostenía un papel que ella reconoció al instante.

—Esa carta... —comenzó a decir tímidamente, pero de inmediato guardó silencio de nuevo.

Era la última carta que le había escrito a Tony. Esa en la que le aseguraba que le perdonaba, de corazón, como a un hermano, sin rencores ni asuntos pendientes, ni necesidad de pedir disculpas.

—¿Quién es Tony Cienfuegos? —preguntó el director.

—Mi amigo. Mi...

—¿Su novio?

Estela bajó la mirada.

—No —reconoció—. Es solamente un amigo. Nos conocemos desde niños.

—¿Y qué es eso que le perdona? —quiso saber el hombre—. ¿Qué le ha hecho ese amigo suyo?

—Me ha abandonado —respondió ella a un volumen inaudible.

El director abrió con una pequeña llave el cajón de su mesa de despacho y, ante el asombro de Estela, sacó un ejemplar de *De puertas adentro.*

—De modo que usted es la autora de este libro —dijo. Ella guardó silencio—. Y este es el motivo por el que la han detenido y condenado —continuó el director—. Dígame una cosa, Estela Valiente. ¿Ha valido la pena?

Estela se sumergió en el azul de su mirada. Tomó aire.

—Esa no es la cuestión —respondió después de un instante—. No entienden ustedes nada.

—¿Ustedes?

—Los censores.

—¿Qué es lo que no entendemos?

—Que cuando una historia como esa se mete en una cabeza como la mía, ya no hay remedio. Anida en ella y en ella se enreda; la trepa y la envuelve, como la hiedra, hasta que la asfixia. Y lo único que puede hacer entonces esa cabeza es darse por vencida. Tomar lápiz y papel y ponerse a escribir, dolorosamente, inevitablemente, hasta que, poco a poco, cesa el tormento, vuelve el silencio. ¿Cree que yo quería escribir esa novela tan desagradable? ¿No se da cuenta de que no es más que un collar de tragedias, engarzadas como perlas negras? Me pregunta si ha valido la pena... ¿Sugiere que la escribí con un propósito? ¿El de soliviantar al gentío, tal vez? ¿Provocar una revuelta estudiantil? ¿Desafiar al poder? No, señor. No entiende usted nada.

—Usted tampoco —respondió él.

—¿Ah, no?

—*De puertas adentro* es una obra maestra —afirmó entonces, mirándola de frente—. El mejor libro que he leído en mi vida. Y la carta que le ha escrito a su amigo Cienfuegos también lo es. Lamento la condena, Estela Valiente. Es injusta.

El director volvió a guardar el libro en el cajón y rebuscó en su interior. Esta vez sacó un cuaderno de tapas negras y un lapicero afilado.

—Cuéntela —le suplicó—, esa historia que ahora la obsesiona. Esa que está escribiendo con las uñas en las paredes de su celda.

—¿Cómo sabe que...?

—Se lo ruego —insistió—. Escriba su novela.

Estela, temerosa, tomó en sus manos el cuaderno que aquel hombre le tendía. No podía dejar de mirarle a los ojos. Ejercían sobre ella una especie de hechizo. Abrasaban.

—Escóndalo bajo la ropa. Procure que no lo encuentren las celadoras; que no se entere nadie. Y venga a verme de vez en cuando, léame un párrafo suelto o algún capítulo de principio a fin. Lo que prefiera. Algún día, ya lo verá, sus libros presidirán las bibliotecas del mundo. Les saldrán alas, volarán. Se convertirá usted en una estrella, dejará rastro, Estela Valiente.

Ella, lápiz en mano, abrió el cuaderno por la primera página. La acarició. Se la llevó a la cara y aspiró su aroma a papel. Entonces escribió:

«Siempre me he sentido atraída por los lugares en los que he vivido; por las casas y los barrios. Por ejemplo, hay un edificio de ladrillos rojos junto al Retiro, donde tuve mi primer apartamento».

—Gracias —murmuró—, gracias, señor...

—Me llamo Humberto —dijo él—. Humberto Ríos.

Capítulo 32

Lo único que pudo hacer la celadora ante la aparente apatía del director del penal —que en lugar de enviar a la Valiente a una celda de castigo ordenó que la devolvieran sana y salva a su litera y que le aplicaran hielo en el labio para bajar la hinchazón— fue encerrarla dentro de su jaula con la amenaza de no volver a abrir la reja hasta el día siguiente. (Hoy no comes ni cenas, salvaje). Eran las doce del mediodía. El pabellón estaba en silencio.

Estela se colocó de espaldas al ventanuco, sentada en el suelo, contra la pared, como una india comanche, con su flamante cuaderno negro sobre las piernas, y comenzó a escribir el relato que la había obsesionado durante las últimas noches.

Tanto la desvelaba la historia de Nina Cienfuegos, brotando de su cabeza con el ímpetu de la bíblica semilla de mostaza, que en ocasiones había escrito con las uñas alguna frase en la escayola. Seguramente, la celadora lo había observado y se lo había chivado al director, creyendo equivocadamente que la Valiente estaba perdiendo el juicio.

Y lo hubiera hecho, probablemente, si no llega a ser por Humberto Ríos, hombre de letras, que entendió al instante cuál era el motivo de semejante comportamiento errático.

Estela observó que el lápiz se deslizaba solo por aquel papel de doble línea, idéntico al de los cuadernos que se usaban entonces en los cursos de primaria para aprender caligrafía. Tantas ideas aglomeradas en su mente encontraban por fin desahogo, a medida que se iban convirtiendo en palabras, luego en frases y después en párrafos.

Cuando, a las ocho y media de la tarde, apareció por fin Camino, agotada y amoratada, pero con un bollo de pan escondido debajo de la bata, Estela había escrito ya los dos primeros capítulos de *La casa de ladrillos rojos* y había tenido que sacarle punta al lápiz varias veces con los dientes.

—Necesito una editora —le soltó nada más verla, antes de contarle cómo había conseguido aquel material.

A Camino le regresó el alma al cuerpo. El color a la piel. El brillo a los ojos. Tomó el cuaderno entre sus manos de comadrona y lo acunó como si fuera un recién nacido.

—Pásame el lápiz.

Los efectos sanatorios de la escritura se convirtieron también en la droga que alimentó las esperanzas de Estela Valiente y Camino Aribau durante los meses que pasaron en prisión. En sus ratos libres hablaban de sinónimos y metáforas. Se buscaban en el patio para compartir ideas y para deshacer los nudos de la trama. La Patro perdió el interés en el par de lunáticas que sólo se relacionaban entre sí y se dedicó a molestar a otras chicas más vulnerables. Esas dos taradas, siempre con una sonrisa en la cara, no merecían sus atenciones.

—¿Pero cómo lo hacías, amiga, quién sacaba punta a tu lapicero?

Camino preguntaba poco. Se conformaba con escuchar lo que Estela le contaba, buenamente, sin indagar demasiado en los detalles. Pero sabía que algunas veces la Valiente desaparecía por los pasillos oscuros de la prisión y permanecía horas enteras en paradero desconocido. Abría la reja de su celda a medianoche, cuando el penal entero dormía acunado por las notas del violín de Arpad, y salía de puntillas, sin hacer ruido. Regresaba con las primeras luces del alba, los ojillos brillantes y la respiración agitada, y permanecía inmóvil y silenciosa en su litera, los pocos minutos que quedaban hasta la sirena de las siete.

—Traías un lápiz nuevo cada vez que volvías.

Cada dos capítulos acudía Estela al despacho de Humberto Ríos. Los lapiceros, que consumía a un ritmo frenético, eran la excusa perfecta para colarse en su pequeña biblioteca y pasar a su lado unas horas deliciosas. Él bebía whisky con agua, pero guardaba una botella de vodka para ella en el cajón secreto en el que también escondía las novelas prohibidas, y los cigarrillos franceses, y a veces, tabletas de chocolate negro o barritas de turrón.

Un par de semanas después de su primer encuentro la mandó llamar y ella, que jamás había sido coqueta, se arregló el pelo como pudo y se pellizcó las mejillas antes de entrar. La estaba esperando junto a la librería. Le rogó que se sentase un momento en la butaca de cuero. Una novela extranjera, publicada unos años antes en París y escrita por un ruso llamado Vladimir Nabokov, había caído en sus manos y deseaba mostrársela para conocer su opinión. En los Estados Unidos de América había cosechado grandes éxitos. Decían de ella que era brillante; una genialidad literaria. Pero también la acusaban de escandalosa, aberrante y perversa.

Ríos la observó encandilado mientras Estela pasaba las páginas de *Lolita*, con una mezcla de rubor y espanto en la mirada.

—No me gusta. ¡La niña tiene doce años, por Dios santo! —protestó.

—A mí tampoco —reconoció Humberto Ríos—. Si quieres, lo quemamos ahora mismo.

Le dedicó una sonrisa cómplice antes de volver a guardar el libro en el cajón.

—Tengo un amigo en el Ministerio de Información que me pide consejo de vez en cuando. Soy profesor de literatura francesa, ¿sabes? Probablemente vuelva al instituto cuando termine mi trabajo aquí.

—¿Profesor? Creí que era el director del penal.

—Lo soy. Pero sólo durante un par de años; hasta que la Moderna eche a andar. Me encomendaron esta tarea y me pareció un reto interesante. Es necesario reformar las instituciones penitenciarias; los tiempos avanzan.

—Humbert Humbert, que, por cierto, se llama igual que usted, también era profesor de literatura francesa. —Estela sonrió.

—Probablemente mi amigo me ha enviado la novela por eso; menudo sinvergüenza. Esto no pasa la censura ni de broma.

Ambos rieron, divertidos. Humberto Ríos sirvió entonces un par de copas con hielo y encendió un cigarrillo que Estela consumió con auténtico placer. La conversación fluía ligera y los minutos pasaban mientras, al otro lado de la ventana, caía la noche.

Cuando comenzaron a sonar las notas del violín de Arpad, Ríos hizo algo sorprendente: se levantó, se acercó a la ventana y la abrió de par en par. Una corriente de aire frío entró en la habitación acompañando a la música. Los dos, sin ponerse de acuerdo, se quedaron callados durante un buen rato, escuchando el llanto del violín, y fue más el silencio que las palabras lo que los atrapó aquella primera noche.

Eran más de las doce cuando Estela, de puntillas, cruzó como una sombra los pasillos del pabellón y sigilosa abrió su celda para encerrarse dentro. Camino la recibió alarmada. Estaba despierta, desvelada, aunque se hacía la dormida por miedo a la celadora.

—¿De dónde vienes a estas horas? ¿Cómo es posible que tengas una llave de la celda?

Humberto Ríos, además de un par de ojos claros que parecían dos faroles, tenía una sonrisa bonita y una manera de hablar saltarina, sureña, herencia de familia: abuelos malagueños, madre morena, serrana y chiquita. Era elegante de andares, vestía como un galán de cine, y olía bien, a colonia y tabaco.

Antes de despedir a Estela con un «hasta pronto» y un inclinar los ojos de un modo muy peculiar, le había entregado una llave, la de su celda, y un lapicero nuevo, con la punta bien afilada, para que continuara escribiendo el relato que... ¿Cómo dijo que pensaba titularlo? ¿*La casa de ladrillos rojos*?

—Calculo que, al ritmo que vas, no te durará más de un par de días el lapicero —le dijo—. Y menos mal, porque no creo que pudiera aguantar mucho más tiempo sin volver a verte. ¿Me dejarás leer algún capítulo la próxima vez? ¿Te acordarás de traer el cuaderno, Estela Valiente?

Camino se dio cuenta de que Estela flotaba cuando la vio subir a su litera sin posar los pies en la escalerilla. Era una luciérnaga encendida; una ráfaga de aire eléctrico. Durante un buen rato todavía, escuchó el roce del lápiz en el papel, y así, acunada por el lamento de Arpad a lo lejos y el ir y venir de las olas que levantaba Estela, se fue quedando dormida poco a poco, convencida de estar colgando de una hamaca suspendida entre dos palmeras, con el mar de fondo y la luna blanca velando su sueño.

CAPÍTULO 33

El personaje de Nina Cienfuegos había crecido mucho durante los últimos meses. La narradora, una niña solitaria que observaba la casa vecina desde el torreón de la suya, acababa de describir la escena del coche llegando a medianoche con la sofisticada mujer de las gafas de sol al volante, y se preguntaba qué haría aquella dama misteriosa, tantas horas encerrada con su hijo en aquella vieja mansión. También retrataba su pueblo, Los Rosales, con añoranza de cárcel, transformándolo en un lugar mágico, de callecitas empinadas y balcones floridos, y convertía la asombrosa naturaleza de su entorno en un abrazo protector.

Con el paso del tiempo, Humberto Ríos se había vuelto tierno. Había ordenado colocar un pequeño sofá Chesterfield en su despacho, y ahora la esperaba recostado en él, ansiando acomodarla entre sus brazos y escuchar su relato con la condición de que no la interrumpiera para besarla.

A los treinta y dos años, Estela Valiente había llegado a sentirse tan deseada como la Dolores Haze de la novela de Nabokov, ella que nunca, hasta entonces, había conocido el amor romántico. Notaba que su cuerpo se esponjaba y se abría cada vez que Humberto la acogía en su regazo. El corazón le latía con una fuerza inusitada y se le inflamaban los labios, el pecho, los dedos y otras zonas de su cuerpo en las que casi no se atrevía a pensar.

Nunca se separaban antes del amanecer. Algunas veces dormían abrazados en el pequeño sofá de cuero, rodeados de libros y, cuando llegaba el momento de decirse adiós, sentían que era imposible deshacer el nudo de manos y piernas porque se les había vuelto el cuerpo una sola cosa, compacta y cálida.

Una tarde de marzo, más o menos al mismo tiempo en que la Nina de la novela conocía a su último amante, Humberto Ríos la hizo subir a su despacho. La recibió con una sonrisa misteriosa y un paquete envuelto torpemente en papel de seda.

Estela lo abrió extrañada: se trataba de un vestido de calle. No le gustó el regalo. En lugar de alegrarse, notó un dolor muy fuerte en el centro del pecho.

—¿Para qué, Humbert? —Había aprendido a llamarlo así, en broma—. ¿Es que ya no soportas verme con la bata gris? ¿Te molestan, quizá, mi aspecto o mi olor?

—No es eso, Estela, no te enfades.

—¿Has traído también maquillaje y perfume? ¿Quieres que me pinte las uñas, que te haga la cena?

—¡Que no!

—Entonces, ¿qué pretendes que haga con este vestido? Sabes mejor que nadie que no puedo usarlo en la cárcel.

—Precisamente por eso...

—No te entiendo, Ríos.

—Escucha, Estela.

Ella lo dejó hablar. Según parloteaba el loco, a Estela se le iban incendiando las entrañas. ¡Lástima no tener un teléfono a mano!

Si hubiera podido contarle a Alicia cuál fue la proposición que le hizo a continuación Humberto Ríos, su hermana habría dicho que aquella era la idea más peregrina del mundo. Arriesgada, temeraria, peligrosa. Pero si, a pesar de todo, Estela le hubiera pedido que le guardara el secreto, Alicia la habría obedecido sin vacilar. Habrían sellado con un apretón de manos el pacto entre hermanas y nadie, ni los papás, ni Tony, ni sus mejores amigas, se habrían enterado del disparate que estaban a punto de cometer la presa y su carcelero.

—Saldremos por la puerta de atrás —le había explicado Humberto— y desapareceremos de aquí sin que nadie nos vea. Ahora vete a tu celda, escápate en cuanto puedas, vuelve aquí y cámbiate de ropa. Yo estaré esperándote en mi coche. Tendré el motor encendido.

—¿Y dónde iremos?

—A Los Rosales, claro. Me muero por conocer el lugar donde transcurre la historia de Nina. Pasaremos la noche allí escondidos, igual que hacía ella. Y regresaremos mañana, antes de que amanezca.

—Has perdido el juicio, Humbert Humbert.

—Tú me has hecho enloquecer.

Una luna amarilla que parecía el recorte en felpa de un colegial colgaba del cielo cuando el coche del director Ríos pasó la barrera y abandonó la cárcel Moderna como hacía todas las noches más o menos a esa hora. Saludó al vigilante al salir. Estela viajaba escondida en la parte de atrás, él la había cubierto amorosamente con una manta oscura y era imposible sospecharla allí debajo, encogida, temblorosa, porque quién iba a imaginar que el mismísimo director de la penitenciaría cometiera semejante desvarío.

En cuanto se alejaron lo suficiente del edificio, Humberto la ayudó a incorporarse. «Estás muy guapa con este vestido —le dijo—, te he traído unas gafas de sol».

—En Los Rosales me conoce todo el mundo —le había advertido Estela—. ¿Y si nos cruzamos con mis padres o con mi hermana Alicia?

Tanto tiempo lejos de casa le descubrió un pueblo diferente, de tan añorado. Las calles le parecieron más limpias, las farolas iluminaban con una luz más cálida, no había ventana de la que no colgaran geranios, ni puerta que no invitara a entrar. Desde lo alto de la cuesta, Estela le mostró la casa de sus padres, con su enredadera, su muro de piedra y el torreón. Le explicó que Tony Cienfuegos vivía ahí, en ese caserón tan elegante de la derecha, con sus tías solteras, y que esta era la carretera por la que avanzaba el coche de Nina en noches como la de hoy. Olía a guiso, estaría cocinando Alicia, y del jardín les llegaban las voces acolchadas de sus padres, dos susurros.

—¿Quieres entrar a verlos? —le ofreció Humberto.

—Ni hablar —respondió ella—. Me basta con saber que están ahí detrás, sanos y salvos. Mis padres no deben enterarse de esta locura, Humbert. Se llevarían un disgusto tremendo.

—Un disgusto, dices, ¿por qué?

—¡Pues porque me he fugado con un hombre!

—Vamos al Miranda, Estela. Quiero pasar la noche contigo.

Les atendió Lucio Miranda en persona, ya mayor y corto de vista, afortunadamente, y a pesar de que había visto nacer y crecer a Estela Valiente y le había servido mil veces el famoso chocolate con churros de la casa, no puso en duda la palabra de un hombre tan formal como parecía Humberto Ríos, cuando le aseguró que la divina mujer del pañuelo en la cabeza y las gafas de sol era su esposa legítima, algo mareada por el viaje y necesitada de un buen descanso, nada más. Sí, gracias por el ofrecimiento, nos vendrán muy bien el caldito y la merluza hervida, ¿podrían subirnos la cena a la habitación?

Humberto le abrió a Estela la puerta del paraíso y ella revoloteó como una tórtola turca por aquella estancia de cuento de hadas. Tantos meses sin poder disfrutar de una cama en condiciones o de un baño de espuma...

—Me esperas, ¿verdad?

—Claro, tómate tu tiempo.

Estela se sumergió en el agua caliente. Vació el frasco de gel y el de las sales, se enjabonó el pelo, se desprendió de todo aquello que le recordaba a la cárcel. Sintió la piel suave y limpia y el cuerpo se le ahogó en deseo.

Nunca había pasado la noche con un hombre. Nunca lo había anhelado, ni echado de menos. Lo más parecido a un novio había sido Tony, con sus fantasías eróticas y aquella historia sucia de sus amoríos adolescentes con Marta Poza. Pero ahora descubría una pasión desconocida que la empujaba hacia Humberto Ríos con la fuerza de una corriente eléctrica que...

—¿Puedo pasar?

Se avergonzaba de sus propios pensamientos. Lo imaginaba acariciando su...

—Voy a entrar.

Y se sorprendía besando la boca de Humberto, notando que todo ardía bajo las sábanas.

—Ni se te ocurra, Humbert Humbert, ten paciencia.

Se envolvió en una toalla de algodón y flotó, como aquel primer día en el que alcanzó volando su litera. Él la esperaba tendido en la cama, su desnudez iluminada por la luna, sonriendo, respirando, reservando para ella un lugar confortable en su regazo, como en el Chester.

—Ven.

Durmieron a trompicones, entre caricias y besos, y amanecieron antes del alba. Continuaron viaje, eso le dijo Humberto Ríos a Lucio Miranda, pero volverían pronto, bonito pueblo, delicioso hotel.

Y cumplió su palabra. Vaya si lo hizo.

A partir de ese día, sus escapadas nocturnas se hicieron costumbre. Una vez, dos, cada semana, el coche se deslizaba silencioso por los caminos que llevaban a Los Rosales y los amantes se comían a besos bajo las sábanas. Se aprendieron las líneas de las manos, las manchas de la piel. Inventaron maneras nuevas de quererse cada noche y a regular la intensidad del placer, para conservar la poca cordura que les quedaba.

—¿Dónde ibas, amiga? ¿Quién sacaba punta a tu lapicero?

Camino se mordía la lengua. «Es mejor que no lo sepas», le repetía Estela siempre que regresaba de madrugada a la celda oliendo a champú. Luego le mostraba las correcciones del texto y juntas trabajaban en secreto hasta la hora del desayuno.

Escondían el cuaderno de tapas negras entre los muelles del colchón, junto a los nidos de las pulgas. Estaban seguras de que nadie sospecharía de su existencia.

Pero un día, Humberto llamó a Estela urgentemente a su despacho para advertirle que se llevaría a cabo una inspección a fondo de las celdas. Él custodiaría el cuaderno hasta que pasara el peligro.

En efecto, esa misma tarde, las funcionarias, guantes de látex, mascarilla quirúrgica, registraron cada milímetro de su intimidad.

—Este colchón está roto —señaló la celadora—. Cóselo, Valiente.

A partir de ese susto, se hizo evidente que la celda no era un lugar seguro para una novela en gestación. Un peligro mortal. ¿No estaban allí encerradas, precisamente, por culpa de un libro? ¿Y si alguien encontraba el borrador? Las acusarían de reincidentes, destruirían el cuaderno, las derivarían a otra prisión; una de esas de máxima seguridad donde no hay lugar para la amistad, ni mucho menos para el amor.

—Humbert, tienes que hacerte cargo del asunto —le rogó Estela al amor de su vida—. La novela está casi terminada. Tengo miedo.

Durante los días siguientes, Estela se dedicó a pasar a limpio el manuscrito, en otro de esos cuadernos de tapas negras. Esa copia la guardó Humberto Ríos bajo llave en su cajón secreto. El original lo conservó Estela, pero no dentro del colchón, sino enroscado en una tubería del lavadero. A finales de septiembre, coincidiendo con su primer aniversario en prisión, el relato había llegado a su fin. La novela respiraba por sí sola. Lloraba por las noches y pedía su alimento. Como un bebé recién nacido que reclamara su libertad.

Capítulo 34

Y entonces todo se vino abajo. Como la carretera de fichas de un dominó, como un castillo de naipes, como una avalancha de nieve.

La Patro sonreía burlona aquella mañana del primero de octubre que amaneció nublado. Estela y Camino parloteaban como siempre, en la cola del desayuno, cuando aquella desagradable mujer les chistó al oído: «Valiente puta estás tú hecha».

Camino reaccionó impulsivamente: le arrojó el café ardiendo sobre la bata gris. La otra se revolvió, la mano abierta, la furia en la mirada, pero Camino se agachó a tiempo y esquivó el derechazo. La Patro perdió el equilibrio. Cayó haciendo un ruido de mil demonios sobre la bandeja de los cubiertos.

Despatarrada en el suelo, aún continuó insultando a Estela durante un buen rato, hasta que las vigilantes intervinieron en la pelea.

—¡Puta! —bramaba—. ¡Que te he visto salir de noche del despacho del director!

Estela se había quedado de piedra. Contemplaba a la Patro desde arriba, paralizada por el horror. Camino aprovechó para darle una patada en las nalgas, ya que la tenía a su merced, ahí tirada, sobre las baldosas sucias del refectorio.

—¡Adúltera! —gritaba—. Te estás follando a un hombre casado, sinvergüenza. ¿Es que ni siquiera respetas el matrimonio?

Las tres participantes en la pelea fueron confinadas en sus respectivas celdas, castigadas sin patio y sin almuerzo. Así aprenderán ustedes a respetar las normas de la penitenciaría. Estela, desmoronada en su litera como un saco de boxeo al que golpearan cien puños a la vez, lloraba desconsolada ante la estupefacción de Camino.

—Pero boba —trataba de tranquilizarla su amiga—. ¿Vas a hacer caso de lo que diga esa loca? ¿No ves que sólo quiere hacerte daño?

—¡Ay, Camino!

—¡Menuda historia se ha inventado la embustera, ja!

—¡Ay, Camino!

Aquella noche, temblando de frío a pesar del calor, Estela hizo girar por última vez la llavecita de la celda en la cerradura, abrió la reja, salió de puntillas y recorrió como un suspiro los pasillos del pabellón en tinieblas.

Humberto Ríos la estaba esperando, pero no recostado en el sofá, como de costumbre, sino de pie, junto a la puerta, y en cuanto la tuvo delante, la rodeó con sus brazos fuertes y la apretó contra su pecho, como si quisiera retenerla para siempre, aunque sabía, temía, que aquella sería la noche de su despedida.

—Dime que no es cierto —lloró Estela, aferrada a una última y quimérica esperanza.

—Lo único cierto es que te amo. Que no puedo vivir sin ti.

Las paredes del despacho, con todos sus libros, se derrumbaron entonces y aparecieron debajo las manchas de humedad, las telarañas. Humberto Ríos se volvió de barro, se deshizo entre sus dedos y formó un charco en el suelo. Estela se miró las manos. Estaban cubiertas de heridas. Lo mismo que el resto de su cuerpo, cuarteado. La bata gris era un paño empapado en sangre. Los ojos, un pozo de vinagre y sal. Tenía nidos de pájaros enredados en el pelo. Gusanos entre los dedos de los pies.

—Dejaré a mi mujer. No la quiero. Nunca la he querido.

Pero su voz era de humo. Y aquella niebla flotó un momento y después se precipitó, como confeti de cenizas, sobre el Chester, las butacas de cuero y el escritorio. Estela salió al pasillo porque allí dentro ya no podía respirar.

Por la mañana, durante el desayuno, los chismorreos pasaban de unas presas a otras: ¡qué escándalo terrible para una cárcel con tan buena reputación!

Todas ellas, agarradas a las rejas de sus ventanucos tal y como hacían cuando ingresaba alguna reclusa nueva, habían acompañado con sus miradas reprobatorias y sus abucheos al director Ríos en su despedida deshonrosa. Estela se había tapado los oídos con los puños mientras las otras golpeaban los barrotes a modo de protesta: una cacerolada sin cacerolas.

El inspector general de prisiones había escoltado al reo hasta el coche. El mismo en el que tantas veces habían viajado juntos Humbert Humbert y su musa, la pequeña Estela Valiente, camino del Miranda.

Él, antes de subir a bordo, había dirigido una última mirada a la celda de Estela, pero allí sólo había encontrado la sombra de Camino Aribau, asomada al vacío y temblando igual que una vela encendida.

Después, había puesto el motor en marcha. El vigilante había levantado la barrera. Lo había saludado tímidamente con la mano y lo había visto marchar, camino abajo, cubierto por una densa nube de polvo.

El informe se había redactado después de la pelea. «Si tiene usted algo que denunciar, Patrocinio, hágalo oficialmente. Vaya a hablar con la supervisora de su pabellón».

Aquella misma tarde, un grupo de funcionarios uniformados, encabezados por el secretario general de prisiones, se había personado en la penitenciaría y había levantado acta: don Humberto Ríos, hasta ese momento director de la cárcel Moderna de Madrid, era cesado de su cargo, acusado de posesión de obras literarias prohibidas y otras cuestiones menores. El escándalo de sus presuntos amoríos con una de las reclusas era imposible de probar, dadas las circunstancias, y además era irrelevante. Peor había sido el disparate de adquirir e instalar en su despacho una librería de nogal, un escritorio inglés, dos butacas de cuero y un sofá Chester; todo ello a cuenta del erario público. ¿Qué se ha creído usted, Ríos? ¿Le parece que la economía española está en situación de financiar los caprichos delirantes de personas como usted? Menudo despilfarrador narcisista. ¿Qué son estos aires de grandeza, hombre? Haga el favor de volver a su instituto. Recupere su vida provinciana, sus clases de francés, su salario mediocre. ¡Y queme esa basura de libros, por Dios!

Estela lloraba desconsolada. Tanto que Camino llegó a dar por buena la versión de la Patro. No había más explicación que la del corazón roto para semejante sufrimiento. Los días pasaron y el dolor aumentó. La llegada de un nuevo director a la prisión no hizo sino desbordar la llantina y, por las noches, los sollozos de su amiga le impedían escuchar las composiciones de Arpad para violín.

Hasta que por fin llegó el día de las visitas.

—Estela Valiente —pronunció la celadora con cierto retintín en la voz—, baje al locutorio, que alguien pregunta por usted.

Antes de entrar en la cabina, Estela se estiró la bata y se apartó el pelo sucio de la cara. Las lágrimas habían dibujado surcos de escozor en sus mejillas. Al otro lado del cristal, tan desastrado como ella o incluso peor, estaba Humberto Ríos.

Ya no era el galán de cine del pañuelo en la solapa y los gemelos de plata, sino un pobre hombre con la espalda encorvada y la barba descuidada. Frotaba en su regazo una mano contra la otra. Hablaba bajito, consciente de ser el centro de todas las miradas, qué bochorno, y trataba por todos los medios de no echarse a llorar como un niño.

—¿Cómo estás, amor mío?

Estela había hundido la cabeza en la tierra. No podía responderle. Le temblaba demasiado la barbilla.

—Eres mi Lolita, mi obsesión, mi pecado. Si pudiera, desharía todo lo que es mi vida: renunciaría a mi casa, a mi trabajo, a mi futuro. No me importaría ser juzgado y condenado por el mundo, a cambio de tenerte.

Estela notó que dos lágrimas muy cálidas desbordaban sus ojos.

—Pero no puedo —suspiró el pelele en el que se había convertido Humberto Ríos—. Mírame, Estela, te lo suplico. Hay algo que debes saber.

—Dilo.

—Mírame.

Ella levantó la vista. Vio su angustia reflejada en el cristal y fue como si mirara a través de una ventana en medio de una tromba de agua.

—Mi mujer está esperando un hijo.

Eso fue todo. Ninguno de los dos volvió a rechistar. Se dijeron adiós sin palabras. Estela, cuando pudo recomponerse del torrente de emociones que esa frase desató, anegada la cabina y sin oxígeno para respirar, salió a nado como pudo, abandonando a su suerte al reo de muerte, que al otro lado del cristal boqueaba como un pez y coleaba, y se agitaba, mientras le estallaban los pulmones, vacíos de aire.

—¡Valiente! —la llamó la celadora que la estaba esperando detrás de la puerta del locutorio—. Dice el director Velasco que subas a su despacho. Y límpiate los mocos, mujer, que pareces una loca.

De manera automática, Estela recorrió los mismos pasillos. Los que antes la acercaban al paraíso de la felicidad. Arrastraba los pies y se tambaleaba tanto que de vez en cuando se golpeaba la cabeza contra las paredes.

La puerta estaba abierta. El despacho era otro: un quirófano aséptico, blanco y vacío, sin más muebles que una mesa carcomida y una silla incómoda. Un hombre rechoncho sentado al otro lado frente a un montón de papeles apilados. Un cenicero maloliente y un buenos días de funcionario eficaz.

—¿Quiere un pañuelo?

—No, gracias.

—Me llamo José María Velasco Ruiz. Como sabrá, soy el nuevo director en funciones de la cárcel Moderna. Y es mi deber informarle de que mi predecesor, Humberto Ríos, ha sido denunciado por comportamiento deshonesto hacia su persona. Una de sus compañeras, Patrocinio Navas, lo acusa de haber mantenido relaciones íntimas con usted, en contra de su voluntad.

—Eso es mentira.

—¿Estaba usted al tanto de la situación familiar del acusado?

—No.

—¿Sabía que era un hombre casado y que estaba esperando un hijo de su legítima esposa?

Estela aceptó el pañuelo que aquel hombre le ofrecía. Era tanto el dolor que las palabras se negaban a abandonar su boca.

—Entiendo, por su silencio, que no era usted consciente de estar cometiendo un delito de adulterio, tipificado en el código penal, artículos 449 y 452, con penas de entre seis meses y seis años de cárcel. ¿Verdad?

—Nunca mantuvimos relaciones íntimas —mintió Estela entre sollozos—. Sólo hablábamos de libros. Leíamos, conversábamos. Eso era todo.

—¿Niega usted los hechos?

—Los niego.

—En ese caso, se retirará la denuncia contra Humberto Ríos. Pero quedará constancia de esta declaración, para garantizar la inmunidad de la Moderna en el futuro. Firme aquí.

En medio de la confusión, una idea brillante cruzó por la mente de Estela. Vio la luz al final del túnel.

—Sólo firmaré con una condición —dijo, clavando sus lágrimas en la frente despejada del funcionario.

El director levantó intrigado la vista de los papeles.

—Nos liberará a Camino Aribau y a mí esta misma noche. Por buen comportamiento o por lo que se le ocurra a usted. Si no lo hace, este suceso saldrá a la luz y la cárcel Moderna protagonizará el mayor escándalo en la historia de las instituciones penitenciarias españolas.

Salió del despacho con la cabeza muy alta. Bajó por la escalera oscura del lavadero y desató el cuaderno de tapas negras que estaba enroscado en una tubería. Lo ocultó debajo de la bata gris y deshizo el camino hasta el pasillo del pabellón. Una vez en su celda, escondió su tesoro bajo la almohada. Sabía que en cuestión de horas saldrían de allí los tres: cuaderno, escritora y editora, libres como pájaros que huyen de una jaula en llamas.

Otra vez las despertó una patada en la puerta a medianoche. Pero ahora, qué cosas, con la orden contraria:

—Cojan sus pertenencias y síganme. Se van a casa.

Estela, serenamente, tomó entre sus manos el cuaderno de tapas negras y esperó paciente a que Camino, mucho más confusa, asimilara lo que les estaba ocurriendo. Ella se entretuvo en recoger la bata, la pastilla de jabón y el cepillo de dientes.

—Regresen pacíficamente a sus casas —les advirtió el director Velasco, desvelado, pálido y con cara de pocos amigos—. No alienten las revueltas que han motivado y lleven, a partir de ahora, una existencia discreta, apartada de la vida pública.

La celadora las acompañó a la calle. La noche era negra y muy fría. Hacía varias horas que Arpad había guardado su violín y el resto de las presas dormía profundamente. Nadie supo a ciencia cierta a qué hora abandonaron la cárcel Moderna Estela Valiente y Camino Aribau, «las señoritingas», agarradas del brazo para no perder el equilibrio, sonadas, sonámbulas, dos liebres deslumbradas por los faros de algún coche, que, al verse libres, echaron a correr sin volver la vista atrás.

—Perdone que insista en este punto, Estela, pero, según la versión de Tony Cienfuegos, su excarcelación se produjo antes de tiempo gracias a la intervención del secretario Álvarez, que intercedió por ustedes ante el Tribunal de Orden Público y...

—¡Eso es mentira! Cuando nos liberaron, el secretario Álvarez ya llevaba un año muerto. Había sido apuñalado en el otoño del sesenta y tres por Marta Poza, la asesina de las cartas de amor. Compruébelo, hombre. ¿No sabe que existen las hemerotecas?

—¿Cuánto influyó su experiencia en la cárcel en su decisión de recluirse para siempre en Los Rosales?

—Bueno, verá, yo no sabía que sería para siempre. Tras ser liberada regresé al ático del Retiro y allí encontré a Tony convertido en un ermitaño: flaco, sucio y desorientado. Entonces le entregué *La casa de ladrillos rojos,* la novela que había escrito durante mi estancia en prisión, y le dije que era suya. Que era nuestro bebé. ¿Entiende?

—¿Me está diciendo, Estela Valiente, que usted es la verdadera autora de la novela que lanzó a Tony Cienfuegos al estrellato?

—Después de aquello decidí que no volvería a publicar ningún otro libro. Me encerré en mi casa, con los míos, con mis novelas, mis cuadernos, mis recuerdos. Y fueron pasando los días, las estaciones, los años...

Alicia Valiente estaba esperando a que cuajara el pastel, cuando vio a su hermana Estela cruzar como un fantasma por delante de la ventana de la cocina. Se le cayó el paño al suelo. Los pulmones estallaron con el grito de la victoria: ¡Estela ha vuelto!

Los papás bajaron trotando por la escalera de madera, como dos muchachos, la juventud recobrada. Se abrazaron los cuatro y danzaron, un baile infinito, de vueltas y vueltas, hasta que, agotados, cayeron al suelo cubiertos de besos.

Desde ese día, Alicia se ocupó de Estela: de arroparla por las noches, de llevarle el desayuno a la cama, de esconderle el libro que unos meses más tarde publicó Tony Cienfuegos y que ella leía y volvía a leer compulsivamente, de prepararle la cena y acompañarla de tarde en tarde a la estación del tren. De subirle las cartas de sus admiradores al torreón. De arrancarla de la máquina de escribir cuando llegaba la noche. De conservar cada relato, cada novela, cada historia que le dictaba la inspiración a su hermana y ella ponía por escrito en aquellos cuadernos de tapas rojas, de fuego.

De controlar los litros de vodka, los cientos de cigarrillos, los ríos de lágrimas, de luchar contra las garras de la desesperanza.

Juntas despidieron a los papás cuando les llegó el tiempo de las añoranzas y juntas se escaparon a Francia para ver las películas prohibidas que firmaba Tony Cienfuegos. Alicia y Estela formaron una pareja tan sólida que nunca echaron de menos un amor terrenal. Fueron uvas, nueces, sal y limón, y canela en rama.

Capítulo 35

Una azafata vestida con el traje tradicional sueco —peto azul, camisa blanca y delantal amarillo— se dirigió a las pasajeras que tomaban el sol en la cubierta superior del crucero fluvial *Juno*, apoltronadas en sendas hamacas de lona.

—Hoy es 6 de junio —les informó con una sonrisa muy dulce—, día nacional de Suecia. Nos detendremos en la ciudad de Borensberg para disfrutar de una pintoresca mañana de celebraciones. No olviden llevar la cámara de fotos y un buen sombrero. —Después, arrugando un poco la nariz, añadió—: ¿No habrán estado fumando ustedes? Les recuerdo que está terminantemente prohibido fumar a bordo del *Juno*. El mayor peligro para un barco no es el agua, sino el fuego, señoras.

Menos mal que Camino había lanzado las dos colillas por la borda y ya no existía prueba física de su fechoría.

—Se les ha caído un libro —dijo mientras se agachaba a recoger el ejemplar de *Entre barrotes* que se mecía con el ir y venir de la corriente.

—Gracias —respondió Camino, alargando un brazo hacia ella.

La azafata desapareció entonces de escena y Camino volvió a arrojar el libro al suelo. Esta vez cayó abierto por la mitad, haciendo ruido de hojas secas que crujen bajo las suelas de los zapatos.

—No sabía que precisamente hoy se celebrara el día nacional de Suecia —suspiró Estela—. Hay que ver, qué casualidad.

—Pues sí...

Agarradas aún de la mano, Camino y Estela sintieron que la brisa las acunaba y que el sol calentaba sus huesos adormecidos. Si no fuera porque, en ese mismo momento, una bomba literaria de dimensiones extraordinarias estuviera a punto de destrozar los cimientos de la narrativa contemporánea, se habrían quedado traspuestas, dos damas de avanzada edad, arropadas por sendas mantas de lana, tomando el sol en la cubierta de proa, mientras el barco avanzaba sigiloso, atravesando frondosos bosques de álamos y abedules, y espantando bandos de gansos salvajes y barnaclas cariblancas.

Alonso Ríos se había acostado tarde y aún dormía cuando lo despertó el teléfono móvil que había olvidado desconectar la noche anterior. Entre brumas, le pareció leer el nombre de Maya Millas en la pantalla. ¿Sería un sueño? Se incorporó a medias, se rascó la cabeza y se colocó las gafas para leer de cerca que su oftalmólogo se empeñaba en endilgarle, por mucho que él se resistía.

—¿Te has enterado de lo que nos ha hecho la cabrona?

La voz de Maya, que no había vuelto a escuchar desde su abrupta despedida en Los Rosales, sonaba más aguda de lo normal, distorsionada por una indignación feroz. Temblaba y todo.

Aún visualizaba su cuerpo menudo y gracioso perdiéndose en la distancia, entre la arboleda, y la última frase que le dirigió, volviéndose de lejos, dedicándole un gesto obsceno y unas palabras muy poco cariñosas: «Que te den por saco».

No podía decirse que durante los últimos días hubiera echado de menos a Maya Millas. Tal vez sí, un poco, las travesuras de sus piernas enredadas en las sábanas y la provocación, el juego de la seducción, la conquista. Pero no como se echa de menos a un ser querido. Eso no.

Había seguido adelante con su vida agitada: la radio, la columna, la copa de vino, la tertulia televisiva... y entre eso y la elaboración del libro sobre Estela Valiente, no había tenido tiempo, la verdad, de pensar en ella. Sí como una posible, aunque incompetente, competidora. Nada más.

Por eso le extrañó tanto su llamada a esa hora intempestiva de la mañana. No eran todavía las diez, por Dios santo.

—¿De qué me hablas, granito de mostaza?

«Granito de mostaza», al otro lado de la línea, estuvo tentada de colgar el teléfono y lanzarlo contra la pared de su «solución habitacional». Sinceramente, desde que había regresado a Madrid, había dejado de considerar un hogar aquel pequeño apartamento de un solo dormitorio, sin plantas ni mascotas, ni comida casera. Alicia Valiente, con sus guisos, sus chimeneas, sus mantitas de lana y sus flores recién cortadas, había dado al traste con su idea del bienestar. Ahora compraba velitas de olor, quién lo diría.

Escribía sin descanso, noche y día, páginas y páginas de su biografía no autorizada sobre Estela Valiente. Clara Cobián, su jefa, había accedido a prorrogarle la excedencia hasta septiembre. Al fin y al cabo, le había dicho, cada cual es libre de hacer lo que le venga en gana con su tiempo. Si tu voluntad es pasarte el verano encerrada en casa escribiendo, allá tú.

La única mesa del piso, la que hacía las veces de escritorio, estaba repleta de libros sobre la vida y la obra de la única española ganadora del Premio Nobel de literatura. Había transcrito ya unas siete horas de grabaciones y calculaba que aún le quedaban otras veinte conversaciones por escuchar, repartidas entre su teléfono móvil y su ordenador. Había leído tres veces la autobiografía de Tony Cienfuegos, que arrojaba mucha luz sobre el asunto, si bien era necesario separar lo cierto de lo inventado y no siempre la línea de la ficción estaba clara... en fin.

La asistenta —ahora coincidía con ella físicamente— la encontraba dormida sobre el teclado, agotada después de otra jornada interminable, y la dejaba descansar mientras recogía los restos de la cena fría entregada a domicilio y estiraba las sábanas sin usar.

—Si vuelves a llamarme granito de mostaza te mato, te lo advierto, Alonso Ríos. No estoy para bromas.

—Yo también me alegro de saludarte, Maya Millas —respondió él con cierto retintín en la voz ronca de recién levantado.

—Bueno, ¿te has enterado o no?

—¿Debería haberme enterado?

—¡Ay, cómo me sacas de quicio, Alonso! —se desesperó Maya—. Siéntate si estás de pie, no vayas a caerte al suelo con lo que te voy a contar.

—No te preocupes. Estoy acostado. Desnudo, por cierto. Venga, dispara.

—Muy bien, allá va: Estela Valiente acaba de anunciar la inminente publicación de su autobiografía. Se titula *Cosas mías* y la lanza la editorial Aribau. Estará a la venta el próximo lunes. Es decir, pasado mañana.

Al otro lado de la línea telefónica se hizo el silencio.

—Qué cabrona...

—La noticia está por todas partes. Se ha dado a conocer a través del periódico local de Los Rosales. La firma un tal Pereira. ¿Te suena? Estela le ha concedido una entrevista en la que lo cuenta todo: su relación con Tony Cienfuegos, la autoría de *La casa de ladrillos rojos* y la de *Entre barrotes*, sus veinticuatro novelas sin publicar, su problema con la bebida, la historia de Marta Poza, el asesinato del secretario Álvarez, su paso por la cárcel, su...

—¿Habla de su estancia en la Moderna? —Alonso Ríos dio un respingo.

—Sí. ¿Quieres que te lo lea?

—Por favor.

Maya carraspeó un poco antes de proceder:

—«¿Es cierto que fue el secretario Álvarez quien intercedió por ustedes ante el Tribunal de Orden Público? —leyó—. No señor. Como puede comprobar en cualquier hemeroteca, el Tribunal de Orden Público no existía en aquel momento. Esa y otras patrañas similares que aparecen en la autobiografía a la que se refiere son fruto de la confusión mental de Tony Cienfuegos en los últimos años de su vida, pero no se corresponden con la realidad».

—Sigue leyendo.

—«¿Entonces, cuál fue el motivo de su excarcelación?

»—Viví una historia de amor dentro de la cárcel. No voy a darle ahora todos los detalles, porque es mejor que lo lea en mi autobiografía. Fue ese amor, el único verdadero de mi vida, el que me llevó a escribir *Entre barrotes*.

»—¿Se refiere a la relación homosexual, obsesiva, entre dos asesinos convictos en prisión, que termina con el suicidio de uno de ellos y la ejecución de la pena de muerte del otro?

»—No. Esa es la versión de Tony Cienfuegos.

»—Entonces, ¿a qué historia de amor se refiere?

»—A la que me rompió el corazón en pedazos. A mi apasionado romance con el director de la cárcel: Humberto Ríos, el padre del famoso tertuliano, sí. No me mire con esa cara, Pereira».

Alonso Ríos tragó saliva. Echó un vistazo a su alrededor y contempló, como en una nebulosa, las cuartillas de papel desparramadas por el suelo y el cuaderno de tapas negras, escrito a lápiz con la letra inconfundible de Estela Valiente y las anotaciones en los márgenes de Camino Aribau, que su hermana le había enviado dentro de una caja de cartón con una nota que decía: «Tíralas tú si quieres», porque la pobre mujer, menuda ignorante, no tenía ni idea de lo que significaba.

«Hay que ver cuánta mierda almacenaba papá en el desván», le había dicho agobiada ante tantos recuerdos, cuando se hizo cargo de la casa, tras el fallecimiento de su padre.

—Gracias, Maya —logró murmurar Alonso antes de colgar el teléfono dejando a Maya con la palabra en la boca, sin darle tiempo a pedirle explicaciones.

Volvió a leer el primer párrafo de su libro. Pensaba titularlo *Estela Valiente y mi padre*. Decía así: «Humberto Ríos la vio llegar a la prisión, una noche de niebla, esposada y llorosa y no quiso bajar a saludarla, porque había sido tan profunda su conversión tras la lectura de *De puertas adentro* que temía ponerse en evidencia ante ella. Había solicitado aquel trabajo como director de la cárcel

Moderna de Madrid porque estaba convencido de que era necesario reformar las instituciones penitenciarias españolas. En particular, las cárceles para mujeres. Es posible que estuviera enamorado de aquella pequeña rebelde, incluso antes de conocerla».

Capítulo 36

El *Juno* comenzó las maniobras de atraque en el pequeño puerto de Borensberg, que ese día había amanecido adornado con guirnaldas y banderolas azules y amarillas. Las chicas de las cartas se habían esmerado mucho para estar guapas esa mañana. Habían sacado de sus baúles los pañuelos de seda, los collares de perlas. Asomadas a la barandilla de babor, parloteaban como gallinas emperifolladas, excitadas ante la idea de hacerse con algún suvenir de esos de mercadillo, o de disfrutar del vermú en alguna terraza al sol.

—Faltan Camino y Estela, como siempre —advirtió Consuelo.

—Estaban hace un rato en la cubierta de proa —dijo Viri.

—Ya voy yo —se ofreció Alicia con el vestido de flores y la chaqueta roja de las grandes ocasiones.

Las encontró repanchingadas en sus hamacas, los ojillos cerrados y una sonrisa en los labios.

—¿No habréis estado fumando hierba? —las regañó.

Camino despegó los párpados. Se hizo la inocente. Carraspeó.

—¡Cómo! —exclamó—. ¿Ya hemos llegado a Disneylandia?

Alicia, observadora como era, se dio cuenta entonces de las lágrimas resecas que recorrían las mejillas de su hermana. Del libro en el suelo.

—Oye, Camino —dijo con suavidad—, tú vete con las chicas, que yo me quedo con Estela. Venga, levántate y déjame tu sitio en la hamaca. La verdad es que me está dando una pereza bajar del barco...

Camino, obediente, apretó la mano de Estela y después hizo lo que tan sutilmente le ordenaba Alicia. Las abandonó a su suerte, dos caracoles al sol, porque comprendió que también la otra Valiente debía estar al tanto de lo que se les venía encima. No sería fácil la vida en Los Rosales a partir de ese momento. La cuesta volvería a llenarse de muchachos acampados.

—Ali, cariño —dijo Estela sin abrir los ojos—, dame la mano, anda.

A solas, como de costumbre, las hermanas siguieron balanceándose durante un buen rato en silencio. A Estela le costó un gran trabajo comenzar el relato por el principio: te acuerdas, ¿verdad?, de aquel verano que pasamos los tres, Tony, tú y yo a la sombra del roble de Los Rosales...

De vez en cuando, Alicia la interrumpía con alguna pregunta, algún apretón de manos, algún hilo perdido y encontrado por ella, que lo guardaba todo: «No se llamaba Sebastián el abogado penalista que contrató papá, sino Severo, como Severo Ochoa, y lo que dijo no fue que podría haber sido peor; lo que dijo, el muy capullo, fue que no había sido para tanto».

El recuerdo de aquellos días de angustia regresó a su cuerpo en forma de temblor incontrolable. Llevaba cincuenta años tratando de vencer el trauma de ver a su hermana a través del cristal del locutorio, convertida en una presa común, igual que si hubiera cometido un delito de sangre. Medio siglo recriminándose en secreto su cobardía: ¿por qué no le impidió que escribiera aquellas barbaridades, en lugar de aplaudir sus ocurrencias como una tonta? Tony Cienfuegos, el niño prodigio, el escritor maldito, aquel del que todo el mundo hablaba, no hacía otra cosa que animar a Estela con sus absurdos comentarios a pie de página. Que si aquí falta tensión dramática, que si aquí sobra artificio, que si esta escena necesita un poco de picante... venga a llenar la novela de su hermana de guarrerías y desgracias.

¿Y qué hizo ella para evitar el desastre? Pasarse el verano yendo y viniendo del jardín a la cocina, cargando bandejas de limonada y pasteles. Avivando el fuego, echando leña a la hoguera y soplando en las ascuas.

Claro que se acordaba de la llamada de Estela desde la cárcel a las seis de la mañana. Llevaba días esperándola aterrada, pasando las noches en duermevela, temiendo que en cualquier momento apareciera la policía, preguntando por la prófuga:

—¿Sabía usted lo que estaba escribiendo su hermana?

—Sí, agente.

—¿Y cómo es posible que no la disuadiera?

Culpable de silencio, cómplice del delito, delincuente.

Tanto pesó en su ánimo la encarcelación de Estela que por ella tomó las dos grandes decisiones de su vida: estudiar leyes y renunciar al amor.

Pensó que nadie capaz de permitir que se cometiera una barbaridad como aquella, delante mismo de sus narices, debería dedicarse a otra cosa que no fuera el derecho, ni aceptar una propuesta de matrimonio como la que rechazó en su día: ¿quieres ser mi esposa, Alicia Valiente? No puedo, Pereira, compréndelo, sería una madre terrible. No sabría cómo educar a nuestros hijos.

—Ah, ¿nunca te conté que Pereira me pidió que nos casáramos? ¡Qué cosas!

Estela la contemplaba incorporada a medias en su hamaca, con una expresión difícil de describir; a medio camino entre la incredulidad y la estupefacción.

—No me mires así, boba. Tampoco estaba tan mal el bueno de Pereira hace cincuenta años. Era un joven prometedor, con un brillante futuro por delante. Se presentó en casa con un ramo de rosas y ese traje de chaqueta de paño verde que tanto le gustaba. ¡Ay, la corbata de lana, la colonia empalagosa, el bigotito...! Hasta le pidió permiso a papá para quedarse a solas conmigo en el salón. ¡Rodilla en tierra, Estela! ¡Menudo galán! No sabes la cara que puso cuando le di calabazas.

—¿Pero cuándo fue eso?

—¡Ay, hija, pues cuando estabas en la cárcel! Si hubieras estado en casa, seguro que no se habría atrevido. Pero ya ves, me pilló indefensa y desprevenida.

Después de Pereira, un erial. Espantó al amor. Lo expulsó de su vida como se limpia el polvo: de un plumazo. Alicia encontró su lugar en la cocina de Los Rosales, su vocación en los cuidados que le brindó durante el resto de sus días a su hermana Estela, la pobre, tan triste, tan angustiada, tan traumatizada... y no consintió que Cupido volviera a llamar a su puerta.

Alicia tenía claro el porqué de su soltería, pero siempre había creído equivocadamente que si su hermana no se había casado, había sido por aquel encierro voluntario al que se había sometido tras su paso por la cárcel. Se asomaba a la terraza, dirigía la vista a la casa de las monjas y suspiraba lamentando que la verdadera clausura fuera la suya. Más estricta y exigente que la de sus vecinas.

Es cierto que, con los años, la disciplina se relajó y después de la muerte de los papás, cuando ese demonio de Tony Cienfuegos recaló de nuevo en el pueblo, procedente de quién sabe qué paraísos terrenales, a Estela le volvieron el color y la risa. Pero, a esas alturas, se había convertido ya en una solterona de mediana edad, maniática y bebedora, sin pizca de coquetería y sin la menor intención de abrirle la puerta al amor romántico. Moriría virgen, se lamentaba Alicia, lo mismo que ella. Pero virgen del todo, sin ni siquiera una historia como la de Pereira que recordar en las noches de frío.

—¿A ti no te habría gustado casarte? —le preguntó de sopetón—. ¿Tener hijos, nietos...?

Estela tardó un buen rato en responderle. Cuando por fin lo hizo, se le había vuelto la voz de barro.

—Hay algo que deberías saber, Ali. Sucedió hace muchos años —le confesó—. Durante todo este tiempo he tratado de superarlo, pero no he podido. No es algo que se cure con medicamentos o se olvide con la bebida. ¿Sabes por qué me angustia tanto la amenaza de Alonso Ríos?

Entonces, durante los minutos más largos de su vida, rememoró, escena tras escena, la historia de su romance clandestino, sin detenerse a tomar aire ni a contemplar el estupor en el rostro de su hermana. Pasaron por su memoria los besos de Humbert Humbert en el Chester, sus escapadas secretas al Miranda, sus promesas de amor eterno. Y luego la corbata marchita, el retorcer de sus manos en aquel locutorio infernal.

—Así que Alonso Ríos fue concebido al mismo tiempo que...

—Y no sólo eso, Alicia —se lamentó Estela—, además pretendía chantajearme. Quería hacer pública mi vergüenza. Había encontrado un cuaderno escrito por mí en el desván de su padre. Sostenía que había descubierto que *La casa de ladrillos rojos* la había escrito yo en la cárcel y estaba decidido a contar mi historia.

Alicia se incorporó a la velocidad del rayo.

—¿Es eso cierto? ¿La escribiste tú?

—Yo la parí, sí. Pero Tony la concibió conmigo y después la convirtió en la obra maestra que llegó a ser. ¿Recuerdas cómo me ayudó con *De puertas adentro*? ¿Cuántas de sus ideas entraron a formar parte de la trama? Pues lo mismo hizo con *La casa de ladrillos rojos* y con *Entre barrotes*. Su paternidad es innegable, Alicia, ninguna de las dos novelas habría alcanzado la gloria de no haber sido por él.

—¡Pero te las robó, Estela! ¿Cómo permitiste que las firmara él?

—«Para mí la fama y para ti la paz» —recordó la escritora con una sonrisa de satisfacción en la cara.

Después de aquella revelación, un silencio sólo roto por el crujido de la madera del barco y los graznidos de las barnaclas se instaló durante un buen rato entre las hermanas. Por fin Alicia se decidió a hablar.

—Creo que una vez conocí a Humberto Ríos —recordó—. ¿Tenía dos ojos azules que parecían dos faroles, dices? ¿Y un ligero acento andaluz?

Lo vio cuando subió las cartas al torreón. Estaba de pie, inmóvil, parado a medio camino entre la cuesta y la casa. Vestía Loden y Borsalino, parecía un dandi trasnochado. «¿Se habrá perdido?», pensó Alicia, protectora de los desamparados, y bajó a comprobarlo.

Era un hombre alto, de unos ochenta años. Pasearon juntos, durante un buen rato, por el trozo de bosque que rodeaba la casa. Él se agitaba mucho al caminar y terminaron por detenerse a descansar en un banco cercano a la iglesia. Acababan de diagnosticarle una insuficiencia respiratoria, dijo, por pasarse la vida fumando, añadió. Alicia observó que las manos le temblaban un poco. Pensó que era culpa del frío. Él se interesó por el pueblo, la vida que llevaba una mujer tan dulce como ella en un lugar como aquel, y sonrió cuando ella le habló de sus amigas del club de las cartas, sus escapadas a Madrid, de vez en cuando en el cercanías, sus tardes apacibles frente a la chimenea, sus guisos contundentes, sus excursiones por el monte. Y sobre todo, cuando le describió a su hermana. Su querida, admirada y siempre sorprendente hermana Estela.

—¿Ella es feliz? —le preguntó el hombre—. ¿Lo ha sido durante todos estos años?

Claro que sí, le respondió Alicia. Estela había sido feliz. Con altibajos, como todo el mundo, ya me entiende, pero esencialmente feliz. Lo mismo que yo.

—¿Quiere usted pasar a saludarla? ¿Le apetece tomar el aperitivo con nosotras?

—¿No me ha dicho que a su hermana no le gustan nada los desconocidos?

—¿Y cómo van a dejar de ser desconocidos si no les damos ocasión?

No. Dijo que le bastaba con saber que Estela Valiente estaba ahí detrás, sana y salva. Y a Alicia le resultó extraña aquella respuesta. Tanto que sospechó que el temblor del forastero escondía algo más que frío. Sería un admirador, se dijo. Uno de esos lectores apasionados que se identifican tanto con las historias que leen que terminan por creer que conocen de verdad al autor. No hay que fiarse mucho de ellos, se recordó, algunas veces están un poco chiflados. Es mejor tratarlos con prevención y cierta distancia. Deshacerse de ellos amablemente, disculparse con la excusa del pollo en el horno, asegurarles que ha sido un placer conversar con ellos y sobre todo, sobre todo, no contarle nada a Estela, para no alterar su paz.

Él se empeñó en escoltarla de vuelta a casa y se despidió de ella en la puerta con un elegante saludo con el sombrero. Cuando lo vio alejarse, cuesta arriba, Alicia advirtió que aquel atractivo caballero no le había dicho su nombre.

—¿Te dijo que le bastaba con saber que estaba ahí detrás, sana y salva? Entonces era él, no cabe duda —le aseguró Estela y apretó con fuerza la mano de su hermana.

Una nube blanca cruzó por delante del sol. En ese momento, la azafata del delantal amarillo les trajo dos copas de champán que ninguna de las dos había pedido: cortesía de la casa, explicó muy sonriente. Hay que celebrar este día.

Capítulo 37

—No habrás sido capaz de colgarme el teléfono, ¿verdad?

—No, granito de mostaza. Ha sido sin querer.

FIN

Nota de la autora

La relación de amistad, fascinación, rivalidad y celos que unió a Harper Lee y Truman Capote siempre me ha intrigado muchísimo. También su diferente manera de enfrentar la fama y de entender la escritura. Los protagonistas de esta novela, Estela y Tony, están inspirados en ellos. En algunos casos me he basado en hechos verídicos para dar forma a la ficción. Otros autores admirados, sus obras y personajes, aparecen aquí y allá a lo largo del texto: Carmen Martín Gaite, Carmen Laforet, Antonio Tabucci y Etgar Keret.